新潮文庫

続 江戸職人綺譚

佐江衆一著

7255

目次

続　江戸職人綺譚

一《ひと》椀《わん》の汁

一

初夏の相模灘《さがみなだ》の青さが玉虫色の皮にひかる、みごとな初鰹《はつがつお》だった。早船《はやぶね》で日本橋河岸《がし》に十七尾あがったのだ。六尾は将軍家へ、三尾を江戸随一の料理茶屋といわれる山谷《さんや》の八百善《やおぜん》、二尾を梅吉が奉公する柳橋の川長《かわちょう》がせり落し、残り六尾は魚屋が仕入れた。

一尾の値は、なんと二両一分。梅吉のほぼ一年分の稼ぎである。庖丁《ほうちょう》をにぎる掌《てのひら》が汗ばみ、心ノ臓がふるえた。板場で忙しく働く煮方、焼方の目が、それとなく鋭く、梅吉の手もとにそそがれている。親方の小平次は傍らに立っていた。

梅吉は頭《かしら》を落し、背から三枚におろして皮をひき、背二つ腹二つにわけた。出刃は親方愛用の〝重延《しげのぶ》〟。会津の庖丁鍛冶《かじ》の作で、料理人垂涎《すいぜん》の、柾目《まさめ》鍛えの逸品である。梅吉ごときの使える庖丁ではないが、小平次がはじめて使わせてくれたのだ。

背の身をそぎ切りに角に切る。その切り身を網杓子《あみじやくし》にのせ、熱湯に猪口《ちよく》一杯の水をさした湯にさっとくぐらせ、すぐに水の中に移してとり出し、手早く水を拭《ふ》きとり、四分の分厚さに切りそろえて、紺の染付網目皿に盛りつけた。

三杯酢の湯なます大根をそえ、刻み紫蘇《じそ》を散らし、初物の花胡瓜《きうり》もそえ、最後に溶き芥子《がらし》をわきに落して、五人前を仕上げた。

無我夢中だったが、気持が湧《わ》きたっている。切り口の鮮やかな肉の赤味とぐるりの霜降りの妙。鰹の霜降り角づくりは、小平次が創《つく》り出した、江戸前料理の川長の看板料理だが、その親方にも劣らぬ出来栄《できば》えに思える。

活《い》きのいい鰹が粋《いき》にひとり立ちしていながら、庖丁の冴《さ》えがかくれて、舌にのせればやさしくとろけるようだ。湯なます大根のやわらかな白さ、紫蘇と花胡瓜の緑が初夏の景色をひきたて、溶き芥子のとろりとした黄色味が胡瓜の小さな花と対をなして華やいでいる。

口をへの字にくいしめ、怖い目で黙って見つめていた小平次が、仏頂面《ぶつちようづら》のまま、

「うむう」

とうなずいた。

良いとも悪いともいわないが、梅吉の庖丁さばきと盛りつけを認めてくれたのだ。

梅吉は鉋目横長《かんなめよこなが》の折敷《おしき》にのせ、醤油《したじ》をついだ小皿と朱塗鯉蒔絵《しゅぬりこいまきえ》の木盃《もくはい》をそえた。

「あとはおれがやる」

「へい。ありがとうございやした」

全身から精も根もつきたようで、ぺこりと会釈《えしゃく》をして安堵《あんど》の吐息を胸の奥でふっとついたが、心はずむよろこびが腹の底からつきあげてきて、口もとがだらしなくゆるんでいた。

その得意顔で煮方にもどりながら梅吉は、鰹の霜降り角づくりの向付《むこうづけ》を座敷へはこんでゆくおさよを見た。仲居のおさよもちらと梅吉を見たようだった。

（梅さん、やったわね）

柳腰の後姿がよろこびにあふれてそう語りかけているように、梅吉の目にはまぶしく映った。

今宵《こよい》の奥座敷の客は、川長とびきりの得意客で、いずれも食通の五人の旦那衆《だんなしゅう》である。会席料理の献立はむろん板元《いたもと》の小平次が立てたが、旦那衆のお目あては、向付の初鰹にある。

初鰹人間わずかなぞと買い

と川柳にもあるように、人生わずか五十年なのだから思いきって買ってしまおうと、江戸ッ子の見栄《みえ》と粋が、高価な初鰹の初物食いに拍車をかけている。

会席料理は向付にはじまり、汁、焼き物、煮物、八寸、吸物、香物《こうのもの》……とつづく。最初に賞味する向付が料理の味と景色を決めるといっていい。

その初鰹の庖丁を、小平次は梅吉にまかせてくれたのである。

（どんなもんでえ、おいら……）

梅吉は有頂天な目で、隣の鍋《なべ》で煮方をしている相弟子の信三郎の横顔を窺《うかが》った。同い歳《どし》の信三郎とは腕をきそってきた仲である。そればかりか、信三郎もおさよに惚《ほ》れているのだ。

色白で男前の信三郎は、口もとに笑みを浮かべ、わずかにうなずいた。

（なあに、梅さん、まだ負けたわけじゃァねえ。これからが勝負さ）

よろこんでくれていながら、負けおしみをいっているようだ。

（そうさ、今年がおれたちの勝負だ）

梅吉は余裕のある笑みを返した。

奥座敷の五人の旦那衆が上機嫌に帰り、他の客もひきとって、板場では洗方《あらいかた》が皿小鉢を洗っていたが、梅吉はそっとおさよに声をかけ、帰り支度をしたおさよと柳原《やなぎわら》堤《づつみ》に出た。信三郎はどこかへ一人で飲みに出かけたらしく、姿がなかった。

弥生《やよい》（旧暦三月）下旬のやせた月が夜ふけの空にかかっていた。柳はすっかり若緑の芽をふいていたが、夜の川風はまだ肌にひんやりとして、神田川の水面《みなも》にきらきらと研《と》いだような月の光がきらめいている。

「両国橋まで送ってゆくぜ」

二人は連れだって、隅田川のほうへ歩いた。

おさよは、川向うの本所二ッ目橋の裏店《うらだな》に病身の両親《ふたおや》と暮らしている。梅吉より四つ若いが、二十五のもう年増《としま》で、梅吉とは幼な友達だった。その歳に見えないのは、頬がふっくりとして、笑うとえくぼのできる、愛敬《あいきょう》のある顔だちだからである。

「奥座敷の旦那衆は、おいらの鰹料理をなんていってたい？」

梅吉はずっと気になっていたことを、何気ないふうに訊《たず》ねた。

「それがねえ、梅さん……」

おさよは甘え声にそういって、じらすように微笑《ほほえ》んだ。

「それが、どうしたい？」

（早くいわねえかい）

と梅吉は、提灯《ちょうちん》の仄明《ほのあか》りに浮かぶおさよの笑顔をのぞきこんだ。

「駿河屋《するがや》の旦那さんが箸《はし》をつけようとして、こりゃァ相模灘から見た初夏の富士だねえ、って」

「駿河屋の旦那がそういったんかい」

（わかってくれたんだ！）

梅吉は背筋がぶるっとふるえるほどに思った。

紺の染付網目皿に七切れの霜降り鰹を重ね盛りのとき、初夏の相模灘から望む、わずかに雪の残る富岳《ふがく》を思いうかべて、その景色に盛ったのである。

盛り方には料理人それぞれの秘伝がある。基本は七法で、たとえば器の底からすっくと伸びあがるように盛る杉盛りでは、深い器なら杉の梢《こずえ》が谷間から垣間《かいま》見えるように、浅い器ならあたかも富士の頂《いただき》が雲の上にのぞく姿に盛るのである。それも、季節に応じて、器を選び、夏は涼しげに背を高く、冬はおだやかにやや低く盛る。そんなことは板元は口では決して教えないから、板元の技《わざ》をぬすみ、自分なりに工夫するのである。

おなじ杉盛りでも、鰹の霜降り角づくりを、相模灘の残雪の富士に見たてた梅吉の工夫の景色を、さすが食通の駿河屋の主人は、一目で見ぬき、楽しんでくれたのだ。

「そうかい、そうかい。料理は旬《しゅん》の味だ。旬は景色なんだよ。で、ほかの旦那衆は、なんといってたい？」

「佐野屋のご隠居さんが、小平次の庖丁さばきとはちょいと違うんじゃないかいって」

「えッ、あのご隠居が……」

「若いけど、冴えてるって。あたし、よっぽど梅さんですよって、口もとまで出かかったけど……」

「まさか、おめえ……」

「いいやしなかったわよ。女将《おかみ》さんもふくみ笑いをして黙っていたもの」

梅吉はその言葉を胸のうちで繰りかえしころがしてみた。

（若えが、冴えてる、か……）

五人のうちで最も味にうるさい、古稀《こき》を迎えた佐野屋七兵衛《しちべえ》が、庖丁の違いを見抜き、梅吉の若さをたしなめながら褒めてくれたのだ。いや、そうだろうか。

「怖《こえ》えなァ、通の目と舌は」

梅吉は月代《さかやき》のあたりを平手でぴしゃりと叩《たた》いた。

「庖丁は冴えすぎちゃァいけねえんだよ。おいらの腕はまだ未熟なんだなァ。親方の〝重延〟の庖丁に負けて、使いこなしちゃいねえんだ」

「そういうことなのかい。むずかしいんだわねえ」

「〝道具六分に腕四分〞っていってな、切れ味のいい庖丁じゃなきゃァいい料理はできねえが、おいらみてえのがいい気になって〝重延〞なんぞを使うと、庖丁の切れ味ばかりが勝っちまって、佐野屋のご隠居に見ぬかれちまったんだな」

「でも、梅さん。そこまでわかるようになったんだもの、あんた、たいしたものよ」

「違えねえ。ようやくここまできたんだよなァ」

古傘買いの三男だった梅吉は、本所二ッ目橋の裏店にいたガキの時分、幼いおさよをよく泣かしたこともある、洟《はな》たれの腕白者だった。十二のとき、浅草大音寺前の田《た》川屋《がわや》に奉公した。料理人になる気はなかったが、八年の年季奉公だった。

料理人の修業は、まず洗方にはじまる。それも、下洗《したあらい》・中洗《なかあらい》・立洗《たちあらい》の三段階があり、下洗はもっぱら水汲《く》みだ。梅吉は小さな躰《からだ》で車井戸の水を汲み、来る日も来る日も縄をたぐるので掌の皮がむけ、血が流れて縄が真赤にそまったものだ。真冬でもはだしだから、霜やけとあかぎれで泣くほど痛い。泣き面をしていると、

「馬鹿《ばか》野郎。アヒルのくせして、水が冷てえなんぞとぬかしやがって！」

罵声《ばせい》がとび、横っ面をはられた。

そのアヒルをしながら、使い走りや子守りなんぞもさせられて、年がら年じゅう追

廻されるので、下洗は追廻しとも呼ばれるのである。

〽粋な板元　小粋な煮方
　色で苦労する焼方さん　女中泣かせの洗方　なぜか追廻しはドジばかり

そんな唄《うた》を知り、アヒルで追廻されながら、

（必ずおいらだって、粋な板元になってみせるぜ）

貧乏人の意地で思いさだめて、魚の鱗《うろこ》とりや身下ろしもさせてもらえる立洗に出世したときは、五年のつらい歳月がすぎていた。そして、煮方と焼方の助手である脇鍋《わきなべ》になったとき、八年の年季が明けた。二十歳《はたち》だった。

脇鍋はまだ煮物も焼き物もさせてもらえず、もっぱら煮方・焼方のわきで竈《かまど》に薪《まき》をくべ、火加減をみる役である。この火加減がむずかしく、煮方・焼方の手もとを見ているから、煮物・焼き物の修業ができる。焼方になった二十二のとき、店をかわった。橋場の柳屋《やなぎや》である。

ここで板元をしていた小平次の弟子になった。相弟子に信三郎がいた。やがて二人そろって煮方になった。

〝煮方十年〟

といわれる。下洗から十年かかってやっと煮方になれるという意味と、煮方も十年

かけねば一人前になれないという意味の両方である。

四年前、板元の小平次が弟子を率《ひ》きつれて柳橋の川長に移った。料理茶屋の主人《あるじ》や女将は板元にいっさい任せるから、板元がかわれば器まですべてがかわる。

柳橋には梅川《うめかわ》、万八《まんぱち》、亀清《かめせい》などの名を知られた料理茶屋が多く、なかでも川長は、料理人を大事にすることで知られていた。

名人気質《かたぎ》の小平次は、ことのほか梅吉と信三郎に目をかけてくれていたのである。

(今夜でおいらのほうが、信さんを抜いたんだ……)

信三郎はまだ小平次の庖丁を使わせてもらってはいないのだ。

(だがあいつのことだ、おいらの庖丁さばきのドジさ加減を、目ざとく見ぬいていたにちげえねえ。むろん親方だって……)

食通の客ときびしい親方、そして腕をきそう相手がいるから、料理人の腕はあがる。

恋敵でもある信三郎を、少しも憎む気は梅吉にはなかった。

梅吉とおさよは、両国橋のたもとまで来ていた。

「いいわよ、ここで」

「なァに、東詰まで送ってゆくぜ。今夜のおいらァ、めっぽう気分がいいんだ」

西詰の広小路の芝居小屋はとうにはねて葦簀《よしず》をひきまわし、商家も大戸をおろし、両国橋をゆきかう人影もまばらだった。

「思い出すなァ、四年前《めえ》、川長に移ってきて、仲居をしていたおさよちゃんに出会ったときは、びっくりした。修業中は藪入《やぶい》りにも長屋に寄りつかなかったから、別嬪《べっぴん》になってたおめえを見て、別の女かと思ったぜ」

梅吉は快い思い出にふけりながら、大川の川面《かわも》に目をおとした。真暗な川面に、二、三艘《そう》の屋形船の灯がにじんでいた。

「あたしだってびっくりしたわよ。梅さんが川長の煮方さんなんですもの」

「なァに、これからさ。二十九にもなっちまったが、来年は必ず板元になってみせるぜ。板元になるまでは世帯はもたねえって、信さんとは前から誓いあってるんだ」

「ええ、そのことは知ってるわ。梅さんと信さんって、いい仲ねえ。でもあたし……つらいわ」

おさよは、最後の言葉を消えいるようにつぶやいた。

「そんなことはねえよ。おいらと信さんは、どっちがおさよちゃんと夫婦《めおと》になろうと、恨みっこなしっていってるんだ。あいつも竹を割ったような気質だしなァ」

「でも、あたし……」

「気をもむなって。来年の正月にゃ、このぶんだとおいら、親方から板元として出世披露目《ひろめ》をしてもらえる。ひょっとして信さんかもしれねえが、負けやしねえよ。もし、もだ、二人そろって板元になったときゃァ、おめえがおいらか信さんかを選べばいい」

「困るわよ、そんな……」

おさよは下をむいて、黙ってしまった。涙をおさえて、両国橋にひびく自分の駒下《こまげ》駄《た》の音をきいているようだ。

「泣くなよ」

と梅吉は肩にそっと手をおいた。

（いまこの場で、おさよを抱きてえ……）

だが、真底惚れたこの女とは板元になって祝言《しゅうげん》をあげるまでは決して肌を合わすまいと、出刃を胸に打ちこむほどに自分にいいきかせているのだ。それは信三郎にしても同じだろう。

「ねえ、梅さん……」

しなだれかかるように身を寄せてきたおさよが、恨みっぽい目で見あげていった。

「お披露目がなくたって、川長の煮方さんなら、よそにいって立派に板元さんで通るじゃないの」

「駄目だ、そんなのは。おいらの意地が許さねえ」
（これまでも職人の意地で生きてきたんだ。曲げるわけにはいかねえ）

諸国を渡り歩く料理人のなかには、披露目をうけずに板元を張っている者もいるが、江戸市中では許されないし、そんなことをすれば、親方の顔に泥をぬるばかりか、信三郎から嘲《わら》われる。

「なァ、今年かぎりの辛抱じゃねえか」

抱き寄せるようにして梅吉は、おさよの耳もとにささやいた。

「来春《らいはる》は、きっとおめえと……」

両国橋を渡りきった二人は、寄りそってしばらく橋のたもとに立ち止まっていた。

「それじゃァ気いつけて帰《けえ》んな。そのうち見舞に寄らせてもらうが、お父《と》っつぁんとおっ母《か》さんによろしくな」

突き放つようにそういうと、梅吉は、立ち去ってゆくおさよの提灯の灯明《ほあか》りを見送った。

大川の春闌《た》けた川風に、おさよの鬢《びん》つけ油の匂《にお》いと熟れきった女の残り香が、心なしかいつまでも漂っていた。

二

五月雨《さみだれ》にはまだ少し早いが、走り梅雨《づゆ》だろうか。

朝からしとしとと小雨が降っていた。

梅吉が井戸端で自前の庖丁《ほうちょう》を研いでいると、親方と河岸《かし》からもどった信三郎が、板場で小平次となにか話していたが、井戸端に出てきて声をかけた。

「今朝はなァ、梅さん、鱸《すずき》と蛸《たこ》の上物がへえったぜ」

「そいつァよかったな。鱚《きす》や車海老《くるまえび》なんぞはどうだったい？」

「それも仕入れた。川魚は若鮎《わかあゆ》と鯉《こい》のいいのがあったが、今日はよしにしたぜ」

五月《さつき》の旬《しゅん》の魚は、江戸湊《みなと》でとれる鱸をはじめ鱚や魳《かます》などで、房総の車海老や鮑《あわび》もよく、川魚ならなんといっても若鮎と鯉である。

料理はまず活《い》きのいい旬の魚の仕入れにある。ちかごろの小平次は、かならず梅吉か信三郎を河岸につれてゆき、仕入れの目もこやしてくれているのだが、梅吉に初鰹《はつがつお》の庖丁をまかせた翌日には信三郎にやらせ、〝重延《しげのぶ》〟は使わせなかったものの、二人に庖丁さばきをきそわせていた。

（今日は信さんだな）

まだ暗いうちに信三郎が親方と河岸へ出かけていったときから、梅吉は思っていた。

「向付は鱸の洗いか……」

砥石《といし》から目をあげずに梅吉は、フンと鼻先で嘲《わら》うようにいった。鱸はせいご・ふっこ・すずきと呼び名がかわる出世魚だが、身にくさみがあるので、塩焼きより、へぎ造りに薄くつくり、冷水にさらして洗いにするのがいい。

昨日は梅吉が鯉の薄づくり洗いをつくったのだ。三枚におろし、花びらほどに薄くへぎ、手早く深い器に入れて身が流れ出ないようにざるをあてがい、汲《く》みたての井戸水を鯉の身が踊るほどに勢よくかけて水にまかせ、身がちぢれ返るようになるのを待った。われながら上出来だった。

洗いは、へぎ造りの庖丁さばきと良い水で魚のくさみと脂肪《あぶら》を洗い流すこつに、小《こ》粋《いき》な味に仕立てる秘訣《ひけつ》がある。

（ゆんべのおいらの鯉の洗いにくらべりゃア、信さんのつくる鱸の洗いなんざァ、てえしたことはねえ）

そう思って、梅吉は顔をあげた。

すぐ目の前に、背の高い信三郎が親方の庖丁をもって立っていた。〝重延〟の出刃である。研ぎをまかされたのだろう。

見おろす信三郎の目が、よろこびと自信にみちている。今日は親方の出刃を信三郎が使わせてもらえるのだ。

（ようやく、おいらに追いつきやがった……）

今宵《こよい》の客は、先夜の五人の食通である。

（しっかりやれよ）

励ましの目で見あげながら、水をあける者の余裕で梅吉は、

「大事《でえじ》な親方の庖丁だぜ。燥《はしゃ》いだ気分で研いで、丸ッ刃になんぞすんなよ」

と冗談をいった。

「ご忠言、かたじけねえ」

信三郎も軽口で応《こた》え、隣にならんでしゃがみ、手もとに砥石をすえながら、

「蛸はやわらか煮にして、芽芋との煮合せはどうかな……」

半ば独り言にいった。

「親方がそうしろってのかい？」

親方が立てる献立をまだきいていないが、鱸の洗いを信三郎がまかされるなら、蛸のやわらか煮は煮方の梅吉がつくることになる。

　蛸は頭と足を切り放しても生きている。活きのいい蛸ほどねばるほどに身がやわらかいから、塩もみして深い壺《つぼ》に入れ、端を切り落した長大根で突きに突くのである。身がしまったところで水洗いして鍋《なべ》に入れ、突いていた大根も五つ六つに切って入れ、醤油《しょうゆ》・酒・味醂《みりん》で味をつけ、落し蓋《ぶた》でことことと、とろ火で煮つづける。一刻《ひととき》（二時間）もかける煮加減が、煮方の腕である。

　煮あがった蛸に板元が庖丁を入れる一瞬の、刃が吸いつくようで吸いつかぬやわらかさで、煮方の腕がわかる。その庖丁を今日は信三郎が入れるのだ。

「まかしておきなって」

　芽芋の味加減にも自信がある。さっぱりと煮あげて、蛸の味との濃淡のつりあいに、この煮合せの美味《うま》さがある。

（親方は蛸のやわらか煮の煮合せで、おいらと信さんの腕をきそわせようってわけか……）

「親方の今日の献立は、ほかになんだい？　鮑の薄切りにもみ胡瓜《きうり》の酢の物かい？」

　他の貝は冬のうちだが、鮑は初夏から初秋にかけてが味が深い。親方のことだ、鮑を仕入れてきたにちがいないと、梅吉は思ったのだ。

「いや、鮑は使わねえよ」

「じゃァなんだい？」

梅吉は考えこんだ。親方がどのような献立を立てたか、自分が川長の板元になったつもりで思案してみるのである。

献立は前もって立てて、その材料を仕入れるのが普通だが、河岸にいって気に入った魚がないときは、その日の献立を急遽《きゅうきょ》かえねばならない。いずれにしろ、とびきりの旬の材料で、その店にふさわしい、その板元ならではの料理をシテ、ワキ、ツレと組合せる。

梅吉は毎日ひとりで考えることもあるが、信三郎とあれこれ考えを出しあって、小平次との違いに、さすがだなァ親方はと、二人して舌をまく。感心しながら、腹の中では相手に負けまいと火花を散らしているのだ。

いずれ近々、親方が献立をまかせてくれる日がくる。一度まかされれば、板元になったようなものだ。来年正月の披露目《ひろめ》は間違いない。まかされる日が今日か明日かと、梅吉は待っているのだ。

「向付が鱸の洗いで、煮物が蛸のやわらか煮、酢の物がないとすりゃァ、汁はあっさりと小茄子《なす》にして、焼き物は乙《おつ》に鱚の塩焼きにそら豆ぞえ、八寸を思いっきり派手に、車海老の鬼がら焼きに木の芽ぞえ——てえとこだな。おいらならそうするぜ。今日みてえなじめじめした日は、見た目も味もすっきりと粋じゃなくちゃァいけねえよ。どうでえ、当りだろうが、親方の献立に」

「違うな」

「違うって。どこが違うんでえ」

「八寸は、こんな日和《ひより》だから鰻《うなぎ》の白焼き辛煮にする。焼き物も鱚なんかじゃねえよ。献立は、おいらが立てるんだ」

「えッ、おめえが……？」

「すまねえな、梅さん」

ニヤリとして信三郎は、砥石を濡《ぬ》らし、親方の〝重延〟の出刃の研ぎにかかりながら、

「実はゆんべ、親方にいわれたんだ。おめえに話そうと思ったが、一人で考《かん》げえることにした。眠れなかったぜ。いくら考げえても、河岸にいってみねえことにゃ、献立通りにはいかねえしな」

「なんだ、ゆんべのうちにか……」

（この野郎、おいらに隠してやがった……）

「水臭えじゃねえか」

と梅吉はいったが、もし梅吉がまかされたとしても、黙っていただろう。

「そうかい、献立をおめえがねえ……お手並み拝見といこうじゃねえかッ」

肩を叩《たた》いてやりたい気もあるのに、梅吉はやけっぱちな声を出していた。

腹の底に何か得体の知れないものがとぐろをまいている。

さっき信三郎が板場で親方と二人っきりで親しげに話していたのは、信三郎が献立を見せ、親方の指南をうけていたのだ。直されたかもしれないし、そのままで、親方が例の仏頂面《ぶっちょうづら》でうなずいたかもしれない。いずれにしろ、今日の板場は献立を立てた信三郎が仕切るのだ。

佐野屋の隠居や駿河屋の主人など五人の食通に、女将《おかみ》さんが今宵の献立は信三郎だと披露するかもしれない。よほどのしくじりがないかぎり、信三郎が板元に出世したも同然ではないか。

梅吉は頭の中が真白になりながら、庖丁を研ぐ手をとめて、すぐ隣で親方の出刃を研いでいる信三郎の手もとを見ていた。

仕上げ砥に出刃の刃をぴたりとあてて、信三郎が手並みよくうきうきと、〝重延〟を研いでいる。裏金《うらがね》の峯《みね》のちかくに槌目《つちめ》のある、柾目鍛《まさめ》えの名刀。研ぐほどに鋼《はがね》と地《じ》鉄《がね》のかさねが、青味がかったすっきりとした柾目で際立《きわだ》ってくる。

(板元の披露目のときは、親方のことだ、この出刃を祝いにくれるにちげえねえ)

そう思って、眺めてきた庖丁である。その庖丁を今日は信三郎が使わせてもらえるだけでなく、梅吉をとび越えて、献立までまかされたのだ。

(畜生……やっぱり、あのときの初鰹の庖丁さばきがドジだったんだ。その後、おいらに二度と〝重延〟を使わせず、おいらの庖丁さばきを親方は黙って見てたんだ……)

「なあ、梅さんよ」

研ぎの音を心地よさそうにたてながら、信三郎がいった。

「この庖丁は、おいらが戴《いただ》きってことになりそうだな」

(何をいいやがる!)

そんな慢心した根性で〝重延〟の出刃が使えるかい！　そういってやりたいが、口が乾いて声が出ない。

(おさよはくれてやっても、この出刃だけは渡せねえぜ)

梅吉は血走った目で、信三郎の横顔を睨《にら》んだ。腹の底にとぐろをまくものが、鎌首《かまくび》をもたげていた。

信三郎は研ぎの途中で、〝重延〟の出刃を顔の前にかかげ、研ぎぐあいをじっとた

しかめながら、うっとりとした表情で、

「名人が鍛えた庖丁はちがうなァ。魂が吸いこまれるようだぜ」

ふふっと独り笑いをして、

「こうした業物《わざもの》は、腕のいい庖丁人が使わなくちゃいけねえよ。そうでねえと、庖丁が泣くぜ」

(この野郎、おいらのことをいってやがる！)

信三郎はやはり梅吉が初鰹の霜降り角づくりをつくったときの、庖丁さばきをきびしい目で見ていたのだ。佐野屋の隠居の言葉も耳に入っていただろうに、信三郎が口をつぐんでいたのは、腹の中で梅吉の庖丁さばきを嘲っていたのだ。

(友達げえのねえ野郎だ)

と思う以上に、信三郎が長年の友達づらをして、腹の底では出しぬこうとしている卑《いや》しい魂胆を見てしまった気がして、カッと頭に血がのぼった。

だが、これだけだったなら、何事もなかったのだ。

「梅さんよ。へぎ造りはな、庖丁の刃の手元のここんとこで、おさよちゃんの肌にやさしく触れるみてえによ、刃をやんわり丸く使うもんだぜ。こうしてな」

その庖丁づかいのしぐさを信三郎はさも楽しげにしてみせてから、

「やってみねえな」

と、〝重延〟の出刃を梅吉にさし出した。

「てめえ、おいらをコケにすんかッ！」

「あッ」

と信三郎の笑顔がゆがんだときは、梅吉は受けとった出刃で斬《き》りつけていた。それをよけようとした信三郎の手から血しぶきが噴いた。指が二本、宙に舞った。

その一瞬の光景を、梅吉自身、信じられぬ眼《まなこ》に映していたのだ。

三

大川の川開きもとうにすぎ、江戸の町に秋風が立つころ、伝馬町《てんまちよう》の牢《ろう》に入れられていた梅吉に裁きがあった。

朋輩《ほうばい》を口論のうえ傷つけたとして、江戸十里四方の追放刑である。信三郎にはなんの咎《とが》めもなかった。

台風もよいの風が吹く夕暮れ、南町奉行所の門前で放逐された。

奉行所前の腰掛茶屋で親方の小平次と信三郎、そしておさよが待っていた。一夜、親族方に泊ることを黙許されるが、とうに両親は死んでいていなかったし、古傘買いをしている兄の姿はなく、来ていたとしても、梅吉には無沙汰《ぶさた》をしていた兄夫婦の長屋になど泊る気はなかった。

「これからどこへゆく？」

小平次が、すっかり骨張ってしまった梅吉の肩に手をのせて言葉をかけた。

「へい……」

うつむいたきり、親方の顔も見られなかった。

料理人が商売道具の庖丁《ほうちょう》で、しかも親方の〝重延《しげのぶ》〟の出刃で、相弟子の指を落してしまったのだ。料理人として二度と庖丁がもてないだけではなく、

（死んで詫《わ》びてえ……）

と親方の前に面《つら》をさらせる身ではなかった。

「おいらも悪かったんだ。堪忍《かんにん》しろ、梅さん……」

傷は大かた治ったらしいが、まだ左手にさらしをまきつけている信三郎がそういってくれたが、梅吉は顔もあげなかった。傍らにおさよがいることが、いっそうつらい。

（おいらのことァ忘れて、信さんと暮らしてくれ……）

胸の中でそういって、砂《すな》っ埃《ぼこ》りのたつ地べたばかりを見つめていた。

おさよが手行李《てごうり》を梅吉の手におしつけた。

「あたしの縫った袷《あわせ》も入っているから……」

旅支度をしてくれたのだ。

「すまねえ……」

信三郎は左手の薬指と小指を根元から失ったが、料理人としてやってゆけるだろう。板元になり、おさよを幸せにしてくれる……。

(おいらなんぞでなくてよかったんだ……)

「江戸を出てどこへゆくんだ。あてでもあるんか?」

信三郎がきいた。

「北へゆく」

江戸十里四方だけでなく、京、大坂、東海道へゆくことも禁じられている。北へゆくしかないが、あてなどなかった。

「せめて浅草御門まで送ってゆくぜ」

「よしてくれ」

「梅」

もう一度肩に手をおいて小平次がいった。

「これは路銀だ。庖丁はもたねえでも、料理人の心意気だけは忘れるな。いいな……」

「へい……」

梅吉は深々と頭《こうべ》を垂れた。顔をあげたとき、ちらとおさよを見た。

両の目に涙をためたおさよが、なにかいいたそうに口もとをふるわせていた。

梅吉はきびすを返した。

「達者でな、梅さん」

信三郎の声にも振りむかず、梅吉はつんのめるように歩いた。

江戸の夕暮れの空を、どす黒い雨雲が激しい風に低く流れていた。

(生涯、二度と江戸にはもどれねえんだ)

もどる気もなかった。

いくど死のうと思ったかわからない。

梅吉は奥州《おうしゅう》街道を北へ流れ流れて、津軽の三厩《みんまや》から船に乗った。津軽海峡の荒海にもう雪が舞っていた。

（死んだ身も同然なら、いっそ北の涯《はて》の蝦夷地《えぞち》に渡ってみるか）

路銀もつきていた。松前に渡り、人足をしてすごした。

松前は城下町が山すそから湊《みなと》にかけてひらけ、山上に小体《こてい》な福山城があり、湊には北前船がにぎやかに船がかりして、城下は人馬でごったがえしていた。綿作《わたさく》の魚肥として全国に出まわる鯡《にしん》の積荷で、仕事には困らなかった。ここで三年をすごし、江差に移った。

江差は鯡漁のほかに、附近に檜山《ひのきやま》があるので檜材の積出しでも潤《うるお》っていた。湊には弁財船《べざいぶね》がおびただしく出入りし、浜には艀《はしけ》の入る張リ出シというつくりの船主や豪商の家が軒をつらね、湊のすぐ沖には弁天を祀《まつ》った弁天島があり、遅い春ともなればエゾ桜が咲きそめ、千畳敷と呼ばれる広々とした岩場では花と海を眺めて弁当をひらく老若《ろうにゃく》男女でにぎやかだった。

冬ともなれば、遠く海を越えて韃靼《だったん》から吹きつける強風に、吹雪が宙に逆立った。

（刻《とき》までが息を殺していやがる）

しかし、さい涯の町も住めば都だった。独り者で通したが、人足をする船問屋の主人《あるじ》にまじめさを認められて、江差の人別帳にも入れてもらえ、酒を飲めば、人足仲間と馬鹿《ばか》騒ぎもし、商売女も抱いた。

（どうせおいら、二度と庖丁はもてねえ、料理人の脱け殻さ）

蝦夷地まで流れてくる者は、多かれ少かれ、本邦での食いつめ者や脛《すね》に傷もつ者が多い。変り者もいて、腹がすわっている。あれこれ過去を詮索《せんさく》しないのも有難い。

江戸を追放されて以来、いつか十四年もの歳月が流れていた。

四十の正月を迎えてから、やけに江戸を思い出す。

正月七日の七種粥《ななくさがゆ》。

初春《はつはる》の道のべに、せり、なずな、ごぎょう、はこべ、ほとけのざ、すずな、すずしろが萌《も》えいで、江戸の市中に「なずなァ、なずなァ」とふり売りの声がのどかにきこえてくる。ここ蝦夷地では雪もとけず、緑の野草など一草もない。雪を掘ると固い凍土《どど》の深みに、わずかに蕗《ふき》の薹《とう》がころっと、遅い春を待っているだけだ。

初春の江戸湾は、佃島《つくだじま》の漁師たちの繰り出す白魚漁の篝火《かがりび》で、夜はまぶしいほどだった。四つ手網で獲《と》ったばかりの白魚を、客に出して、盃洗《はいせん》に泳がせ、客が箸《はし》でつまんで醤油《したじ》のなかに入れると、白魚がぱくっとのみこみやがって、口に入れて前歯でプツンと嚙《か》むと、口ん中へいいぐあいに醤油がひろがったもんだ……。

初夏はなんてったって、初鰹《はつがつお》だなァ……。霜降り角づくりもいいが、ただ厚めに切って、辛子醤油《じょうゆ》か辛子味噌《みそ》も悪かァねえ。河岸《かし》にあがったばかりの、身上《しんしょう》をつぶすほど高値な活《い》きのいい初鰹を、もう一度、さばいてみてえ……。

山王祭の太鼓の音や浅草三社祭の御輿《みこし》のにぎわいもきこえてきて、江戸の四季の風物と四季折々の旬《しゅん》の江戸前料理の数々が、涙が出るほど懐《なつ》かしく想《おも》いうかぶ。四十を過ぎた歳《とし》のせいかもしれなかった。

江差にも料理茶屋はある。湊と弁天島を見おろす山ノ上町には、芸妓《げいぎ》のいる料理茶屋が建ちならんでいる。通りかかると、つい勝手口から板場をのぞいているのだ。

「なんだ、またおめえか」

顔見知りになった板元と話しこむこともある。信三郎が柳橋の亀清で板元をしているとの噂《うわさ》をきいた。とうにおさよと世帯をもったとも、風の便りにきいた。

(板元になって、おさよと幸せに暮らしてるんだ。それでいい……)

正月がすぎ、江差にも春風が吹き出して雪がとけはじめ、間もなく春鯡で湊がにぎわう二月下旬、セタナイにゆく役人の人足になった。

セタナイまでは海沿いの道を北へおよそ十七里。途中の熊石《くまいし》までが和人地である。海風が強く、春先の小雪が舞っていた。

熊石に一泊し、翌日の夕暮れにセタナイに着いた。役人は数日滞在するので、帰りは一人だった。

日本海を吹きわたってくる北西風の激しい海風に追われるように、帰路を急いだ。熊石まではアイヌの集落さえほとんどない。たまに、山すその崖《がけ》にかじりつくように舟小屋があるくらいだ。

鳴神《なるがみ》と呼ばれる岬をまわり、小さな入江に入ったとき、軒のくずれた舟小屋の前を通った。

ふと見ると、薄暗い小屋の内に女がいた。女は丼《どんぶり》から顔をあげて梅吉を見た。その女と目が合った。一瞬のことだ。

アイヌではなく、和人の女だった。三十五、六か。

通りすぎて、梅吉の目の芯《しん》にその女の顔が残っていた。丼から顔をあげた、ほつれ髪の痩《や》せぎすな女。女もハッとしたように梅吉を見たのだ。

(なにを食ってたんだ……)

うどんのようなものをすすっていたようにも、なにか温かい汁のようなものをすすりこんでいたようにも思える。独りのようだった。

(和人のめったに来ねえ、こんな蝦夷地の海辺の荒れ果てた舟小屋で……)

おさよに面影が似ていたわけでもなかった。が、江戸で別れたときの、両の目を涙でうるませ、なにか語りかけようとしていたおさよの顔とかさなった。この十四年、ときにふっと胸の裡《うち》にせりあがってくるおさよの顔だ。

梅吉は振り返ってみた。小屋の板戸が半ば開いているだけで、女の姿はなかった。小雪を舞いあげる風が、板戸を鳴らしていた。

熊石の旅籠《はたご》できいてみると、

「そんな女はいねえよ」

と亭主はいった。

女を見たのは、梅吉の気のせいかもしれなかった。こんなさい涯の地に、和人の女が独りでいるわけはないのだ。

（おさよに会いてえ……）

この十四年、料理人のおのれを殺して、職人の意地も外聞もなく蝦夷地で芥《あくた》のように生きてきた自分へ、梅吉は夜の海鳴りと風の音をききながらつぶやいていた。

（一度でいい。おさよに会って、生涯で一度だけ、料理人として庖丁がもちてえ……）

四

その春、梅吉は江差を発《た》った。北前船に乗り、西津軽の鰺《あじ》ヶ沢《さわ》に上陸した。

宿場宿場の料理茶屋や旅籠《はたご》の板場で、下洗の仕事に十日二十日とありつきながら、奥州街道に出て、江戸にむかった。

仙台、福島、郡山《こおりやま》、白河と来て、宇都宮の城下に滞在したときは、みちのくの短い夏はとうにすぎ、秋も深まって、城下のかなたに望む日光の山々に初雪が降っていた。

「おめえ、洗い方がどうにへえってるでねえかい」

どこの店でも板元から褒められたが、決して庖丁《ほうちょう》はもたず、焼方と煮方も手伝わず、下洗しかしなかった。

「いい歳《とし》をして、変った野郎だ」

その変り者で通した。

小山《おやま》、古河《こが》の城下でひと月余を働き、越ヶ谷宿の小さな旅籠に逗留《とうりゅう》した。

越ヶ谷は江戸から六里。

十里四方江戸払いの梅吉には、日本橋から五里以内の次の草加《そうか》宿へは立ち入れない。

迷った末に、柳橋の亀清へ書状を出した。板元の信三郎宛《あて》に、おさよと一刻《ひととき》会いたい旨《むね》を正直にしたためたのだ。

亀清をかわっているかもしれないが、料理人仲間のことだ、江戸にいるなら信三郎の手元にとどくだろう。破り捨てられるかもしれない。来なくてもともとだった。あるいは、おさよは来なくとも、信三郎が来てくれるかもしれない。

(どの面《つら》さげて、信さんに会えるんだ)

来なくていい、いや、おさよに来てほしい……。

おのれの未練を嘲《わら》いながら、梅吉は旅籠で待った。

江戸から女の足でも半日たらずである。

毎日、空っ風が吹いた。裏の小川にも沼にも氷が張っていた。もう師走《しわす》の半ばだった。

空っ風の吹きまわす関東平野の江戸の空のかなたに小さく富士が見えた。夕陽が沈むと、ぱたりと西風がやみ、しんしんと冷えこむ夜が訪れた。

四日めの昼さがり、空っ風の吹く街道を草加宿の方角から近づいてくる二つの人影があった。少年づれの中年の女である。ほとんど背丈のちがわぬ背の高い少年に手をひかれるように、風の中を歩いてくる。梅吉は宿の二階から見ていた。

女は風よけに手拭《てぬぐい》をかぶり、着物のすそをからげ、手甲脚絆《てっこうきゃはん》で、片手に竹の杖《つえ》をついていた。

(おさよだ……)

手拭にかくれて顔はよく見えないが、躰《からだ》つきでわかった。

梅吉は梯子段《はしごだん》をかけ降りた。旅籠の土間に入ってきて、髪の手拭をとったおさよと顔が合った。一瞬、たがいに信じられぬ目で相手を見た。老《ふ》けているが、おさよである。

「すまねえな。師走のこんな忙しいときに、わざわざ来てもらって……」

「いいえ。……梅さんですね。お久しうございます」

「すっかり変っちまったから、わからなかったんじゃなかったかい？」

おさよは黙って首を横に振った。

隣に、十二、三の背のひょろ高い少年が立っていた。

「倅《せがれ》なんですよ。辰之助《たつのすけ》といいます」

おさよがいうと、辰之助はぺこりと頭をさげたが、警戒するような目で梅吉を見ていた。

「倅さんかい。道理で、背恰好《かっこう》が信さんによく似てるねえ。顔だちは、おさよちゃん、

「いや、おさよさん似だなァ」

そういっても、辰之助はにこりともしなかった。

信三郎がおさよを一人では梅吉に会わせず、倅を一緒に来させたのか、それとも辰之助自身が母を案じてついてきたのかもしれなかったが、梅吉はおさよが連れてきたと思った。

「うれしいねえ、俺みてえな野郎に倅さんまで会わせてくれて……。まあ、上がってくださいな。疲れたでしょう。わらじをぬいでさ」

梅吉は勝手知った裏の井戸端に出て、足をすすぐ水を小桶《こおけ》に汲《く》んできて、おさよと辰之助の足もとに置いた。井戸端で水を汲んだとき、小桶の水鏡に映った自分の老けた顔に、この十四年間のすさんだ翳《かげ》が消えているのに、梅吉は安堵《あんど》した。おさよにそんな顔は見せたくなかったのだ。

旅籠の亭主にことわって、おさよと辰之助に二階の部屋に上がってもらった。午後の時刻なので、ほかに客はいなかった。梅吉は囲炉裏《いろり》で土瓶に湯をつぎ、茶を淹《い》れて、二階にはこんだ。

おさよと辰之助は、ぎごちなさそうに並んで坐《すわ》っていた。

「昼餉《ひる》はすましたのかい？」

「ええ、草加宿の茶店で」

二人の前に坐ったが、何から話していいか梅吉にはわからなかった。辰之助がいるからでもなかった。いったい何を話したくて、おさよを呼んだのだろう。ただ会いたい一心からだけでもなかったのだ。

おさよも少しのあいだ黙っていたが、

「亀清にお手紙をいただきましたけど、一昨年《おととし》、店を移ったのですよ。亭主は芝神明《しばしんめい》町《ちょう》の車屋で板元をしております。それで、梅吉さんのお手紙を見るのが遅れて、こうして来るのも遅れまして」

といった。

「そうでしたか。芝神明町の車屋の板元さんにねえ。車屋さんといやあ、川長以上だ。てえしたもんだ。板元のおかみさんでは、おさよさんも大勢の弟子の面倒見でさぞ大変でしょう。すっかり信さんもおさよさんも、立派におなりなすった」

「いいえ、これもみんな、小平次親方さんのお陰です」

「なんの音沙汰《おとさた》もしなかったが、親方はお達者ですかい？」

おさよはわずかに首を振った。

「四年前、病いで亡《な》くなられました……」

「えっ、あの親方が……」

「臨終《いまわ》の際《きわ》に、梅さんのことをいってましたよ」

胸の内に熱いものがこみあげて、梅吉は奥歯を嚙《か》みしめたまま、握りしめたこぶしに目を落とした。握りしめればしめるほど、こぶしが小刻みにふるえた。

（おいらのことを何ていったんだ、親方は……）

江戸での別れのとき、小平次のいった言葉が、つい昨日のことのように耳にひびいてくる。「庖丁はもたねえでも、料理人の心意気だけは忘れるな。いいな……」

その言葉を片時も忘れたわけではない。だがこの十四年、どのように生きてきたというのか。わずかに、庖丁をもたないことを守ってきただけだ。

「親方がこんなおいらのことを心配《しんぺえ》して、何とおっしゃったか、聞きますめえ……」

そういって梅吉は、あふれる涙をこぶしでぬぐった。そして、泣き笑いの顔をおさよと辰之助にむけた。

「親方へは、信さんがおいらの分も恩返しをしてくだすった。亀清の板元になり、こんどは車屋の板元を立派に張っていなさる信さんを、だれよりもよろこんでおいでなのは親方さんだ。ねえ、辰之助さん、おめえさんは、いいお父《と》っつぁんとおっ母《か》さんをお持ちだよ」

「はい」

辰之助ははじめて緊張を解いたようにうなずいて、恥ずかしそうに母親のおさよを見た。その母と子を梅吉もまた、こだわりの解けた目で、何よりもまぶしいものに眺めた。

おさよは腰まわりが肥《ふと》りぎみになり、板元の女房としての貫禄《かんろく》と母親としての自信のようなものが、その躰つきににじんでいて、幸せな女の、いい歳のとり方をしている。辰之助のほうは信三郎に似て色白で、利発そうな澄んだ目をしていた。

「辰之助さんはいくつだね」

と梅吉はたずねた。

「十二です」

「十二といやァ、おじさんが奉公に出て洗方になった歳だ。おめえのお父っつぁんもその歳のときには、料理人の年季奉公をしていたはずだが」

「この子も店《うち》で下洗をしてるんですよ」

おさよがいった。

「どれ、手を見せてみねえな」

辰之助の手は、手の平のまめが破れ、指には霜やけとあかぎれができていた。

「信さんのことだ、きびしく仕込んでんだなァ」

「それが、甘いんですよ。来春から川長へ奉公に出すことにしたんです」

「さすが信さんとおまえさんだ。他人の釜《かま》の飯をくわせなくちゃいけねえ。で、お子さんは辰之助さん一人なんかい？」

「いいえ、七つになる娘がいるんですよ」

「そいつは悪かったな、幼な子に留守番させちまって」

「いいんですよ」

「おいら、ちょっと……」

辰之助がもじもじして腰を浮かした。厠《かわや》にいきたいのだろうが、気をきかせて座をはずすのかもしれなかった。

「いっておいで」

とおさよがいった。

「でも、すぐにもどって来るんだよ。間もなくおいとましますからね」

辰之助が出てゆくと、梅吉は畳に両手をついて、

「すまなかった、おさよさん」

と頭を下げた。

「あのころァ、おいら若かった。いや、歳ばかりくっていたが、カッとして信さんを傷つけてしまっただけじゃねえ。おさよさんに……」

「梅さん、手を上げてくださいな」

梅吉は両手を膝《ひざ》にもどしたが、言葉をついだ。

「あのころァ、板元に出世することばかりで頭がいっぺえで、人さまの気持の内はなにもわかっちゃいなかった。おめえさんに、信さんかおいらか選べばいいだなんて、酷なことを平気でいっちまって、馬鹿《ばか》だったんだよ……料理のことだって、なにひとつわかっちゃいなかった」

「……」

「親方の〝重延《しげのぶ》〟の庖丁が欲しいばっかりに、おさよさんより庖丁のほうが大事だったんだ。そんな気持で、料理がつくれるわけがねえ。人の心がわからねえで、庖丁がもてるわけはねえってことに、この十四年、蝦夷地《えぞち》でようやく気づきましたのさ」

「蝦夷地で……ずいぶんとご苦労なさったんですね」

「なァに、苦労なんぞしてませんよ」

梅吉は照れ笑いをして、

「ただ歳をくって、四十三にもなっちまっただけだ」

「あたしだって、年が明ければ四十ですよ」

笑顔になったおさよの頬に、えくぼが二つ刻まれている。

「しばらく待っていてくだせえよ」

笑みを返した梅吉は、立ちあがっていた。怪訝《けげん》そうなおさよへ、

「長くは引きとめませんから」

そういって、梯子段を足早やに降り、草履《ぞうり》をつっかけて土間つづきの台所に入り、囲炉裏端にいた亭主とかみさんに、

「ちょいと、これを借りますぜ」

ざる一つを手にして、旅籠の裏に出た。

枯れ葦《あし》が西風になびく小さな沼が、田んぼのほうへひろがっている。梅吉は草履をぬぎ、氷を割って沼に入った。膝小僧ほどの浅さである。水底の泥をのぞくと、まるで小さな二つの目のように、息をする気管だけを泥に出して、蜆《しじみ》がいくつもいた。両手で泥といっしょにすくい、ざるに入れて泥をふるい落す。小さいが、殻の真黒な、肉の肥えた蜆である。少しの間に、小ざる一杯ほどの寒蜆が採れた。

吹きっさらしの、冷たい水の中にいたので、手足が赤くなっていたが、拭いもせず草履をつっかけると、水べの日溜《ひだま》りをさがして、枯れ草のあいだに薄緑の葉をひろげ

ているせりを摘みとった。茎《くき》がやわらかく白い、萌《も》え出《いで》たばかりのせりである。

小走りに台所にもどり、

「竈《かまど》を借りますぜ」

とまたことわって、鍋《なべ》に湯をわかしはじめた。湯をわかしながら、ざるの蜆を洗い、水を張った小桶に入れる。少しの間だが、泥を吐かせるのだ。せりもさっと洗って水をきり、傍らにあった菜切り庖丁《ぼうちょう》で小刻みにきざんだ。鍋の湯がわきたったところで、ざるにとった蜆をほうりこむ。貝の口があいたところへ、椀《わん》に溶かした味噌《みそ》を入れ、煮たつ寸前に鍋を竈からおろした。

玉杓子《たまじやくし》で三つの椀に移し、きざみぜりを散らす。盆にのせ、箸《はし》もそえて、台所を出た梅吉は、梯子段をトントンとあがった。

部屋にもどっていた辰之助は、端に立って外を眺めていた。

「待たせちまったね」

四半刻《しはんとき》(三十分)もかからなかったが、陽は西にかたむいて、午後の冬陽が座敷の奥まで射《さ》しこんでいた。

「外は冷える。なんのもてなしもできねえが、躰をあたためていっておくんなさいな」

盆をさし出すと、湯気の立つ椀を見て、

「まあ、蜆汁ですね」

とおさよが弾む声でいった。

「こんなものしか、こさえられなくて……」

「いいえ。寒蜆、なによりのご馳走《ちそう》ですわ」

「椀もこんな欠け椀で……。急いだもんで、泥臭えかもしれねえが……」

おさよは隣に坐った辰之助へ、いただきましょうと目でうながし、椀をとりあげ、おしいただいて、ほのかに立つ湯気にうっとりとした表情でいった。

「せりがいい香り……頂戴《ちょうだい》します」

軽く頭をさげてから、箸をとり、一口すすり、ころっと肥えた寒蜆の身も口に入れて、梅吉を見てにこりとした。

「おいしい！」

その一言でよかった。梅吉は深くうなずくと笑みを返した。

塗りのはげた欠け椀の、変哲もない一杯の蜆汁。

せりを散らして香りと景色をととのえたが、本所二ッ目橋の裏店《うらだな》にいたガキの時分、母親もそうしてくれたものだ。蜆は本所や深川の堀割にもいて、梅吉もおさよも、近所の幼い子供たちとわいわい騒ぎながら、堀に入って採ったものだ。

梅吉もおさよと辰之助と一緒に、蜆汁をすすった。せりと味噌の香りにまじって、かすかにへどろのにおいがした。温かい汁の奥に水辺の陽の光があり、どこか天空を吹く風のにおいもした。

梅吉はふと、鳴神の吹きさらしの浜の舟小屋で、丼《どんぶり》からなにか温かい汁のようなものをすすりこんでいたあの女は、気のせいでも、幻でもなかったのだと思った。

おさよとの別れの刻がきていた。

母子《ははこ》を旅籠《はたご》の外まで送り出して、

「信さんによろしくいってください」

と梅吉は、また会える者のようにいった。

「梅吉さんは、これからどちらへ？」

「蝦夷地にもどりますよ」

「好きなお人でもおいでなの？」

「まあ、待っている者がいるんでね」

おさよと辰之助が振り返りながら立ち去ってゆく江戸の空のかなたの夕焼け空に、今日も小さく富士が見えた。

江戸鍛冶《かじ》注文帳

一

――鑿《のみ》は国弘《くにひろ》、鉋《かんな》は田圃《たんぼ》。

幕末のころ、江戸ではそういわれていた。

〝田圃〟とは、吉原《よしわら》に近い浅草田圃に住む鉋鍛冶《かじ》義廣《よしひろ》のことで、かれは〝田圃の義廣〟とも呼ばれていた。鑿鍛冶の国弘は兄、義廣は弟で、この兄弟は道具鍛冶で知られる越後三条《えちごさんじよう》から江戸にうつり、江戸の大工から名工と謳《うた》われていたのである。

「なあに、あの二人に負けるもんかい」

つねづね口にしている男がいた。

定吉《さだきち》という江戸ッ子の道具鍛冶で、鑿と鉋を鍛えて、銘は〝清定《きよさだ》〟。晩年は〝町奴《まちやっこ》〟の銘を用いたが、厩《うまや》の渡し近くの大川端《おおかわばた》に住んでいたので、〝バンバの清定〟とも呼ばれていた。浅草御蔵《おくら》のあるそのあたりには、馬具の鍛冶が多くいたからであろう。

その清定の注文帳が残っている。

当時、江戸には鑿専業、鉋専業の鍛冶だけでも百人余もいたが、そのほとんどは金物問屋専属の〝抱え鍛冶〟で、客の誂《あつら》えに応じて道具をつくる〝誂え鍛冶〟は十指にみたなかった。注文帳は誂え帳ともいい、誂え鍛冶が客の注文をうけるとき、うけた日付や納期のほかに、客の好みを「薄手造り、鋼《はがね》厚め」などと書きとめ、手金《てきん》の額なども記入しておく。

定吉清定は几帳面《きちようめん》な質《たち》であったらしく、誂え主の人柄なども余白に書き込んでいるが、虫食いがはげしく落丁もありボロボロで、判読しがたい箇所が多い。しかし、たびたび誂え主の大工安五郎《やすごろう》の名が出てくる。

その安五郎の嘉永《かえい》三年夏のところに、朱で点が三つ打たれている。これは約束した期日にできあがらず、安五郎に三度も無駄足をさせた印《しるし》である。

そういう道具鍛冶はかればかりではなかったようだが、客が腹をたてることはめったになく、ようやくできあがった道具を手にした大工は、

「どうでえ、惚《ほ》れぼれする出来栄《できば》えだろうが。この鉋はな、誂えてから三度も無駄足をして、半年の余もかかったんだぜ」

などと、大工仲間へ自慢の種にした。

しかし、誂えた品を使ってみて切れ味が悪かったりすれば、大工は怒鳴り込んでき

て、つっかえした。

さて、嘉永三年夏のことである。

（今日から、あの安五郎棟梁《とうりよう》の大鉋《おおがんな》を鍛える……）

晩夏の暁闇《ぎようあん》に目をひらいたとき、定吉清定は胸の奥で声を発していた。

さわやかな目覚めの五体に、気力がみなぎっている。目の芯《しん》には、ふっとめまいがくるかのように、火《ひ》造《づく》りの灼熱《しやくねつ》の色が浮かんでいた。

このとき、定吉三十九歳。

芝神明町《しばしんめいちよう》の大工の棟梁安五郎から注文をうけたのは、まだ墨堤《ぼくてい》の桜がちらほら咲きはじめた二月末、五月《いつつき》ほど前であった。

大川の春風がここちよい午《ひる》さがり、定吉の鍛冶場を訪ねてきた安五郎は、ひと仕事すませて汗を拭《ぬぐ》いながら紫煙をくゆらせていた定吉へ、

「親方、五寸の仕上げ鉋を鍛えてもれえてえんだ」

ときり出して、定吉の目の奥をじっと見つめたのだった。

「五寸の大鉋をかい？」

定吉は、うなずきながらもきき返した。

柱や板を削る平鉋《ひらがんな》は、荒削りから仕上げまでに、鬼荒仕工《おにあらしこ》鉋、荒仕工鉋、むらとり鉋、中仕工《ちゅうしこ》鉋、上仕工《じょう》鉋、仕上げ鉋の六種類があるが、つねにそのすべてを使うわけではなく、ふつう大工は荒仕工鉋、中仕工鉋、上仕工鉋あるいは仕上げ鉋の三丁ですます場合が多い。

中でも木味《きあじ》に艶《つや》を出すために最後に使う仕上げ鉋は、ひと削りで一毛《もう》（〇・〇三ミリ）ほどもの薄さに削るから、三寸角の柱なら刃幅三寸の鉋、四寸角の柱なら刃幅四寸の鉋を用いる。刃幅のせまい鉋で削ると、二度三度と鉋を送らねばならないので、どうしても削り目の境に微妙なシマが出やすく、素人《しろうと》目にはわからなくとも大工は気に入らない。そして、三寸以上の鉋を大鉋といい、五寸の仕上げ鉋が腕のある大工でも使いこなせる最大のものといわれる。

安五郎とは、鍛冶と大工の十年来の深いつきあいで、その腕前のほどを定吉はよく知っている。

十三年前、二十六歳のとき、神田鍛冶町の師匠清久から〝清定〟の銘を許され、廐の渡し近くの三好町《みよしちょう》に鍛冶場をかまえて日本橋の金物問屋山辰《やまたつ》の抱え鍛冶として独り立ちした定吉は、翌年、惚れあったおまさと世帯をもち、十年前の二十九歳のとき、念願の誂え鍛冶になった。そのとき、最初の誂え客が安五郎だったのである。

安五郎がはじめて訪ねてきたときのことは、はっきり覚えている。年の瀬がおしつまった雪もよいの朝方、定吉が横座に坐《すわ》り、火床《ほど》から灼熱の地鉄《じがね》を金箸《かなばし》で金床《かなとこ》にとり出し、弟子の弥助《やすけ》に先手《さきて》の大鎚《おおづち》を打たせながら、小鎚を使って鉋の地鉄を鍛えていると、外の路地に人の気配がした。さっきからそこに佇《たたず》んで、鎚音をきいていたらしい。

(鍛冶仲間が様子をさぐりにきやがったな)

定吉はそう思った。

鎚音をきけば、腕のほどがわかる。そればかりか、心のうちまで見すかせる。

山辰から離れて誂え鍛冶になったものの、まだ一人として注文の客がこないのである。米櫃《こめびつ》はからっぽで、この分では年が越せるかどうかわからない。

「なあに、鑿と鉋を鍛《う》たしゃア、国弘や田圃に負けねえことァ江戸中の大工が知ってるんだ。おまさ、心配《しんぺえ》することはねえぜ」

質屋がよいをさせている女房のおまさへは強がりをいっているが、定吉自身、不安と焦《あせ》りがないではないのだ。しかし、注文仕事がないからといって腕を遊ばせておくと、身も心も錆《さび》る。職人は仕事がないときほど腕を鍛えておかねばならない。

火造りが一段落して、鎚音のやむのを待っていたかのように、安五郎が入ってきた。

一目で大工とわかった。

定吉より二つ三つ年上と思える、骨太な体格の男で、洗いざらしの半纏《はんてん》をひっかけ、無精髯《ぶしょうひげ》をはやしている。

「突き鑿と仕上げ鉋を、それぞれ一丁、鍛えておくんなせえ」

挨拶《あいさつ》もせずに出しぬけにいった。

「一丁ずつかい」

(この野郎、俺の技《わざ》を試しにきやがったな)

と定吉は思った。

実の母に二つのとき死なれ、左官職で博打《ばくち》好きのやくざな父と継母《ままはは》に育てられた定吉は、八歳のとき神田鍛冶町の鑿鍛冶清久のところへ年季奉公に出された。〃鑢《やすり》かけ二年、鏟《せん》かけ二年、火造り三年、焼入れ三年〃といわれて十年かかる修業に一年余計かかったのは、生来、あまり器用ではなかったからである。〃鑢かけ二年〃といっても、最初は火床の松炭を砕く仕事で、大・中・小に均等に砕けるようになるには一年はかかり、洟《はな》たれの八つのガキが誰よりも早く起きて、毎朝暗いうちに来る日も来る日も炭粉で鼻の穴までを真黒にして炭を砕いた。しかし、持ち前の勝ち気な性分から、昼でも薄暗い鍛冶場で炭粉に汚れ、鉄粉にまみれ、火花に肌を焼いて年季が明けたときには、兄弟子に劣らぬ鑿が鍛えられるようになっていた。

師匠の清久は誂え仕事もするが、山辰の抱え鍛冶として∧辰の刻印と清久の銘を打った各種の鑿をつくる。

一年のお礼奉公をして、いっぱしの鑿鍛冶になった定吉は、二十歳《はたち》のとき修業の旅に出た。諸国の鉄と鋼を見てまわりたいこともあったが、鉋つくりの修業を一からしたかったからである。越後三条から江戸に出てきた国弘・義廣兄弟の名がうれはじめた時期で、江戸ッ子の自分が二人に負けまいと思った定吉は、

（あいつらが越後三条の鍛冶なら、俺ァ、播州三木《ばんしゅうみき》までいって鉋鍛冶の修業をするぜ）

　と考えたのだ。

道具の産地は、東は会津、越後の三条と与板《よいた》、西はなんといっても播州三木である。このうち会津は鋸《のこ》で知られ、鋸の油焼入れの元祖は会津の鋸鍛冶中屋助左衛門《すけざえもん》である。戦国時代、別所長治《べっしょながはる》の城下町であった播州三木は、古くから鍛冶が盛んな土地柄であったが、長治が秀吉《ひでよし》に攻められて落城後、秀吉が町の復興策として免租し、それが江戸時代になってもつづいたので、いっそう鍛冶が発達し、鑿鍛冶、鉋鍛冶の名工が多い。

定吉はその三木で五年、血の小便が出る毎日の修業をした。

(鉋でも田圃の上をゆくぜ)

自信をえて江戸にもどった定吉は、独り立ちして山辰の抱え鍛冶になり、そして、誂え鍛冶になって最初の客安五郎を迎えたのである。

「鑿と鉋を一丁ずつなら、なんでお前《めえ》さん、国弘と田圃に頼まねえんだい?」

やっと誂え主がきてくれたよろこびと安堵《あんど》で胸のうちが熱くなりながらも、定吉が口もとを少しひんまげてきき返したのは、この男の傲慢《ごうまん》さもあるが、安五郎の肚《はら》のうちをたしかめたかったからだ。

安五郎は名を名乗ると、

「おいら、しがねえ渡り大工だが、お前さんの鍛えた㊂印の鑿が肉まわしといい切れ味といい、ていそう気に入っていますのさ」

世辞をいういい方ではなく、ちょっとムッとしたようにいった。

「いつごろ手に入れた鑿だい?」

最初は九年ほど前だが、一昨年《おととし》も山辰で清定の銘の入った一寸四分の叩《たた》き鑿を買い求めたという。九年ほど前なら、まだ清久のところにいたころの作で、一昨年といえば、定吉が独り立ちして山辰の抱え鍛冶として㊂印に清定の銘を入れて鍛え出したときの鑿であろう。

「その一寸四分の叩き鑿ってえのは、墨流《すみなが》しのあれかい？」

定吉は思わず身を乗り出していた。

独り立ちした最初の仕事に、墨流しのような木目の地鉄鍛えの叩き鑿と、鐁と鏟をあえて使わずに鎚鍛えだけで一枚鉋の鬼荒仕工鉋をつくって、山辰におさめたのだ。国弘と義廣を意識して、播州三木で血のにじむ修業をしてきた江戸ッ子鍛冶の意地をしめし、勝負に出たのである。

地鉄をいくえにも特殊な方法で重ね鍛えると、まるで墨流しのようなうつくしい木目模様が出るので、俗に墨流しという。

「そう、墨流しの鑿だ」

と安五郎は大きくうなずき、

「ありゃあ、江戸前の粋《いき》ってもんですぜ。切れ味もいいが、景色といい、立ち姿といい、着流しで大川端を雪駄《せった》で流してるみてえだ。鉋も気に入りましたぜ。鎚鍛えの鬼荒仕工鉋。それも一枚鉋だ。荒仕事の鬼鉋は、こちとら大工の肝玉をふるい立たせてくれなくちゃいけねえ。あの鎚鍛えは、鎚目がなんとも気っぷのいい豪勢な出来だぜ。そこへいくてえと、国弘と田圃のものァ、こういっちゃなんだが、江戸ッ子のあっしには野暮ったくていけませんや」

道具のことになると熱が入るらしく、安五郎はそういって笑顔になった。

この安五郎は、九年前に入手した㒵印の清久の銘の鑿が実は弟子の定吉の作と知り、以来気にかけていて、独り立ちした定吉が山辰に最初におさめた墨流しの叩き鑿と鎚鍛えの鬼荒仕工鉋の両方を買い求めてくれたのだ。

そしてこんどは、定吉が誂え鍛冶になったと知って、いの一番に誂えにきてくれたのである。

定吉は胸の内で手を合わす気持だった。

（ありがてえ……）

その定吉へ安五郎は八分の突き鑿と三寸の仕上げ鉋を注文した。

玄翁《げんのう》で叩いてホゾ穴などを掘るのが叩き鑿、手で突いて使うのが突き鑿である。

安五郎は、正月は江戸で迎えるが年明け早々にまた旅に出るから、七日正月までに鍛えてもらえばありがたいといい、手金をおいて帰っていった。

翌日から仕事にかかった定吉は、元日だけは休み、二日から仕事をして三箇日の内に仕上げていた。

誂え鍛冶になってはじめの作の鑿と鉋は、鋼の入り方といい、焼入れの調子といい、申し分のない出来栄《できば》えで、定吉自身、惚れぼれとした。

約束の七種《ななくさ》の朝、待ちきれぬようにとりにきた安五郎は、一目見るなり息をのむ表情になり、髯面を紅潮させてじっと地鉄と鋼の色合いに目を据えていたが、

「さすがだ、清定親方。ありがとうござんす」

それだけをいって、ぺこりと頭をさげた。

鑿には柄をすげておいたが、鉋の方は裏金《うらがね》（二枚刃の鉋の裏に挿入する小さな刃で、逆目をとる押え刃）をそえただけで、台は台屋にはやらせず安五郎自身がつくるのである。

安五郎は残金を払って、弾んだ足どりで帰っていった。

腕のいい大工が道具に凝《こ》って、稼ぎのほとんどを道具につぎこみ、年がら年じゅう素寒貧《すかんぴん》で、かみさんももらえない者もいるが、中には道具について能書きだけをいう者や、道具狂いのくせに使いこなせない腕前の者もいる。

道具箱をかついで腕一本で諸国を渡り歩いているらしいあの安五郎は、どうなのだろう。

旅に出た安五郎からは、音沙汰《おとさた》がなかった。松の内が過ぎてから次々と注文客がきてすっかり忙しくなった定吉へ、遠州浜松の安五郎から小さな手行李《てごうり》が届いたのは、ひと月ほど経《た》ってからであった。

蓋《ふた》をあけると、鉋屑《かんなくず》だけがふんわりと入っていた。指紋がすけて見える絹地のような、艶のある幅三寸のひとつながりの鉋屑。木曾檜《きそひのき》の香ぐわしい香がにおい立った。

あの三寸の仕上げ鉋で削ったのだ。

定吉は腕のよい大工を大勢知っているが、これほど見事な鉋屑をこれまで見たことがない。

この鉋屑を一目見れば、三寸角の木曾檜柱の、顔が映るほどになめらかで、乙女の肌のような艶やかな仕上がりの、しっとりとした木味がありありと目に浮かぶ。

「俺の鉋も切れるが、あの安五郎の腕前も、てえしたもんだ」

いかに切れる鉋を鍛えても、大工の研《と》ぎの腕、砥石《といし》のよさ、鉋使いの大工の腕がなければ、鉋も木も生きてこない。大工は、仕上げなどのここ一番の仕事に、誂《あつら》えの秘蔵の道具を使う心の弾みを粋とした。そして、木質によって鉋の刃の甘め辛《から》めを使いわける。

競いあう鉋鍛冶と大工の技がひとつに溶けあった芸といえる鉋屑。一言の添え書もないが、

「親方の仕上げ鉋は、あっしが願っていた通り、甘切れで長切れしますぜ」

あの安五郎が髯面の笑顔でそういっているのだ。その鉋屑だけを送ってきた安五郎

善意だけではなかった。安五郎は腕のほどを見せつけて、鉋鍛冶の定吉に挑んでもいるのだ。

うなりながら定吉は、にやりとして独りごちていた。

「味なまねをしやがる」

に、

以来、江戸にもどってくるたびに、安五郎は定吉へ誂えを出すようになった。そして六年前、江戸に腰をおちつけ、芝神明町に世帯をもって棟梁《とうりよう》になった安五郎と定吉との仲は、いっそう深いものになった。

その安五郎からこの春に注文をうけた五寸の仕上げ鉋を、いまだに鍛えていなかったのは、地鉄と鋼を吟味し、脂《あぶら》の乗りきった定吉が、一世一代の作を創ろうと考えつづけていたからである。

「なあに、急ぎやしねえよ。また寄ってみるぜ」

無駄足をふむたびに安五郎は笑ってそういって、道具談義をして機嫌よく帰っていったが、盆をすぎてようやく、材料の吟味もすみ、定吉清定は五寸の大鉋を鍛える朝を迎えたのである。

二

日中はまだ残暑がきびしいが、朝夕は涼風が立つようになっている。川井戸端に出た定吉は、褌《ふんどし》ひとつになって手桶《ておけ》の水をさっとかぶり、身を清めた。向うのしののめの空がわずかにしらんでいる。若いころはもっぱら大鎚《おおづち》で向う鎚を打ち、その後はつねに小鎚を使ってきたから、定吉の肩と腕と胸は、もりあがった筋肉が固くひきしまって、来年は四十を迎える男の躰《からだ》とは思えない。その濡《ぬ》れた肌を、ひんやりとした夜明けの川風が吹きすぎてゆく。

股引《ももひき》、腹がけに筒袖《つつそで》を着て、鍛冶場《かじば》に入った定吉は、神棚に灯明をあげ、柏手《かしわで》を打った。たたらの神、天目一箇神《あまのまひとつのかみ》が祀《まつ》ってある。

弟子の弥助が砕いた松炭で火床《ほど》に火をおこしていた。火加減を見ながら、ふいごを使っている。

定吉は無言。なにもいわないが、弥助は親方の気持をすべて汲《く》みとっている。

定吉とおまさの間にはいまだに子ができず、倅《せがれ》がいれば、幼いうちから自分同様に松炭を砕かせ、おのずと技《わざ》を伝えたいが、幸い奉公にきて十年になる弥助は勘がよく、定吉の技を盗むことに貪欲《どんよく》で、すでに一人前といっていい鍛冶である。

定吉は汗どめの鉢巻をすると、火床のやや右前の横座に腰をすえ、火床の火色《ほいろ》をのぞき込んだ。まだ熱の上がり加減がたりない。左手でふいごの風を送る。ごうごうと焔《ほのお》が唸《うな》り、さらに炭が熾《お》きて、焔の色がいっそう赤味を増してくる。

炉に温度計などついていないこの時代、熱の加減は熟達の勘で決める。雨戸をほとんど立てきった狭い鍛冶場の暗がりで、火色を見て見極める。

「よし!」

短く声にした。火色もよいが、火と鉄とひとつになる己の心へいったのである。

鋼《はがね》を火床に入れる。吟味をかさねた備前の玉鋼《たまはがね》。ふだんは出雲《いずも》鋼か播州の千種《ちくさ》鋼を使っているが、備前物の名刀とおなじ玉鋼にしたのである。

真赤に焼けたところで金箸《かなばし》でとり出し、金床《かなとこ》の上で弥助に大鎚を打たせ、二分ほどの薄さに打ち延ばしては二つに折って繰り返し打たせ、鏨《たがね》で小割りした。鋼づくりである。五寸鉋《かんな》の刃となる鋼を余分に五枚つくり、火床の脇《わき》に置く。

左足を使ってふいごで風を送り、熱を上げてから、長さ一尺、二寸角ほどの鉄棒を火床に入れる。古鉄の棒と見えるが、錨《いかり》の一部である。

瀬戸内の因島《いんのしま》で上がった源平合戦の錨で、源氏の軍船のものだ。それをようやく入手したのである。

鍛冶場の裏には、寛永、元禄《げんろく》、天明、文化、天保の各地の鉄が、積み上げてある。問屋から買ったもののほかに、江戸市中で屋敷や古土蔵が壊されるたびに、そこに使われていた古鉄を引きとったのだが、源平時代の鉄はこんどようやく手に入ったのだ。すでに試しに使ってみたが、軟かさといいねばりといい、逸品の鉄。しかも、源平の勝者、源氏の錨だ。

定吉清定は、火床の中で灼《や》けるその鉄をじっと見すえる。灼熱《しゃくねつ》の鉄の赤味を、これまた目で見極める。

一口に、夕陽の色という。が、日没の太陽の色も春夏秋冬、その日その日の大気や雲のぐあいで微妙にちがう。ついでながら、今日では鉄づくりの温度は一四〇〇度から一五〇〇度である。

「よし！」

また自分に一声かけて、定吉は灼熱の鉄棒を金箸でとり出し、金床にのせる。すばやく弥助が向う鎚を打ちおろす。火花が散る。定吉は打たせながら形をととのえ、五寸鉋の形に小鎚で叩《たた》き伸ばし、火床で赤めては打ち、赤めては打ちして、最後に鏨で切断した。これまた五枚を鍛えた。

いよいよ鋼付けである。

道具の刃物は、洋鋼のないこの時代、日本刀同様に軟かい地金《じがね》（和鉄）に硬い刃金《はがね》（玉鋼）を重ね合わせる日本独特の製法で、玉鋼とは、砂鉄からつくった鋼である。

その備前鋼を因島沖の海底に眠っていた源平時代の源氏の鉄に鍛接するのだ。

ふたたび熱してとろりと水飴《みずあめ》のようにとろける感じの地鉄をとり出し、サッと水打ちしてカネアカをとり除き、鋼付け薬《ぐすり》を置き、加熱しておいた鋼をのせ、金床の上ですばやく一気に弥助の大鎚と定吉の小鎚で打つ。火花が散る。この火花が出すぎてはいけない。出すぎるのは、熱が高すぎるからで、高すぎると鋼の粒子が荒れてしまう。

鋼付け薬は鑢粉《やすりこ》の鉄粉に硼砂《ほうしゃ》をまぜたもので、これにも秘伝があり、定吉は工夫して炭粉なども入れているが、その配剤の妙は弟子の弥助へも教えてはいない。

鋼付けした鉋刃をまたも熱して頭《かしら》の厚み、肩の丸み、刃の薄さなどを小鎚でととのえ、最後に刃先を所定の寸法に鏨で切断した。ここまでが火造《ひづく》りである。

五枚の火造りが終るまでに、二刻《ふたとき》（四時間）が経《た》っていた。

火と鉄と鋼を相手に、体力と気力と技の勝負であった。

古来、鍛冶は、火床と金床と鎚だけで、赤めては叩き、赤めては叩きして、鉄と鋼に魂を入れてきた。それも熱いうちに鍛える一瞬の勝負。火と鉄を相手に、勝とうとも思わず負けるとも思わず、無心の境地で、火色を見つめ、鉄と鋼の赤め具合と火花の色を見極めて、大鎚・小鎚を打ちおろす。

狭く暗い鍛冶場は、灼熱地獄である。全身に汗がしたたり、したたる汗が目に入る。その灼熱地獄で仏のような気持で刃物を鍛える。

チャリンと土間にころがって、赤味を減じてゆく五枚の鉋刃を見つめた定吉は、ふーっと腹の底から深い息を吐き、

「弥助、朝飯《あさめし》にするか」

と、はじめて声をかけた。

朝飯後、火造りの終った鉋をふたたび火床で頭の方から低めに熱し、藁灰《わらばい》に入れた。鉋は二刻ほど赤味のままで、その後ゆっくり冷えてゆく。一晩静かにねかせる。

この焼なましは、鋼を落着かせる。鋼もまた生きて息づいているのである。

別の注文客の鑿の鐪かけをした定吉は、行水をつかってから夕暮れの大川端に出た。澄みきった夕暮れの青空に鰯雲《いわしぐも》が浮かび、空も川面《かわも》もすでに秋の色である。赤とんぼが群れ飛んでいる。

近所の幼い子どもたちが手をつなぎ輪になって、遊んでいた。

〽ぼんぼんぼんの十六ゥ日に

おーえんまァさまへ参ろとしたら
数珠《じゅず》の緒が切れ　鼻緒が切れて
なむしゃか如来《にょらい》
手でおがむ　手でおーがむ……

とうに盆の十六日の閻魔詣《えんままい》りもすぎて、七月の末だというのに、子どもたちは盆に歌った唄《うた》で遊んでいるのだ。

そういえば盆の十六日は藪入《やぶい》りで、二十歳《はたち》になる弥助はおまさが仕立てた子持縞《こもちじま》の単衣《ひとえ》を着て、定吉が渡した小遣いを懐《ふところ》に、手土産をさげて、朝早くから赤羽村《あかばねむら》の親許《おやもと》へ帰っていったのだった。

正月十六日と七月十六日の、年に二度の藪入りは、奉公人にとって待ち遠しい日だ。ことに年端《としは》もゆかぬ丁稚《でっち》には、懐《なつ》かしいわが家にもどって両親《ふたおや》に会ったなら、二度と奉公先へはもどりたくない一日である。

しかし、定吉にはそういう思い出はなかった。

清久の鍛冶場に奉公してはじめての藪入りの日、深川三間町《さんげんちょう》の長屋まで神田からほとんど走りどおしでもどったのに、待っていてくれると思っていた父は賭場《とば》にいったらしく留守で、乳呑児《ちのみご》に乳をあたえていた継母《ままはは》は、

「なんだい、帰ってきたんかい」

そういったきり、ぷいと横をむいてしまった。それでも近所の古傘買いの倅の八、桶屋に奉公しているチビ松などと一日中遊んで店にもどった定吉は、次の藪入りからは両国橋まできて、広小路の矢場をのぞいたりして夕暮れまで過した。大川端に腰をおろして、終日、ぼんやり川面を眺めていたこともあった。

「俺は、父親《てておや》にも会いたくなかったね。左官の腕はよかったらしいが、依怙地《いこじ》なくせに女々《めめ》しい野郎でね」

おまさとはじめて出逢《であ》ったころ、大川端を連れだって歩きながら、そんなふうに話したものだ。飲んだくれで博打《ばくち》好きで、父親とは思えぬ情ない男だった。定吉の奉公先の鍛冶場へ、いくどか小遣をせびりにもきた。

結局、定吉が三木にいた間に二度めの女房に捨てられて、行方知れずになってしまった。

(あんな親父《おやじ》のようには、俺は決してならねえぜ)

清久の鍛冶場で人より一年余計かかって辛《つら》い修業に堪えられたのも、その意地だった。しかし、

(依怙地なところは、父親ゆずりなんだなァ)

ふっと、ちかごろの定吉は思う。いまとなれば、誂《あつら》え鍛冶になった姿を見せてやりたいし、孫を抱かせてやりたいと思う。が、父親はすでにこの世にはなく、定吉とおまさの間に子はできないのである。

いつの間にか、遊んでいた子どもたちの姿はなかった。夕暮れの薄闇《うすやみ》のおとずれた大川端を、こうもりが飛び交っていた。

その夜、定吉は夢を見た。火造りを終った五枚の鉋刃が藁灰の中で、赤子のように眠っている夢である。

翌朝、少し遅く目覚めた定吉は、朝飯をすませてから、鉋刃を藁灰の中からとり出し、仕事場を明るくして、鋼直しと裏研《と》ぎ（黒皮とり）にかかった。鏟台《せんだい》に固定し、刃先を鑢で削り、裏の厚い部分をトンボ鏟で削る。厚さを一定にして鋼の乱れを直すのである。

修業中の最初のころ、定吉はトンボ鏟の使い方が下手だった。兄弟子からやにわに横っ面《つら》を張られ、削っていた鑿《のみ》を投げ捨てられたものだ。誰もトンボ鏟の使い方を教えてはくれない。親方や兄弟子の手つきを見ていてようやく、少ししゃくるように使うのだと気づいた。

裏研ぎは鏟のほかに砥石《といし》でやる。表面の鋼の黒皮（酸化鉄被膜）を鏟と砥石で削りとるのである。

さらに生《なま》ならし。黒皮をとった鉋刃の裏面をならし台の上に置いて、甲の方を小鎚で叩き込み、裏を浅い凹《くぼ》みにする。その後、木床《きどこ》を使って歪《ひずみ》を直す。それから、また鑢と砥石で、刃先、頭の幅、甲を、サシガネを使って寸法に仕上げる。その上で、生研《なまと》ぎをした。

鑢で削り、鏟で削り、砥石で研ぎ、小鎚で叩いている過程で、たしかな手応《てごた》えを感じながらも、鋼の入り方が気に入らずに一枚をスコ（不良品）にし、さらに裏研ぎのときにわずかな裏割れに気づいて一枚をスコにした。生研ぎをすませたのはほぼ半分の三枚である。

すでに日は西にかたむいて、小窓から夕陽が射《さ》し込んでいた。

昼になにを食べたか覚えてはいない。そういえば、今朝も昨夜もなにを食べたろう。

女房のおまさとは顔を会わせているのに、昨日から一言も口をきいていない。

生研ぎを終った三枚の鉋刃を一枚一枚、丹念に調べる。

銘切り台に置き、裏上面に、小鎚で銘切り鑢を小刻みに叩いて〝雲竜〟と刻み、〝清定〟の銘を打つ。これまで鉋銘をつけたことはなかったが、この五寸の仕上げ大鉋には、〝雲竜〟と名づけようと、火造りのときから頭に浮んでいたのだ。鍛えあげた鎚目がわき立つ雲のようにむらむらっとして、いかにも〝雲竜〟である。

しかしまだ、出来あがったわけではない。火造りについで刃物の命を左右する焼入れがあり、さらに焼戻しがある。

（この三枚のうち、安五郎棟梁《とうりよう》にわたせる一世一代の一枚が鍛え上げられりゃァいいんだ）

定吉が命を賭《か》けて鍛えている一丁の大鉋。〝雲竜〟と銘は切ったが、寝床に入った定吉は眠れなかった。

翌朝、まだ暗いうちに、いよいよ焼入れにかかった。

まず泥ぬり。鉋刃の表裏に刷毛《はけ》で薄く均等に泥を塗る。あとで地鉄と鋼に水を吸収させるためで、この泥は砥《と》の粉《こ》を泥にとかしたものだが、秘法があり、定吉が長年苦心して調合した泥である。塗り方にもこつがある。鋼の部分は薄紙一枚のように薄めにさっと塗る。

泥ぬりした鉋刃を炭火にのせ、干物でもあぶるようにやんわりと泥を乾かす。

すでに火床には松炭が熾きている。火床の前は暗く、火床の火明りだけだ。定吉は横座に腰をすえる。右手に井戸水を汲んだ瓶《かめ》が埋めてある。

火色を見る。鋼づくりや鉄づくりよりかなり低めの熱。江戸鍛冶の口伝《くでん》では、

「焼は南部の鼻曲り」

という。鼻曲りとは紅鮭《べにざけ》のことで、焼入れの火色は紅鮭の肉色というわけだが、南部の紅鮭などめったに見たことがない。現今の温度でいえば八〇〇度ぐらいである。

「よし！」

鉋刃を火床に入れる。頭の方から淡紅色に赤めてゆく。刃先を加熱しすぎてはいけない。地鉄と鋼の赤めの加減で見極める。

金箸でとり出し、瓶の水にサッとつけて急冷する。水に浸す直前、半呼吸の間をとるのがこつだ。ジュッと一瞬、水煙りが立つ。

熱して急冷する焼入れは、鋼を硬くするためである。といっても、刃物に応じて辛めの焼入れ、甘めの焼入れがある。

定吉は最も辛めの焼入れにした。

修業中のころ兄弟子から、

「焼入れは怒ってやれ。ダラダラしてやるとナマクラになるぞ！」

と怒鳴られたものだ。怒ってやるわけではないが、それほどの気力で、根をつめてやれということである。

焼入れをした一枚一枚を小鎚《こづち》で叩き、歪を直す。焼入れによってかすかな歪ができるからだ。そして焼戻し。炭火でじんわりとあぶる。硬さのついた鋼と鉄にねばりを出すためである。

さらに小鎚でやさしく叩く。焼戻しで生じたわずかな歪をまたもとるのだ。

午後遅く、焼研ぎをし、荒砥で刃付けをして、〃雲竜〃の三枚の鉋刃ができあがった。

そのうちの一枚をまたスコにした。焼入れ、焼戻しがわずかながら気に入らなかったからである。

今日も鍛冶場に夕陽が射し込んでいた。火色のような臙脂色《えんじいろ》の夕陽。

定吉清定は、躰《からだ》の芯《しん》に火床《ほど》の灼熱の火色を感じながら、出来あがった二枚の〃雲竜〃の大鉋刃を、見据えつづけていた。どちらも、これまでに鍛えることのできなかった豪気な極上の出来である。

安五郎の驚嘆とよろこびの表情が目に浮ぶ。美濃紙につつみ、神棚に供えた。

少しも疲れてはいない。気力も体力も充実しきっていて、いまから徹夜で仕事ができそうだ。

しかし、行水をつかい、夕餉《ゆうげ》の膳《ぜん》についた。

「お前さん、いい顔してる」

冷酒《ひやざけ》をついでくれながら、おまさがいった。

「あたぼうよ」

五臓六腑《ぷ》に酒がしみわたる。

布団《ふとん》にころがった定吉は、泥の深みへひきずり込まれるように深い眠りに落ちていた。

三

「来ねえなァ、安五郎棟梁《とうりよう》……」

鑢《やすり》かけの手をとめて、今日も定吉清定は半ば独り言につぶやいた。

八月がすぎ、九月になったというのに、安五郎はいっこうに現れないのである。

「どうしちまったんですかねえ、あれほど幾度も顔を出したってのに。あっしが届けましょうか、親方」

弥助が傍らからいったが、定吉は、

「用たしがてら俺が芝まで届けてもいいんだが、まあ、そのうち来るだろうよ。普請《ふしん》が忙しくって手が放せねえんだろう。たしか普請場は品川だといってたな」

安五郎は品川宿の旅籠《はたご》を普請中だと話していた。その普請で五寸の仕上げ鉋《がんな》を使うつもりで注文したのだろうに、定吉の出来あがりがすっかり遅れたために、手持ちの仕上げ鉋ですませたのだろうか。すまねえことをしたとは思うものの、次の普請で〝雲竜〟は使ってもらえばいい。安五郎もそのつもりなのかもしれない。

大工の誂《あつら》え主の中には、期日に鍛えておいても、半年先どころか一年もたってからひょっこりくる者がいる。残金の工面がつかない場合もあるが、他国の普請で旅に出てしまったり、忘れていて急に思い出してくるのん気な野郎もいる。律義《りちぎ》なところのある安五郎は、三度も無駄足したので、これ以上せかせては悪いと思ってもいるのだろう。それにしても、いかにも遅い。

時雨《しぐれ》が降り、九日の重陽《ちょうよう》の節句もすぎ、菊見の秋日和《びより》が深まってゆく九月半ばになって、安五郎がようやく顔を見せた。

棟梁になってからはいつも月代《さかやき》を青々と剃《そ》り、無精髯《ぶしょうひげ》をはやさなくなった安五郎が、どことなく憔悴《しょうすい》した顔つきをしている。

しかし定吉は、

「鍛え上がってますぜ！」

にこりとしていい、神棚から〝雲竜〟の鉋刃《かんなば》をとり、紙包みをひらいて、安五郎の前に置いた。

「棟梁の気に入った方をお持ちなせえ」

安五郎は、二枚の鉋刃を見た。別人のように両の目が輝いている。一枚を手にとり、軽くおしいただいてから、まず刃先に見入った。荒研ぎした刃の、地鉄《じがね》と鋼《はがね》の重ね合わせの具合と、それぞれの色合いにじっと目を据え、それから、鎚目《つちめ》のある甲に見入り、頭と肩の丸みも見てから、裏を返した。

鎚目のある鉋身の中央に鉋銘が刻まれ、その脇《わき》に清定の銘が打たれている。

「ほう、〝雲竜〟ですか……」

「ふむう……」

安五郎は低く唸《うな》った。

むらむらっとした鎚目の地鉄の肌に、わずかに走る二筋の焼き割れは、暗雲をひき裂く霹靂《へきれき》である。その稲妻が、目には見えぬ竜を呼んでいる。

鉋刃を裏金とともに台におさめると、その面が裏金の上に出て、大工はそこに目をやりながら鉋を使う。鉋鍛冶《かじ》が鎚目や銘に凝るゆえんである。

（どうかね、安五郎棟梁）

声をかけたいのをおさえて、定吉は安五郎の目の動き、表情のわずかな変化も見のがすまいと、無言で相手を見ていた。

安五郎は裏金にかくれる裏すきのすき目も仔細《しさい》に見て、甲を返して刃先にまた見入ってから、別の一枚を手にした。おなじように吟味している。この鉋刃の方には、焼き割れは入っていないのである。

やがて二枚の鉋刃を膝前《ひざまえ》に並べて置くと、安五郎はまた感嘆の吐息をついてから、

「どちらもいただきてえが、この霹靂のある〝雲竜〟を頂戴《ちょうだい》しますぜ」

と、頭をさげた。

定吉は無言で深くうなずいた。

どちらも自慢の出来栄《できば》えだが、定吉もまたその〝雲竜〟を、二度と創《つく》れぬ凄絶《せいぜつ》の逸品として、魂がふるえるほどに気に入っていたのだ。焼入れのときにおのずと生じた地鉄のわずかな亀裂《きれつ》。瑕《きず》ではなかった。命を賭《か》けて鍛えた鍛冶と使う大工との、閃《ひらめ》きひびきあう心の稲妻である。その一枚を安五郎が必ず選ぶと、定吉は思っていた。

定吉は、地鉄は因島の源氏の錨《いかり》、鋼は備前鋼だと話した。

「源氏の鉄に備前名刀の鋼とは、ありがてえッ」

安五郎は涙さえためていた。

そこへ、おまさが酒を運んできた。

「まあ、一杯やってくんねえ」

定吉は燗徳利《かんどくり》をとりあげていった。

「すっかり待たしちまったが、おかげでいい仕事ができた。相手が安五郎棟梁じゃなけりゃあ、俺にもこれほどの大鉋は鍛《う》てねえ。礼をいいますぜ」

「清定親方からそういってもらえりゃあ、大工冥利《みょうり》に尽きるってもんだ。待った甲斐《かい》がありやしたぜ。この仕上げ大鉋、あっしの宝だ。それじゃあ一杯《ぺえ》だけ、ごちになりますぜ」

盃《さかずき》をとり上げ、たがいにつぎ合って、安五郎はいかにもうまそうに飲みほしたが、盃をぴたりと伏せた。

「どうしなすった、もう飲まねえんかい？」

「すまねえ。まだ喪中でね」

「喪中……？」

「実は、せんだって、かかあに……」

「えッ、かみさんに……？」

「ついぞ寝込んだことのねえ丈夫な奴《やつ》だったが、夏風邪だと思って油断したのがいけなかった。この八月の月端《つきはな》、あっけなく逝《い》きやがった……」

安五郎はうつむいて、目頭をおさえた。

「そ、そいつァ、なんていっていいか……ご愁傷さんなことだったなァ」

定吉は安五郎の女房に会ったことはない。安五郎もめったに話さなかったが、内藤新宿の大工の娘で、安五郎より五つ年下だとはきいていた。

その女房に突然の不幸があって、安五郎は来られなかったのだ。

「知らなかったなァ。知らしてくれりゃァ、線香をあげにいったのになァ」

「葬式は身内だけでひっそりすましたんだ。黙ってるつもりだったが、今日は鉋をうけとりがてらお前さんに別れをいいにきたんだ。四十九日がすんだら、旅に出ようと思ってな。品川の普請もすんだことだし、こうして五寸の仕上げ鉋も俺の腕にはもってえねえ品が手に入《へえ》ったしな」

「旅に出るって、そりゃまたどういうわけだい？　かみさんが亡《な》くなったばかりだってのに……」

安五郎はいいにくそうに首筋に手をやった。

「前から考えてはいたんだ。棟梁、棟梁といわれていい気になってたが、腕が落ちてるんじゃぁねえかってな。俺はやっぱり渡り大工が性に合ってんだよ。来年は四十二だ。今年は前厄《まえやく》、来年は本厄《ほんやく》だが、かかあに死なれたのを潮時に西行に出て、もう一度最初《はな》っから修業のしなおしをしようと思ってな」

江戸の大工仲間では修業に他国へゆくことを「西行に出る」というのである。

「なにも四十をすぎていまさら。倅《せがれ》がいるんじゃやなかったかい？」

たしか松太郎という幼な子がいたはずである。

「まだ五つの洟《はな》たれガキだ。かかあの実家《さと》に預ってもらうことにした。じいさんがまだ丈夫で、大工をしてるんでね」

（それならいちばんいい）

と定吉は思った。祖父にみっちり仕込んでもらったらいい。そうでなかったら、自分が預って、いずれ鍛冶の技を伝えようと思ったのである。

安五郎は残金をおくと、〝雲竜〟の鉋刃を懐《ふところ》に大事にしまい込み、鍛冶場にいた弥助に声をかけ、台所から出てきたおまさに挨拶《あいさつ》して、帰っていった。

西行に出ても安五郎のことだ、江戸にもどればまた誂えにくるだろう。定吉は大川端まで出て、その後姿を見送った。

木枯しが吹いて、紅葉が散った十月下旬、野州宇都宮からきた大工が、安五郎からの手行李《てごうり》を届けてきた。

こんども鉋屑《かんなくず》だけが入っていた。固い欅《けやき》の、木目の渦をまいた見事な鉋屑。〝雲竜〟

の大鉋で削ったのだ。五寸角の大黒柱だろう。そのひとつながりの鉋屑が、初冬の陽ざしに透けて、まぶしくきらきらと光っていた。

「俺の〝雲竜〟の大鉋を大節のある欅で、刃こぼれひとつさせずに使いきるこれほどの腕だ。西行になんぞ出ることたァねえじゃねえかッ」

そばにいたおまさへ怒鳴るように、定吉は大声を出していた。

その年が暮れ、嘉永四年の正月を迎えて間もなく、用たしにいかせた弥助が血相変えてもどってくるなり、

「親方、大変《てえへん》だ！」

声をふるわせていった。

「親方の贋物《にせもの》が出まわってるらしいですぜ」

「馬鹿《ばか》野郎！　そんなことがあってたまるかッ。俺の鉋と鑿《のみ》の切れ味は、江戸中はおろか諸国の大工がよおく知ってるんだ。贋物なんぞをつくれる野郎がいるわけはねえッ」

定吉は怒鳴り返し、とり合おうとはしなかったが、しかし調べてみると、たしかに江戸市中の金物屋に安く出まわっていて、売れているのである。

その一丁の鉋を手に入れた定吉は、くい入る眼光で見入った。〝清定〟と、そっく

りの銘が打たれている。鍛えも決して悪くはない。しかし、定吉の目から見れば、下《げ》衆《す》の鍛えた鉋刃にすぎない。定吉に似せて鎚目をつけていても、鎚目といい姿といい、江戸前の粋《いき》さもなければ豪気な風格もない。卑《いや》しい鍛冶の駄作である。

「こんなナマクラ、切れるわけはねえ！」

土間にぶん投げて、定吉は吐き捨てた。

姿かたちは〝清定〟そっくりで、最初は切れても、使っているうちに大工は嫌気がさす。

「お前さん、どうするんだよ」

おまさも心配していったが、

「うっちゃっておけ！」

またも怒鳴りつけて、

「探し出してぶっ殺してやりてえが、放っておきゃァ、贋物なんざァすぐに売れなくなる。大工の腕を甘く見ちゃいけねえぜ」

そういったが、その夜は大酒を飲んだ。

ここのところ、注文客がどうしたわけか減ってはいたのだ。贋作《がんさく》が出まわっていたからだろう。

しかし、定吉はほとんど気にはかけなかった。自分の鍛える鉋と鑿に自信があったからだが、国弘と田圃をしのぐとさえ評判をとるようになっていたので、傲慢《ごうまん》にもなっていたのである。

春がすぎ、夏も半ばをすぎると、注文はいっそう少くなった。それなのに、定吉は気がむかねば仕事をせず、大酒を飲み、賭場《とば》にも入りびたるようになった。客から預った手金はすぐに使い果して、鉄と鋼を買う金がなく、おまさの質屋がよいがまたはじまった。秋になると、質草も底をついた。おまさは縫い物の賃仕事をした。

「親方、どうしちまったんですかねえ？」

弥助が低声《こごえ》でおまさにいったが、

「長年、鍛冶をしてりゃあ、こんなときもあるもんさ。親方のことさね、大丈夫だよ。これもお前にとっちゃ、修業のうちだよ」

定吉より三つ年下のおまさはそういって、疲れきった窶《やつ》れた顔に笑みを浮かべた。

その後、安五郎からは音沙汰《おとさた》がなかった。宇都宮の城下から奥州《おうしゅう》路をたどり、みちのくの諸国のゆく先々で腕を磨いているのだろうか。

今日も朝から大酒を飲んだ定吉は、夜になって鍛冶場に入ったものの、また大徳利から酒をくらいながら、手元に残した〝雲竜〟の鉋刃を燭《しょく》の灯明《ほあか》りで眺めつづけていた。その姿は幽鬼のようで、おまさは声をかけられない。なにを考えているのかも、わからなかった。

そんな晩がつづいたある日、山辰の手代が訪ねてきた。徳兵衛《とくべえ》という五十年配の男で、朝から酔っていた定吉を見ると、閑散とした鍛冶場をそれとなく見まわして、もみ手をしながらいった。

「親方、ご機嫌だねえ」

「ご機嫌なんかじゃあるもんかい。なんの用だい？」

「心配《しんぺい》できましたのさ。どこのどいつかねえ、こともあろうに清定親方の贋物をつくる野郎は。山辰としてもとっつかめえてえが、しっぽを出しませんのさ。うちの主人も案じていなさりますよ」

「おめえんとこで、やらせてるんじゃねえんかい？」

「と、とんでもねえ」

徳兵衛は鼻先で小刻みに手をふって、愛想笑いをしたが、どうだかわからない。金物問屋の手代はいずれも海千山千で、抱え鍛冶（下職）の技に難くせをつけては値切る。定吉も山辰の抱え鍛冶になったばかりのころ、この徳兵衛に泣かされたものだ。

その徳兵衛が、丁稚《でっち》に持たせてきた重い木箱を鍛冶場に運び込ませた。

「実は主人から清定親方にたってのお願いがあって、あたしがこうしてきたんですよ」

徳兵衛は木箱の蓋《ふた》をあけて、あたりをはばかる低声になっていった。

「これはご禁制の異国の新鋼《あらはがね》です。長崎でこっそり手に入れたんですが、清定親方に試しに火造《ひづく》りしてもらいてえと思いましてね」

「なんだって、夷狄《いてき》の新鋼だって！」

「声が大きゅうござんすよ」

徳兵衛は首をすくめ、唇に指をあてて、怯《おび》えた目で戸口の方を窺《うかが》った。定吉はちらと箱の中を見ただけで、なおも大声を出した。

「俺をなめるんじゃねえ。そんなものが試せるかい。見るのもけがらわしいや。さっさと持って帰《けえ》んなッ」

「そういわずに、親方……」

徳兵衛はそれ以上はいわず、丁稚に目くばせして、木箱を隅に片よせさせ、莚《むしろ》をかぶせ、

「いつでもいいですよ。ここに置いてきますから」

また愛想笑いをして、逃げるように引きとっていった。

四

数日後、定吉清定は、夜中にそっと鍛冶場《かじば》に入り、木箱をのぞき込んだ。手燭《てしよく》の明りをうけて、ぎっしり詰まった、厚さ五分、二寸四方ほどに小割りした鋼《はがね》が、鈍く光っている。定吉は一片をとり出し、じっと見つめていたが、おそるおそる舐《な》めてみた。嚙《か》んでもみた。金床《かなとこ》にのせて小鎚《こづち》で叩《たた》いてもみた。かなり硬い鋼である。

「ふん、夷狄《いてき》の鋼なんぞが試せるかッ」

木箱に投げもどし、蓋《ふた》をし、莚《むしろ》をかぶせて蹴《け》とばした。寝床にもどり、搔巻《かいまき》をひっかぶったが、眠れない。

異国の鋼のことは、長崎帰りの大工からきいてはいた。どこが違うのか、それはわからない。日本各地の玉鋼にしても、火造《ひづく》りのとき大鎚で叩いて延びが少なく、艶《つや》のたりない鋼は、よい刃物づくりには不向きである。

異国の鋼はどうなのだろう。試してみたい。しかし、抜け荷のご禁制品だ。そんな夷狄の鋼を試せば、火床《ほど》はけがれ、腕もけがれる。

（徳兵衛め、厄介なものを持ち込みやがった。いっそ大川にぶん投げてやるかッ）

世間は異国船のたびたびの出現におびえ、幕府も諸藩も攘夷《じょうい》だと騒いでいるのだ。以前から蝦夷地《えぞち》をはじめ日本近海に異国船が出没していたが、異国船が一隻《せき》、はじめて浦賀沖に現れたのは、定吉が独り立ちした十四年前、天保八年だった。アメリカのモリソン号である。それから九年後、弘化三年には、アメリカの黒船二隻がまたも浦賀に来航した。これまた定吉は詳しくは知らなかったが、アメリカ東インド艦隊のコロンバス号とビンセンズ号である。以来、江戸湾の警備は強化され、二年前には伊豆韮山《にらやま》の代官で西洋流兵学者の江川太郎左衛門《たろうざえもん》が反射炉をつくりはじめたことは、定吉も耳にしていた。台場に備える大筒の鉄は、その反射炉で製造するのだという。

（鉄の造り方も変わってくるものだ）

世間のことにはうとい定吉も、そう思った。しかし、まさかご禁制の異国の鋼が持ち込まれるとは夢にも思わなかった。

眠れずに朝を迎えた定吉は、その日の夜ひそかに、異国の鋼を鑢《やすり》で削ってみた。鑢が削られてしまうほどに硬い。火造り後や、焼入れ、焼戻しをした後ではどうであろう。

異国の鋼は、和鉄に鋼付けできるものだろうか。

あれもこれも試してみたい。

少なくなっていた注文の鉋《かんな》と鑿《のみ》を鍛えるどころではなかった。寝ても覚めても、頭の
芯《しん》に異国の鋼がぶらさがっている。
十日ほどして徳兵衛がまた顔を出した。鍛冶場の隅の暗がりに莚をかぶったままの
木箱を見ると、徳兵衛はなんとはない世間話をして、そっと五両おいて帰った。
手広く商いをしている江戸いちばんの金物問屋山辰の主人甚右衛門《じんえもん》は、幕府が鎖国
の祖法をいずれはあらため、開国するであろうと踏んでいるのだろう。
そうとは知らない定吉は、五両のうち三両をおまさにぶん投げ、二両を懐《ふところ》に家を出
た。使い果してもどってきたのは翌晩遅くである。
「弥助、起きろい！」
寝ていた弥助をたたき起こし、鍛冶場に入った。火床に火を入れる。唇をひき結ん
だまま、なにもいわない。弥助も黙りこくっていた。
やがて木箱から異国の鋼をとり出し、火床に投げ込んだ。灼熱《しゃくねつ》に赤めてとり出し、
弥助に大鎚で叩かせた。火花を散らして表面が崩れる。なお叩かせるが、延びが悪い。
「駄目だ、こんなもなァ……」
別の鋼を火床に入れ、ふいごでさらに炭を熾《おこ》し、赤め具合を上げて、また叩いてみ
る。幾度もやりなおして、どうにか何片か鋼づくりをした。地鉄《じがね》を赤めて、鋼付けを

試みる。和鉄にほとんど鋼がつかない。ようやく接着したと思っても、ふたたび火床に入れると、火の中ではがれてしまう。

「畜生。夷狄の鋼なんぞ、使いものになるもんか！」

唾《つば》を吐き捨て、定吉は横座を離れた。すでに夜がしらしらと白んでいた。

毎晩やってみる。鋼付け薬が合わないのだと気づき、調合をさまざまに変え、異国の鋼の鑢粉も入れてみた。和鉄ではなく、南蛮鉄で試しもした。うまくいかない。

師走《しわす》に入っていた。

「お前さん、無理だよ。諦《あきら》めたらどうなんだい？」

たまりかねて、おまさが口をはさんだ。

「馬鹿《ばか》野郎、すっこんでろ！」

「だって、お前さん……」

「山辰に頼まれたからやってんじゃねえ。俺がやると決めたことだ。いまさら投げ出せるか」

「お前さんはいいよ。でもねえ、弥助が不憫《ふびん》じゃないか。ろくなものを食わせてやってないんだよ」

「弥助が嫌なら、俺ひとりでやる。俺はなァ、安五郎さんから教えられたのよ。あいつはあれほどの腕をもちながら、かみさんに死なれたとはいえ、四十をすぎたあの年で西行に出た。それにくらべて俺はどうだ。国弘や田圃に負けねえ鏨と鉋が鍛えられると天狗《てんぐ》になっていたんじゃなかったかと気づいたんだ。贋物《にせもの》なんぞが大手をふって出まわるのは、人気ばかり出て俺の技が贋作《がんさく》野郎の腕とてえして変わらねえってことだ。そうじゃねえか、おまさ。俺も年が明けりゃあ、四十一だ。四十づらさげて、いまのままでいいわけァねえ。俺はな、手めえから異国の鋼に挑んでんだ。日本中の道具鍛冶がだあれも使ったことァねえ夷狄の鋼を、使いこなしてみてえのよ。おめえには苦労をかけるが、辛抱してくれ」

翌朝、定吉は神棚に供えておいた〝雲竜〟の鉋刃を、鏨《たがね》で叩き割った。そして、また異国の鋼に挑んだ。

失敗だった。預った鋼をすべてスコにした。

「やはり無理でしたか。清定親方の腕でそれじゃあ、仕方ありませんな」

徳兵衛はもういいといった。しかし定吉は諦めなかった。抜け荷の鋼をなんとか取り寄せてほしいと頼んだ。山辰の主人甚右衛門に会って直接に話した。甚右衛門もしぶい顔をした。借金がかさむ一方の定吉には異国の鋼を入手する金などなかった。〝清定〟の刻印を山辰に預けて、金子《きんす》を借りた。贋作でケチのついた刻印だが、刻印がなければ、清定の銘を打った誂《あつら》え仕事はできない。それでもよかった。使う場合は山辰に借料を払って借りてこなければならないが、その気はなかった。

ようやくの思いで、大晦日《おおみそか》を越した。

嘉永《かえい》五年。

やっとのことで長崎から入手したオランダ渡りの異国の鋼で、また試作にかかった。火造りがどうにかできたのは、葉桜のころである。しかし、焼なましがうまくいかない。藁灰《わらばい》からとり出した鉋刃に鑢と鏟《せん》をかける鋼なおしと裏研ぎで、逆に鑢と鏟が削られてしまう。鋼が硬すぎるのだ。削る道具から作りなおさねばならない。

五月、弥助が出ていった。定吉に愛想づかしをしたのである。

秋、贋作騒ぎがおさまった。使った大工たちが長切れしないことに気づき、贋作は売れなくなり、定吉のところへ注文客がもどってきた。しかし、定吉は注文をうけようとはしなかった。ようやく異国鋼の鉋刃の焼入れまでこぎつけたのである。だが、それが思うようにいかない。またすべてをスコにした。

その年の暮れ、定吉とおまさの姿が大川端の鍛冶場から消えた。夜逃げ同様に出ていったのだ。大家《おおや》も近所の長屋の者も、定吉夫婦がどこへいったのか、行く先を知らなかった。

その後、嘉永六年六月、ペリー率いるアメリカの黒船が浦賀に来航し、江戸湾深く侵入してきたとき、品川で黒船見物をしていた人群れの中に、定吉の姿を見かけたという者がいた。また翌安政元年、ペリーがふたたび来航し、三月、相州横浜村で日米和親条約が結ばれたとき、横浜村に定吉がいたという者がいたが、ほぼおなじころ、大坂で姿を見たという者もいた。そして、安政二年十月、江戸は大地震で大半が壊滅した。死者七千人余。定吉とおまさも死んだという者がいたが、これも噂《うわさ》にすぎない。

定吉とおまさが、定吉の生まれ育った深川三間町で暮らすようになったのは、とうに維新がなって、江戸が東京といわれるようになった、明治七、八年ごろである。

還暦をすぎた定吉は、断髪にせず丁髷《ちょんまげ》のままで、すっかり薄くなった髪は霜をいただき、ひとまわりちぢんだような皺顔《しわがお》で、背もまるくなっていたが、長屋の二坪ほどの土間に鍛冶場をかまえ、誂え鍛冶として、二寸以下の鉋や建具屋が使う掌《てのひら》におさまるほどの小鉋をもっぱら一人で鍛えていた。

山辰から〝清定〟の刻印は買いもどしていたのに、その銘を使わず、〝町奴《まちやっこ》〟の鉋銘を小さく刻み込んでいた。

近くの弥勒寺《みろくじ》境内の大銀杏《おおいちょう》がすっかり黄葉した秋の一日《ひとひ》、定吉の鍛冶場を訪ねてきた客がいた。三十前後の大工である。内藤新宿からきたという。

火造りを終った小鉋刃の頭に鑢をあてていた定吉は、手をとめてまじまじと見あげていたが、

「ひょっとしてお前さん、安五郎棟梁《とうりよう》の倅《せがれ》の、松太郎さんじゃねえかい？」

といった。

「へえ、左様で」

「やっぱりなァ。棟梁によく似ていなさる。立派におなりなすった」

立ちあがった定吉は上り框《かまち》にかけるようにうながし、自分も腰をおろすと、

「安五郎さんは達者かい？」

と訊《たず》ねた。

「それがこの夏、奥州で死にやした」

「……奥州で……」

「これは、届けられた親父《おやじ》の品でございます。清定親方に渡すようにと」

そういうと松太郎は抱えていた風呂敷《ふろしき》包みを差し出し、結び目をほどいた。

一丁の大鉋と一丁の鑿が現れた。

大鉋は五寸の鉋刃が使いこんだ台に深くおさまって裏金にほとんどかくれ、一寸四

分の叩き鑿は刃先が三日月の利鎌《とがま》のような異形《いぎょう》の鑿。しかし定吉は目にした一瞬、自分が鍛えたあの〝雲竜〟と、墨流しのあの鑿だとわかった。

定吉は手を合わせ、口の中で念仏を唱えてから、まず鑿を手にとった。鋼がかすかに残るまでに研ぎに研いだ鑿。わずかな穂先と首に墨流しの木目模様が粋《いき》に浮き立ち、柄に安五郎の手脂《てあぶら》がしみ込んで、しっとりとした艶を放っている。独り立ちした定吉が国弘をしのぐ心意気で鍛えてから、三十有余年が経《た》っているのだ。

「よく使いなすった……」

片手拝みをして異形の鑿をもどし、鉋を手にした。ずっしりと重い。安五郎の命の重みである。白樫《しらかし》の台はつくりなおしたのであろうか、手脂がしみ込んでいる。定吉は玄翁《げんのう》でその台頭《だいがしら》を叩き、鉋刃をはずし、手にとって見入った。

研ぎをかさねた鉋刃は、やや低めに四寸八分につくった丈が三寸五分ほどにも縮まって、裏すきの部分が残り少ない。その上部の鎚目のある面に〝雲竜〟と〝清定〟の銘が刻まれ、歳月を経て黒みを増した二筋の霹靂《へきれき》。頭は玄翁の叩き跡でややひしゃげている。しかし、刃幅五寸の刃先は見事に裏出しされて、玉鋼と地鉄がそれぞれの澄みきった色合と光沢で研がれている。

鍛えてから二十有余年、安五郎があの大節のある欅《けやき》の五寸角柱をはじめとして、奥州の行く先々の普請《ふしん》場《ば》で命つきるまで、さまざまな木味の木を削ってきたのである。

「ありがてえ。これほどまでに使い込んだ大鉋を見たことァねえ」

目をうるませて定吉はいい、台におさめた。そこへ、おまさが井戸端からもどってきた。おまさも六十である。

「こちらは安五郎棟梁の倅の松太郎さんだ。見ねえな、この〝雲竜〟の大鉋と墨流しの鑿を。わざわざ持ってきてくださったんだよ」

おまさも涙を浮かべて二品を見た。それから茶を淹《い》れた。

「それにしても〝雲竜〟とは、てえそう気張った銘を入れたもんだ。この叩き鑿にしても、墨流しとは気取っていやがる。作はバンバの清定って野郎かい」

定吉はとぼけた老人のようにいい、茶をすすって、

「鉋も鑿も、地味じゃなきゃァいけねえよ」

と皺顔で笑った。

松太郎が仕上げ鉋を注文すると、

「大鉋は駄目だよ。せいぜい二寸の〝町奴〟だな」

と受けあって、注文帳につけておくようにとおまさにいった。

「ところで親方、西洋の鋼を試されたとか？」

松太郎が訊ねると、年をとって耳が遠くなったのか定吉は耳に手をあてがってきき返し、

「異国の鋼なんぞを、公方《くぼう》さまのお膝《ひざ》もとの江戸ッ子の俺が、試すはずはねえじゃねえか。見たことも触れたこともないね。鋼はな、日本の玉鋼にかぎる。研ぎのよさといい、切れ味といい、木味を出すにゃァ玉鋼が世界一だ」

そういって、松太郎の目の奥をのぞき込むようにしてまた笑った。そのことをいちばんよく知っていたのは、お前さんの親父安五郎さんだよと、定吉はいいたかったのだろう。

そして、煙管《きせる》を吸いつけ、紫煙をくゆらせながら、独り言のようにいった。

「年ばっかりとっちまったが、火と鉄と玉鋼、それに泥と水と木のほかは、なんにも知らねえよ」

自鳴琴《じめいきん》からくり人形

一

手鎖の鍵《かぎ》をふところに、今日も黒田三右衛門《さんえもん》は浅草西仲町の長屋の路地に入った。

(不埒《ふらち》な奴《やつ》だ、黒船騒ぎのこのご時世だというのに……)

傍らのドブ板に唾《つば》を吐き捨て、三右衛門はつぶやいていた。

重陽《ちょうよう》の節句がすぎて、江戸の町には澄みきった九月の秋空が今日もひろがり、青空の高みで鳶《とんび》が鳴いている。午《ひる》どきで、長屋のあちらこちらから昼餉《ひるげ》をとっている物音と子どもらを叱《しか》るかみさんの声がきこえる。紅葉《もみじ》狩《が》りにはまだ早いが、二年つづきの黒船騒ぎが嘘《うそ》のような、のどかな日和《ひより》である。

しかし、黒羽織を着て二本差しの三右衛門は、長年の職役柄か、世間に面白いことなどなにひとつないといった、眉根《まゆね》に深い皺《しわ》をきざんだ四十男の顔つきをしている。

三右衛門は伝馬町牢奉行《てんまちょうろう》配下の同心である。

伝馬町牢屋敷には五十名ほどの同心がおり、鎰役《かぎやく》、見廻り役、数役《かずやく》、世話役、打ち役、平当番などの職役があり、三右衛門は親の代から鎰役をしている。牢の鍵をつかさどる重要な役で、いちいちの施錠解錠《せじよう》はもとより、たとえば女牢に新入りがあるときは、鎰役が二重格子《ごうし》の外の牢鞘《ろうざや》で名をつげ、牢名主が「へい、ありがとうございます」と答えると、鍵を当番にわたして入口を開く。すると、中にいる乞食《こじき》女房と呼ばれる女囚が出てきて、下帯から衣服一切までを改めるばかりか髪もとき改めてから牢内に入れる。女囚に乳呑児《ちのみご》がいるときは子も入牢《じゆろう》させるのである。

牢の鍵すべてのほかに、私宅にあって手鎖の刑にある罪人の手鎖の鍵を預る場合もある。

手鎖の刑は罪の軽重によって、三十日、五十日、百日の刑期があり、百日では隔日、五十日と三十日では五日毎《ごと》に封印を改める。ふつう鍵は町役人の家主が預っていて、罪人は町奉行所へその都度出頭して封印を改めてもらうが、罪人の日常を牢奉行が監視する必要がある場合は、鎰役が出むくのである。

今日は庄助という男の封印改めの日であった。庄助はからくり師で、手鎖五十日の刑についていた。

三右衛門は戸口に立つと、咳払《せきばら》いをひとつして、「からくり師」と筆太に書かれた障子戸をあけた。

上りはなの四畳半の板の間が仕事場で、作りかけのからくり人形や道具類が片寄せて置かれており、奥の六畳間の隅に庄助は柱に背を凭《もた》せかけてあぐらをかいていた。むろん前にした両手は手鎖でいましめられている。その自由のきかぬ片方の手の指先に煙管《きせる》をつまんで、ふてくされたように煙草《たばこ》をふかしていた。

素早く仕事場を見まわした三右衛門は、ずかずかと上がり、

「庄助、変わりはないか」

と、形通り声をかけた。

「このざまじゃァ変わりようがねえなァ」

庄助は三右衛門を上目遣いに見て半ば独り言に吐き捨てたきり、黙りこくっている。傍らに塗りのはげた盆にのせた冷飯と汁が置かれていて、飯炊《めした》きもままならぬ庄助の世話を長屋のかみさんたちがしているようだが、その飯をろくに食っていないようだ。無精髯《ぶしょうひげ》がのび、頬がこけてきている。三右衛門が封印改めにきたのは今日が二度目で、庄助は手鎖十日目である。

四十三歳になる庄助は三右衛門とほぼ同年だが独り者で、これといった女もいないらしい。

三右衛門は庄助のまえに坐《すわ》り、手鎖の封印を改めた。両手をたがいちがいに手首の

ところでいましめる鉄製の輪の手鎖には、小さな卍錠《まんじ》がついていて、二つの鉄輪のくぼんだ箇所に、町奉行の捺印《なついん》のある幅六分ほどの美濃《みの》紙で封印してある。万一解錠して手鎖をはずすようなことがあれば、一目でわかる。

異常はなかった。

庄助は頭もさげず、「お役目ご苦労さまです」ともいわずに、煙管をくわえてそっぽをむいている。牢にあって吟味中からこの十日間、風呂《ふろ》にも入らず着のみ着のままなので、汗くさい饐《す》えた悪臭がした。

「飯ぐらい食え！」

三右衛門は怒鳴りつけた。両手は不自由でも飯は食える。

「食いたかァねえんだ」

そっぽをむいたまま庄助はいい、鬚面《ひげづら》をゆがめた。

(勝手にしろ。横柄《おうへい》な奴だ)

性根のまがった罪人には馴《な》れているが、庄助はお上の慈悲をかけたくない男である。これまでも筆禍で手鎖の刑に処せられた戯作《げさく》者や絵師に出会ってきたけれども、大方の者は神妙にしていて、この男のように十日たっても片意地を張っている者はめずらしい。よほどの偏屈者なのだろう。

「飯は食わずとも、お上の目を盗んで妙なからくり細工などしておるのではあるまいな」

仕事場を仔細《しさい》に調べながら、三右衛門は公儀の威光をしめす声音《こわね》でいった。手鎖をつけていては細工物などできるわけはないが、この男の身のうちにとぐろをまいているような、公儀を公儀とも思わぬ根性が許せない。横っ面の一つも張りとばしてやりたいくらいである。

吟味に立ち会ったわけではない三右衛門は、詳しくは知らないが、庄助は南蛮渡りの自鳴琴《じめいきん》を自作して異人女のからくり人形に仕組み、世間を騒がせたその罪で五十日の手鎖になったときいている。

三右衛門はそんな男の顔など見るのも汚《けが》らわしく、あからさまに舌うちをすると、御用がすんだので立ちあがっていた。

「旦那《だんな》」

立ち去ろうとすると、庄助が声をかけてきた。蒼白《そうはく》になった顔をひどくゆがめている。

「どうした、何ぞ用か」

「へえ。……厠《かわや》へゆきてえんで……」

「勝手に行ってまいれ」

「それが……」

手鎖の両手を顔のまえにあげて、庄助は困惑しきった哀れっぽい顔つきをした。この男にも人の情を乞《こ》う、そんな弱々しい表情があったのだ。

用便はできても手鎖をしていては尻《しり》を拭《ぬぐ》うことができない。用便のあいだ手鎖をはずしてもらえまいかと、便意をがまんしつつ頼んでいるのである。

牢内で手鎖の場合は用便のときだけはずしてやるが、自宅だと後始末を家人を呼んで頼むので、
　雪隠《せっちん》で嬶《かか》あ殿《どの》やと手鎖人
などという川柳があるくらいで、独り者の庄助は誰にも頼めずに尻を汚しっぱなしにしているのだろう。

「ふん、仕方あるまい。俺についてまいれ」

三右衛門は先に立ってしぶしぶ路地に出た。長屋の厠は路地の中央にある。手鎖の卍錠を持参の鍵ではずしてやり、庄助が厠に入ると、手鎖をぶらさげて厠のまえに立って、鳶が澄みきった声で鳴く秋空を見あげていた。

突然の火事や手鎖人が急の重い病いのときなどは、手鎖をはずしてやらねばならな

い場合があるので、鍵と新しい封印紙はつねに持参することになっている。

庄助はなかなか厠から出てこなかった。汲《く》み取り口から逃亡するつもりか。三右衛門は厠の内の気配に油断なく耳を澄ました。放屁《ほうひ》の嫌な音がした。

ようやく厠から出てきた庄助は気まずそうにぺこりと辞儀をして、自由になっている両手を井戸端で洗いたいといったしぐさをしたが、三右衛門は苦虫を嚙《か》みつぶしたような仏頂面で首を横にふり、庄助の背中を突きとばして長屋にもどると、手鎖をつけて施錠し、新たな封印紙を貼《は》りつけた。

「旦那もご苦労だねえ」

庄助がはじめてにが笑った。

「お前のような不届者がいるからだ。俺を甘くみるな」

三右衛門はムッとしていったが、思わず苦笑を浮かべていた。坐りなおすと、腰の煙管入れから銀煙管をとり出し、雁首《がんくび》に煙草をつめながら、

「お前も馬鹿《ばか》な奴だな。茶汲み人形でもこさえておればよいものを、黒船騒ぎのこのご時世に異国かぶれのからくりなどつくりおって」

そういうと一服つけて、胸のうちの厠の臭気を追い出すように紫煙を吐いた。

アメリカのペリー提督が軍艦四隻《せき》をひきいて突然に浦賀に来航したのは、一昨年、

嘉永《かえい》六年六月であった。これまで日本人が見たこともない、三本マストの鉄製の巨大な外輪蒸気船で、煙突からもうもうと黒煙を吐いていた。その黒船はいっこうに去らず、

泰平のねむりをさます上喜撰《じょうきせん》（蒸気船）

たった四はいで夜もねられず

と狂歌によまれたような日がつづいた。そして、ようやく退去したが、翌安政元年二月に早々とまたも来航し、こんどは七隻もの大船団で、しかも江戸湾ふかくまで入ってきて、大砲まで撃ち放った。周章狼狽《ろうばい》した幕府は、横浜村でペリーと神奈川条約（日米和親条約）を結び、その後下田で追加条約に調印し、鎖国の祖法が解けて、下田、箱館《はこだて》の開港が決まったのである。

開国は決まったものの、夷狄《いてき》うつべしとの攘夷《じょうい》のあらしが吹き荒れている昨今である。三右衛門にしても、異人ごときに国を開くべきではないと思っている。まして、庄助のような職人の分際で異国かぶれは大嫌いだ。

けれども三右衛門は、庄助がつくって世間を騒がせたというからくり細工がどのような品か、知りたくなっていた。

「お前のつくったという自鳴琴入りのからくり異国人形を俺は見ていないが、チャル

ゴロと申す南蛮渡りの手廻し風琴《ふうきん》のようなものか」

「チャルゴロを、旦那もご存知なんで？」

とたんに表情をかえた庄助が身を乗り出すようにしてきき返した。

「一昨年の五月、左様、あれは黒船騒ぎの前の月であったな。回向院《えこういん》のご開帳の見世物で一度見た。異人の姿を描いた木箱に、チャルゴロと書かれていたゆえ名を覚えたが、なんとも奇妙な夷狄の音曲《おんぎょく》であったな」

思い出しながら顔を顰《しか》めて、三右衛門はいった。

嘉永六年五月十日から向両国の回向院でおこなわれた阿弥陀如来《あみだにょらい》のご開帳に、非番の日、三右衛門は妻子をともなって出かけたのだった。見世物に浪華松寿軒《なみのはなしょうじゅけん》作の灯心細工虎や昆布細工二十四孝、武田縫殿之助作の怪談人形、京都大石眼龍斎作の風流女六歌仙人形、そしてチャルゴロと漢交茶釜《ちゃがま》などが出ていて、なかでもチャルゴロに黒山の人だかりがしていた。縦横一尺五寸と二尺、高さ一尺五寸ほどの異国趣向の彩色をほどこした木箱で、黒の鍔広《つばびろ》帽子をかぶった異人の絵が描かれた上蓋《うわぶた》を少し開き、前に坐った茶屋女が把手《とって》をまわすと、なんとも摩訶《まか》不思議な音曲が流れ出るのである。三味線や琴の弦の音でもなく、また笛でも太鼓でもなく、唐人の吹くチャルメラに似ているようで違う、妙《たえ》なる音曲だが、聴いているうちに三右衛門は、もしや御禁制の伴天連《ばてれん》の音曲ではあるまいかと背筋があわだってきて、妻子の手を引いてそこを離れたのだった。しかしその夜、寝床についてからも耳の奥に音曲が残っていて、木箱に書かれていた「チャルゴロ」という文字が忘れられなかったのである。

「あたしも回向院のチャルゴロは見たが、あたしがつくったのはふいごで音を鳴らすあんな品じゃありませんよ」

「あれはふいごで音が出るものなのか」

「オランダ語でオルゲルというそうですがね。手廻しの把手をまわすと、ふいごの風の作用でさまざまな音が出る細工です。手廻し風琴ですな」

「それで風琴と申すのか。するとお前がつくったという自鳴琴は別のものか」

「南蛮渡りのオルゲルにはちげえねえが、風じゃなくって、真鍮《しんちゅう》の円筒に植え込んだ刺《とげ》と鋼鉄《はがね》の櫛歯《くしは》の細工で、それはもうこの世のものとは思えねえ妙なる音曲を奏《かな》でるんです。その曲に合わせてあたしはからくり人形を舞わせたってわけで……」

そこまで話すと庄助はふいに口をつぐみ、肩をすぼめてまたそっぽをむいてしまった。牢屋同心ごときに話してもわかるまいといった、蔑《さげす》むような顔つきになっている。

（やはり嫌な奴だ）

三右衛門は煙管をしまうと立ちあがり、

「また五日後にまいる。神妙に致しておれッ」

きつくいい残して、庄助の長屋を出た。

昼餉《ひるげ》をすました長屋の子どもらが路地で遊んでおり、井戸端では女たちが洗いものをしていた。路地の傍らに、木箱に植えた菊が咲いている。

三右衛門はいま出てきた庄助の長屋を振り返って、ふんと鼻を鳴らしたが、耳のうちに異国の音曲が心の襞《ひだ》にしみついているかのようにかすかにきこえていた。

二

その五日後、三右衛門が封印改めに行った日から、庄助はぽつりぽつりながら、自分から話すようになった。

その日、三右衛門は用便中に手鎖をはずしてやっただけでなく、井戸端で庄助が自由な両手で顔を洗うのを仏頂面《ぶっちょうづら》ながら黙認してやったのである。

「あたしはね、ガキの時分、浅草奥山で見た茶汲《く》み人形のからくりに、すっかりとりこになっちまったんですよ」

金竜山浅草寺本堂裏手の奥山は、両国広小路とならんで江戸いちばんの盛り場で、大小の独楽《こま》を大刀の上でたくみに廻してみせる独楽廻しの松井源水、高々と放りあげた大根を一本歯の高足駄をはいて見事に斬《き》る小男の芥《けし》の助《すけ》などの曲芸にまじって、さまざまなからくり人形を見せる大道芸人が大勢出ている。唐人が笛を吹く唐人笛吹きからくり人形、可愛《かわい》い童子が吹矢をする吹矢からくり人形、三味線をひく人形もあれば、五体を自在に動かす三段返りかるわざ人形もある。錦竜水《きんりゅうすい》という仕掛けの人形は、口から色を変えて五色の水を吹き出す。糸操りもあるが、大方はぜんまい仕掛けで、五段でも十段でも躰《からだ》の各所が返る三段返り人形は、体内の水銀の移動によって蜻蛉《とんぼ》返りまでうてる。五色の水を吹き出す錦竜水は、水槽から管を通じた水からくりで、滝の白糸の曲芸で使われる仕掛けと同じである。

　ぜんまい仕掛けは江戸時代の前期からで、寛政のころには水銀仕掛けの安い玩具《がんぐ》なども露店で売られるようになった。そして、からくり人形は幕末に及んでますます精巧になってきていたのである。

「西仲町生まれのあたしは、浅草奥山が近いもんで、ガキの時分に一日中奥山で遊び呆《ほう》けて、おやじやおっかさんから叱《しか》られたもんです。別に悪さをしてたわけじゃありません。からくり人形のあの動きがなんとも不思議で、ことに茶汲み人形の生きているとしか思えねえ姿に、魂まで抜かれてしめえましてね」

庄助がガキのころといえば文政年間である。文政三年春の奥山では、等身大の練物細工の七小町人形や花魁《おいらん》道中人形などが話題を呼んだが、庄助が幼な心を奪われたのは、昔からある茶汲み人形だった。小姓の身なりをした小さな可愛い人形が、茶托《ちゃたく》にのせた茶碗《ちゃわん》を運んできて差し出し、両手をついて丁寧に辞儀をする。いささかぎごちないその所作が、庄助には人形自身が生きているとしか思えなかったという。

「あれはね、旦那《だんな》、からくりなんてものじゃあねえ。ちっぽけな人形に魂があるんです。あたしは恐ろしくって、夜も眠れなかった。眠ったと思うと、夢に茶汲み人形が出てきて魘《うな》されました。旦那もガキの時分、そんなことがありませんでしたかい」

そういわれてみれば、三右衛門にも似たような経験がある。魘されはしなかったが、伝馬町の同心長屋に両親と住んでいた子どものころ、母親に連れて行ってもらった両国広小路の見世物で、茶汲み人形をはじめて見て、やはり人形そのものが生きていて、あの人形の躰のなかには赤い血ではなく、胡粉《ごふん》のような白い血が流れているのではあるまいかと、恐ろしく思ったことがある。成長するに及んでそんなことはすっかり忘れ、ぜんまい仕掛けのからくり人形などには見むきもしなくなったが、手鎖人の庄助にいわれて、人形を怖いほど不思議に思った童心にかえったような気がした。

「それでお前さんは、からくり人形師になったのかい」

「いえ、最初《はな》っからからくり師になったわけじゃねえんで」

と庄助はいった。

「からくり人形には夢中になりましたが、九つのとき、上野広小路の呉服屋に奉公に出ました。年季が明け、お礼奉公もして、反物のことァかなりわかるようになりましたが、あたしにはご新造《しんぞ》や娘っ子におべんちゃらをいって反物を売る仕事はむいてませんでした。暇さえありゃァ、からくりのことばっかり考えて、作りもしてましたからね」

「よほど熱中したのだな」

「呉服屋に奉公しながら、一人で作りました。ありゃ十九のときでした、『機巧図彙《からくりずい》』てえ書物に出会いましてね」

「『機巧図彙』……そんな書物があるのか」

「へえ。細川半蔵頼直《よりなお》てえ人が書いた、からくりの奥義書《おうぎしょ》です。これと首っ引きで、からくりに熱中したねえ……」

若かったそのころを懐《なつ》かしく思い出すかのように、庄助は手鎖の窮屈な手につまんだ煙管《きせる》から立ちのぼる紫煙のゆくえを眺めながら、

「あのころァ碌《ろく》すっぽ寝なかったねえ。頭ンなかァ、からくりのことでぎっしりだ。

呉服屋に勤まるわけがねえ。お払い箱だ。それでよかったんですよ、旦那。おかげでふんぎりがついて、からくり師に弟子入りしました。呉服屋にまじめに勤めていりゃア、番頭になれる二十二のときでしたがね」

「世帯はもたなかったのか」

「からくり師の修業がひと通りすんでから、かかあをもらいました」

「惚《ほ》れた女がおったのだな」

「おくみってェ女でした。……だが、うまくはいかなかった。惚れあっただけじゃァ、夫婦《めおと》はつとまらねえ。五年は一緒にいたが、あいつのほうから出てきました。無理もねえやね、あたしの頭ンなかァ、からくりのことばっかりなんですから。子ができなかったのが、せめてもの幸いでしたね」

そういうと庄助は、しんみりした自分を笑いとばすように高笑いをして黙ってしまった。そして、ぷっと煙管の吸い殻を吹き捨てると、

「この夏の浅草寺観音様のご開帳の興行で、肥後熊本の松本某《なにがし》ってえ人形師が等身大の異国人物人形を見せて、生人形《いきにんぎょう》だなんて自慢してたが、あんなものァ生人形じゃァねえ。見た目ばっかりで、なにが生きてるもんかい。人形ってのは人に似せるばかりが能じゃねえ。あたしのは、歩きもする、声も出す、歌も唄《うた》う、音曲も奏《かな》でる……

だからって、人に似せてるんじゃねえですよ。人形として生きるんだ。そこんところが、誰もわかっちゃいねえ」

異人の等身大の人形を見事につくって評判をとった松本喜三郎という熊本の人形師が、手鎖のお咎《とがめ》をうけなかったのは、出来が悪いからだと庄助はいいたいのか。それとも、自分だけお咎をうけている不公平をなじっているのか。いずれにしろ三右衛門には、そういう庄助が世間を見くだしている傲岸《ごうがん》な男に思えた。

その庄助が、次に行ったときは手鎖の不自由な手で押入れから三巻の書物をとり出してきて、三右衛門に見せたのである。

かなりいたんだ表紙に、

――機巧図彙

と、表題がしるされている。

「この書物か、お前が夢中になったと申したからくりの奥義書は」

手にとってめくってみると、随所に精巧なからくり図が描かれていて、庄助がしたらしい書き込みがあり、ほぼ六十年もまえの寛政八年の出版である。

三右衛門はまず序文を読んでみた。

夫奇器《これきき》を製するの要は、多く見て心に記憶《きおく》し、物に触《ふれ》て機転《きてん》を用ゆるを尊ぶ。譬《たとへ》ば魚の水中に尾を揺《うごか》すを見て柁《かぢ》を作り、翅《ひれ》を以《もつ》て左右するを見て櫓《ろ》を製するの類是《たぐひこれ》なり。されば諸葛孔明《しよかつこうめい》は、妻の作する偶人《ぐうじん》を見て木牛流馬《もくぎうりうば》を作意し、竹田近江は、小児の砂《すな》弄《いぢり》を見て機関《からくり》の極意《ごくゐ》を発明す。此《この》書の如《ごと》き、実に児戯《じぎ》に等しかれども、見る人の斟酌《しんしやく》に依《より》ては、起見生心《きけんせいしん》の一助とも成《なる》なんかし。

寛政丁巳《ていし》春　萬象主人誌《しるす》

偶人とは人形、木牛流馬とは自動運搬車のことで、機関《からくり》などは児戯に等しいかもしれぬが、心構えによっては、物に触れて発明の極意をつかむことができると述べていて、三右衛門は思わず、

「ふむう、左様じゃな。なるほど、起見生心、のう」

と、声に出していた。

三巻の『機巧図彙』は、首巻に柱時計、櫓《やぐら》時計、枕《まくら》時計、尺時計、上巻に茶汲み人形、五段返り、連理返り、下巻に龍門滝、鼓笛童児、揺盃《ようはい》、闘鶏、魚釣人形、品玉《しなたま》人形などの内容で、首巻には各種時計の精緻《せいち》なからくり図が描かれている。

「牢《ろう》屋敷にも柱時計が置かれておるが、中はかように数多くの歯車と軸が組みあわせ

てあるのかのう」

三右衛門はその頁《ページ》を読んでみた。

時計に天然と意地わるき事あり。夫《それ》は大なる時計は刻《きざ》み少くてよし、又小なる時計ほどかえつて諸輪の刻み多からざればよろしからず。其故《そのゆゑ》は大なる時計は天符長くしてゆるやかにふるゆゑに刻み少くてもよし、小なる時計は天符短くして急にふる故、歯数多からざれば用をなさず。

傍らから庄助が手鎖の手で図を指さし、

「小型の時計をつくるには、この大なる時計の寸法をそのまま縮めたのでは駄目なんです。針の動きを遅くするために、歯車の歯数をふやさねばいけません。そして、ほれ、ここに書いてあるでしょう。『諸機巧、専《もっぱ》ら此の天符、行司輪を用ゆる故に、時計は諸機巧の根本なり』と。そうなんです。西洋ではからくり人形を自動人形というそうですが、人形にかぎらず、自動機械はすべて時計の原理が根本にあるんです」

「左様なものか」

「黒船にしたところで同じでしょう。動力は蒸気だが、その力を行司輪と歯車で外輪に伝えて水をかくんです。外輪蒸気船の黒船なんざァ別に驚くことァないねえ」

そういって笑う手鎖人を、三右衛門は別人を見つめるようにまじまじと見た。さらに無精髯《ぶしようひげ》がのびて頬がこけているが、その目は尊大でも傲慢でもなく、澄みきって童子のようではないか。

（この男、こんな無垢《むく》な目をしておったのだ……）

ガキの時分に見た茶汲み人形に夢で魘されたというその童心を、その後ももちつづけ、四十を過ぎてもなお物事の不思議に驚き目をみはり、その機巧の原理をきわめようとしている。女房に去られたこの男は奇人変人かもしれぬが、なんと無垢な偉い奴《やつ》ではないかと、三右衛門は見なおしていた。

庄助はからくり人形師に弟子入りする前、この『機巧図彙』を繰り返しひもといて、独学で機巧の原理を会得《えとく》したという。

「見上げたものだな。それにしても庄助、お前さん、むさいぞ。手鎖をつけておっては髯も剃《そ》れまいが、今日は俺が剃ってやってもよい。これもお上のお慈悲と思え」

三右衛門は小桶《こおけ》に水を汲んでくると、庄助の伸び放題の無精髯を剃ってやったついでに、月代《さかやき》もきれいにしてやった。

「旦那、すみませんねえ」

「こんなことは、惚れた女にやらせるものだ。お咎が解けたら、髯剃り人形でもつくってはどうだ。めっぽう美人の人形をな」

軽口などめったに叩《たた》いたことのない三右衛門が、そんな冗談さえいって、その日は長屋を出たのだった。

そして、次の封印改めの日には『機巧図彙』の上巻・下巻を詳しく見せてもらった。茶汲み人形の歯車からくりに多くの頁を費しており、五段返り人形では水銀の移動による機巧を素人《しろうと》でもわかるように図入りで解説し、童児人形が手で鼓《つづみ》を打ちながら口で笛を吹く鼓笛童児人形、酒をつぐと盃中の亀《かめ》が首と手足をうごかす揺盃、あるいは魚釣人形や手妻をする品玉人形など、いずれも詳しく図解されていて、三右衛門は御用できたのに、つい刻《とき》のたつのも忘れるほどであった。

その日は十月一日で、庄助は手鎖二十五日目であった。紅葉の盛りだというのに、朝から蒸し暑い日で、市中の随所で妙な硫黄《いおう》の臭《にお》いがした。

「庄助、今日で半分が過ぎた。あと二十五日だ。辛抱致せよ」

骨張った肩に手までおいて、励ましの言葉をかけ、三右衛門は長屋を辞した。帰りも、江戸の町に硫黄の臭いが漂っていたが、さして気にもとめず、

（今度ゆくときは、酒徳利《さかどくり》でもさげて行ってやるか）

そんなことまで考えている自分に、三右衛門自身あきれていた。

三

翌日、朝早くから牢《ろう》屋敷で勤めをはたした三右衛門が、宿直の同役と交替して近くの同心屋敷の私宅にもどったのは、五ツ（午後八時）過ぎであった。朝から降っていた小雨がやんで、雲間に新月がのぞいていた。

晩酌もした三右衛門は、遅い夕餉《ゆうげ》を妻女の絹の給仕でとりながら、機嫌のよいほろ酔い気分で庄助の話をした。

「変わった男だが、なかなかにたいした奴《やつ》だ。好きな道をきわめるということは、あのようなことなのかのう」

「でもお前さまは、手鎖になるようなからくり師は不届者だと、あれほど申していたではありませんか」

膝《ひざ》にまつわる幼な子をあやしながら、四人の子もちでちかごろすっかり肥《ふと》ってしまった絹は、夫の変わりようがおかしいらしく、少し首をすくめて笑った。ふだん無口で仏頂面《ぶっちょうづら》の夫が機嫌よく話すのもめずらしい。

「なに、不届者には違いないのだ」

三右衛門は怒ったようにいった。しかし、怒ってはいなかった。ふと、家督《かとく》を継ぐことで迷った一時期の、あの日あの一刻《ひととき》を思い出していた。

子どものころから絵を描くことが好きであったが、嫡男《ちゃくなん》の三右衛門は微禄《びろく》ながら家督を継いで、父同様に鎰役《かぎやく》になることを疑ったことはなかった。十八歳のときから牢屋敷に勤めて、父の仕事ぶりも見てきた。鎰役は、牢屋敷内の切場でおこなう死罪の刑の執行にも立合う。最初見たときは、血の気がひき吐き気がしたが、馴《な》れてみればどうということはなかった。打ち役とちがって、鎰役は囚人に慈悲もほどこせる。刑期を勤めて放免になる囚人に牢の鍵《かぎ》をひらき、牢屋敷の門口まで送り出すときほどうれしいことはないと、三右衛門に似て無口な父が、そのときばかりは口もとをほころばせて話してもいたのである。

しかし、いざ家督を継いで鎰役になる二十三歳の秋、いっそ家も役目も投げ捨てて、好きな絵を修業し、絵師になろうかと迷った。ふらりと大川端《おおかわばた》に出て、新大橋の中ほどに立ち止まり、秋の川風に吹かれながら、家を出て侍をやめてもいい、このまま向う岸へ渡ってしまえば別の自分になれるのだと、長いこと考えていたのだった。

（あのときもし、新大橋を渡りきっていたら、どうであったであろう……）

いっぱしの絵師になれたかもしれないし、なれずに落ちぶれて、うろんな暮らしをしていたかもしれない。その後もたまに思い出すことはあったが、鉛役につき、絹を娶《めと》り、子ができてからは、お役目一途《いちず》に生きてきて、あのときもし……などと、一度として考えたことはなかったのである。貧しくとも、幕府御家人の自分を誇りにこそ思え、疑ったことはない。それなのに、嫡男が十七にもなろうという四人の子の父親のこの歳《とし》になって、あのとき橋を渡りきらなかったために、たった一度の人生でなにか大事なものを川の中に投げ捨ててしまったのではあるまいかと、三右衛門はふと考えていた。晩酌のほろ酔いのせいかもしれなかった。

(もし絵師になっていたら、あぶな絵など描いて、手鎖になっていたか……)

ひとり笑いをして三右衛門は、三杯めの飯茶碗《めしぢゃわん》を絹につき出した。

怒ったりにやにやしたりする三右衛門を見て、

「どうしたんです、今夜のお前さまは……」

絹が怪訝《けげん》そうにいって茶碗をうけとったとき、突然、夜鴉《よがらす》が異様に鳴きわめき、東南の方角から津波のような轟々《ごうごう》という音が近づいてきた。家鳴りがし、天井から埃《ほこり》の砂が食膳《しょくぜん》に降った。絹があわてて飯桶《めしおけ》の蓋《ふた》をしめようとしたとき、脳天へ抜けるようにズシンと尻《しり》の下がもりあがった。箪笥《たんす》が倒れ、壁がくずれた。立ちあがろうとした

が、躰《からだ》が揺れて腰がさだまらない。隣室で書見をしていた嫡男の清之助が、

「地震だ！」

と叫び、倒れた行灯《あんどん》の火を消した。そばにいた子どもらが泣き叫ぶ。三右衛門は傍らの倒れた行灯の火を夢中で踏み消し、

「絹、子どもらを外へ！」

と怒鳴り、子ども二人を両脇《りょうわき》に抱きかかえ、はずれた障子戸から庭へころがり出た。

「絹、清之助……！」

大地が揺れていて立ちあがれず、二人の子を抱きしめたまま坐《すわ》りこんで叫んだ。幼な子を抱いた絹と清之助が這《は》い寄ってきた。屋根瓦《がわら》が落ちてくだけ散る。親子六人、ひとかたまりになって、三右衛門と絹は子どもらをかばいながらどうすることもできずに、しばらくそうしていた。月は雲にかくれて、真暗闇《まっくらやみ》である。あちこちで人の叫び声がする。隣の同心長屋がものすごい音をたてて倒壊した。

「ここはあぶない！」

三右衛門は妻子をせきたてて往還に出た。揺れはおさまっていた。が、地べたに坐ったきり、全身にふるえがきて腰が立たない。歯の根が合わずにガチガチ鳴っている。するると、東の方角に火の手があがった。大川の川向うらしい。見まわすと、北の空も

赤い。

(牢屋敷は……)

そう思ったとき、ふるえがおさまり、三右衛門は立ちあがっていた。

「絹、清之助、子どもらとここにおれ。わしは牢屋敷へゆく」

三右衛門は傾きかけた長屋の内へとってかえすと、散乱している家具などをかきのけて大小を手さぐりでさがし腰にして、つま先さぐりで草履《ぞうり》をはき、近くの牢屋敷へ走った。またひとつ小さな地震がきて、躰がゆれる。

牢屋敷の門は瓦が崩れ落ちていたが無事であった。炊事場のあたりに火が出たらしく、当番の者がかけまわって消しとめている。牢内には火の気がないから、大丈夫のようだ。

表玄関の前に牢奉行の石出《いしで》帯刀《たてわき》が陣笠《じんがさ》をかぶり、革羽織をつけたいでたちで仁王立っていた。牢奉行は世襲で、奉行の役宅は牢屋敷に隣接しており、禄高三百俵である。

「お奉行、いかが致しまする?」

と、三右衛門は指示をあおいだ。

「大地震じゃな。火の手はどうじゃ?」

駈《か》けもどってきた同心の一人が答えた。

「神田、浅草、深川、本所あたりが大火のようにございます」

「神田川より南はどうじゃ？」

「小さな火の手は上がっておりますが、大事ない様子で」

「風向きは？」

「戌亥《いぬい》（北西）より吹いております」

「ふむう、大火になるな」

類焼の危険が迫ったとき囚人を解放する〔切放《きりはなし》〕は、牢奉行の権限である。石出奉行はいまだ決しかねている面もちで空を見あげている。

火《ひ》の見櫓《みやぐら》の半鐘《はんしょう》も板木もいっこうに鳴らないのに、みるみる江戸市中の夜空が紅蓮《ぐれん》の焔《ほのお》の反映で赤く、その明りでたがいの顔がはっきり見えるほどだ。

「三右衛門、囚人どもが立ち騒いでおろう。見廻ってまいれ」

「ははッ」

三右衛門は同役の鎰役と牢屋敷内に駈け込みながら、

（浅草が大火なら庄助は……）

と案じたが、いまは牢内の錠の点検と囚人を鎮《しず》めることが急務である。牢格子《ごうし》にも異常はなかった。牢内を一巡した三右衛門は火事装束に着替えた。牢屋敷の地震による倒壊はまぬがれたが、この風向きではいつ延焼してくるかわからない。大川と堀があふれたらしく、濁流が牢屋敷内にも入ってきて、くるぶしまでが水に浸された。

やがて、与力同心一同が集められた。

「〔切放〕を致す」

石出奉行が断を下した。

「五日後、十月七日、九ツ刻（午前零時）までにもどらぬ者は、縁故の者まで死罪と致す。左様、しかと申し伝えよ」

ちょうど十月二日の九ツ刻になろうとしていた。

各房に与力が伝え、鎰役の三右衛門が同役と手分けして牢格子の錠前を開けた。囚人たちが歓喜しつつ押しあいながら牢をころがり出て、牢屋敷の表門からどっと市中へ散ってゆく。

一人残らず〔切放〕がすんだことを確認し、類焼に備えて各所をかためる。鉄砲洲《てっぽうず》、築地《つきじ》にも火の手が上がっている。伝馬町の往還を老若《ろうにゃく》男女がわずかな家財道具をかかえて右往左往している。妻子はどこへ避難したであろう。気になりながらも、三右衛門はもどることができない。明け方までに三度微動があった。

ようやく夜が明け、江戸市中の火の手が鎮まったのは、午《ひる》ちかくであった。いったん長屋にもどった三右衛門は、家財道具が散乱する家のまえに妻子がいるのを見て安《あん》堵《ど》した。清之助が腕を少し怪我《けが》しているだけで、他の三人の子どもらはかすり傷ひとつ負っていない。絹が憔悴《しょうすい》しきった顔で、

「お前さまもご無事で……」

と、かすれ声でいって涙を浮かべた。

この安政二年十月二日夜の江戸大地震は、昨年十一月四日、五日の東海、東山、南海諸道の大地震大津波につぐ地震で、江戸湾の荒川河口付近を震源とする、推定マグニチュード6・9の直下型地震であった。江戸市中の大半が被災し、当時わかっただけで死者七千余、重傷二千余人、倒壊家屋一万四千戸に及んだ。本所、深川、鉄砲洲、築地、そして浅草などの下町の被害が甚大《じんだい》で、新吉原では廓《くるわ》がほとんど焼失し、遊女、客など千五百六十余人が死亡した。

四日の朝、三右衛門は上司の許しをえて、庄助の安否をたしかめに浅草へむかった。浅草御門を出て神田川を渡ると、ほとんど一面の焼け野原である。浅草寺の大屋根と五重塔が意外に近く見えた。倒壊しなかったのだ。

まだくすぶっている焼け跡を、着のみ着のままの被災者が魂を抜かれたようなうつ

ろなまなこでうろうろしている。焼け焦《こ》げの死体もころがっていた。手鎖をつけていた庄助は、逃げおくれて家屋の下敷きになって圧死したか、火焔《かえん》にまかれて焼け死んだか……。すぐにも駈けつけて、手鎖をはずしてやるべきだった。見当をつけて、西仲町の路地に入った。ここも焼け跡である。庄助の姿はなく、おなじ長屋の住人らしい男女の姿もなかった。

三右衛門は被災者がたむろしている広小路に出た。ここは火除地《ひよけち》で広いが、火が渡ったのであろう、地面が真黒にすすけていて、燃えかすなどが散らばるそこに、被災者のおびただしい老若男女がうずくまっていた。町奉行所から役人が出張っていて、なにやら叫んでいる。倒壊しなかった雷門《かみなりもん》のまえに高札が立ち、傍らに早くも御救小屋《おすくいごや》を建てている。傍らでは、町会所の者が炊《た》き出しをしていた。

そこにも庄助はいなかった。役人の一人に訊《たず》ねてみたが、知らないという。三右衛門は庄助を探して浅草寺の境内に入った。

(奥山にいるかもしれぬ)

そう思った。境内も被災者でごった返していた。また余震があった。うずくまっていた人びとが生きたここちもない表情で半ば腰をうかした。一昨夜から数えきれぬほどの余震がつづいていたのである。

本堂裏手の片隅に、地べたに坐り背をまるめて、なにやらのぞき込んでいる男がいた。髷《まげ》のくずれた髪が半ば焼けて首すじにへばりつき、着物も焼けこげている。が、そのまるまった痩《や》せぎすの背中に見覚えがある。

「庄助……庄助ではないか！」

「旦那《だんな》……」

庄助がにこりとした。

「無事であったか。探したぞ」

焼けこげの破れた着物からむき出た肌が、首から腕にかけて火傷《やけど》を負っている。

「大丈夫か」

「こんな傷ァ痛くも痒《かゆ》くもねえ」

手鎖の手に、庄助は何やら握っている。からくりの歯車である。膝まえに道具箱とからくりの機械が大事そうに置かれている。手鎖をした自由のきかぬ両腕にそれだけを抱きかかえて、渦まく火焔の中をころげながら脱出したのだろう。

「庄助、両手を出せ、手鎖をはずしてつかわす」

「……」

「俺の一存ではない。お上のご慈悲だ。牢屋敷の囚人は一人残らず〔切放〕となった。

この大地震と大火だ。庄助、お前も当月七日の九ツまで、手鎖の要はないぞ」

まだ信じられぬ面もちでいる庄助のまえにしゃがみ込むと三右衛門は、解錠し、庄助の両手首から手鎖をとり払った。

「ひどい火傷だ。御救小屋で手当をせねばなるまい。俺についてまいれ」

「なァに、黒田の旦那、両手が使えるとなったからにゃ、焼け跡へ飛んでもどりたいね」

そういうと庄助は歯車などを道具箱におさめてかつぎ、持ち出したほかの機械類をかかえて歩き出していた。

長屋の焼け跡にもどると、庄助はそこらじゅうを這いまわって、焼けこげの歯車や芯棒《しんぼう》などを探しはじめた。三右衛門は焼け残りの柱や板きれ、瓦などを拾いあつめてきて、庄助が膝を折って入れるだけの、乞食《こじき》小屋のような掘立《ほつたて》小屋をつくってやった。

「火傷の手当をするのだぞ。よいな。俺はまた来る」

探しあてたからくりの歯車を指先で撫《な》でていた庄助は、返事もしなかった。

四

大地震から五日後の十月七日、夕暮れになると、解放《ときはな》たれた囚人たちがもどりはじめた。かれらには大地震と大火後の巷《ちまた》で自由の身になれた、わずかな五日間であった。刻限ぎりぎりまでもどらぬ者が多く、三右衛門らはいらいらして門前で待ったが、刻限をすぎても三人の姿がなかった。二人は死罪の者、一人は永牢《えいろう》の者である。逃亡したか、それとも大火で焼死したか。

その探索もあって、三右衛門が庄助に手鎖をつけに行ったのは、翌八日の日暮れどきであった。

長屋の焼け跡にもどった者たちが、雨をどうにかしのげるだけのちっぽけな掘立小屋を建てて暮らしはじめていて、庄助も自分の小さな小屋に坐《すわ》っていた。火傷《やけど》の手当をしなかったらしく、首筋から腕にかけて爛《ただ》れきってじくじくと膿《うみ》をもった傷口を折からの夕陽にさらして背をこごめ、小槌《こづち》を使ってなにか細工物をしている。焼けこげの蓬髪《ほうはつ》がかすかにゆれ、庄助は近づいた三右衛門にも気づかずに、ぶつぶつと独り言をつぶやいていた。

襤褸《ぼろ》をまとったその全身から、鬼気迫る殺気のようなものが感じられて、三右衛門は立ちすくんで、声がかけられない。

手鎖をさせられていた間、頭の中で考えに考えていた機巧を、両手が自由に使える一刻一瞬を惜しんで、大震災直後の焼け跡にいることも忘れて、形にしようとしているのだ。

(もし明日死ぬとわかっても、俺はこれほど物事に全身全霊を打ち込めるであろうか……)

庄助は火傷の痛みも飢えも渇きもまったく感じていない様子で、いっそう骨張った背中をまるめ、小槌を小刻みに使いながら、長さ五寸ほどの円筒形の金物に針の先ほどの微小なものを植え込んでいる。牢屋敷の都合とはいえ、一日遅く手鎖をつけにきたことが、三右衛門がこの男にしてやれたせめてものことであった。

「庄助……庄助さんよ」

声をかけると、ようやく気づいた庄助が首だけねじまげて三右衛門を見た。これまでに見たことのない怖い顔だ。両の目が物に憑《つ》かれたように異様に光っている。

「なにをしておる？」

「オルゲルの細工だ」

「オルゲル……？」

「自鳴琴《じめいきん》だよ」

にやりとして、庄助の目がなごんだ。

庄助は細工をしていた真鍮《しんちゅう》の円筒を三右衛門の顔のまえにさし出し、傍らから小布につつまれていた櫛歯《くしは》のような金物をとり出してそれも見せながら、

「この円筒には刺《とげ》が数多く植え込まれてるでしょう。円筒がぜんまい仕掛けで廻ると、この小さな突起がこっちの櫛歯を一つ一つ弾《はじ》いて音が出るんです。これが自鳴琴のからくりですよ」

「ふむう。水車が回転して杵《きね》をつく、米つきのごとき理屈だな。しかし、このような櫛歯で、よく音が出るものだな」

「鍛えた鋼鉄《はがね》でなくちゃ音はひびきません。あたしは、鍛冶師《かじし》に玉鋼《たまはがね》で打たせたんです」

円筒とほぼ同じ長さのその鋼鉄の櫛は、歯が長いものから短いものまで順に並んでいて、高音から低音までをひびかせるらしい。また、円筒の方は、刺の植え込みが混んでいるところもあれば、まばらになっているところもある。

「実際に鳴らしてみれば旦那にもわかるでしょうが、刺の植え込み具合で音と音との

間《ま》がとれるんです」

針の先ほどの刺を一本一本、音曲にあわせて植え込み、松脂《まつやに》で固定するのだと庄助は説明し、一厘《りん》一毛でも位置が狂えば、音曲が狂ってしまうといった。

手にとって仔細《しさい》に見入った三右衛門は、刺の植え込みようの微細な細工に感嘆した。見事な職人芸である。

「なるほど、かように刺のある円筒が回転すれば、こちらの櫛歯を人が爪《つめ》で弾くごとくに弾けるわけじゃな。しかし一回転すれば、あとはその繰り返しではないか」

「よくわかりますね、旦那《だんな》。円筒の太さと刺の植え込みようで長い曲も入るが、それっきりだ。そこで、一回転したら刺が櫛歯に当たる箇所をずらすんだ。その分だけ隙《すき》間《ま》をあけておきゃァいい。それだけじゃないですよ。別に太鼓を打ったり笛を吹いたりするからくりも仕込めば、お囃《はやし》もできる。あたしが今度考えてるのは、五人囃《ごにんばやし》だ」

「五人囃を、のう……」

感嘆した三右衛門は傍らに坐ると、ふところからにぎり飯と火傷の軟膏《なんこう》をとり出した。

「まあ、飯でも食え。それからこの薬をつけろ」

火傷の傷は乾いたところもあるが、赤むけてじくじくとくずれた箇所に膿がたまっている。三右衛門は膿をふきとり、貝に入った軟膏をつけ、手拭《てぬぐい》でしばってやった。

「すみませんねえ、旦那」

にぎり飯を食いながら庄助は、

「あたしがはじめてこのオルゲルのからくりに出会ったのは、長崎だったんです」

と、話しはじめた。

回向院のご開帳の見世物にあのチャルゴロが出た前年の春、からくり師仲間からそれを見た庄助は、長崎出島のオランダ人ならもっと精巧なオルゲルをもっているはずだと思い、長崎へ出かけて行った。そして、出島出入りの商人を通じて、オランダ商館員夫人がもつオルゲルを見ることができた。それがふいご式の手廻しチャルゴロではなく、円筒式ぜんまい仕掛けのオルゲルだったというのである。

呼び名がいささかややこしいので余談ながら触れておくと、オランダ語とドイツ語のオルゲル (Orgel) は、英語のオルガン (organ) のことである。おそらく嘉永《かえい》初年に手廻しオルガンの音をきいた長崎の商人が、オランダ人から耳にしたオルゲルという呼び名とその音色がチャルメラに似ていたところから、チャルゴロと名づけたのだろう。ちなみに管楽器のチャルメラ (charamela) はポルトガル語である。そしてオルガンの和名は風琴となった。

もっともそれ以前、寛延三年の『紅毛訳問答』にヲルゴルナの楽器名が出ており、文政十三年の『嬉遊笑覧《きゆう》』にはオルゴルとして紹介されているが、いずれもオルガンのことである。

今日、日本だけでオルゴールと呼ばれている円筒式あるいは円盤式の楽器は、英語ではミュージカル・ボックス（musical box）、ドイツ語ではムジークドウゼ（Musikdose）で、Doseは小箱のことだから、同じくミュージカル・ボックスである。別に円筒式オルゴールに機構の似たバーレル・オルガンという手廻しオルガンがあり、オランダでこのオルガンと混同してどちらもオルゲルと呼ぶようになったのか、日本でオランダ語のオルゲルからオルガンと混同して紹介されたのか、明らかではないが、日本では機巧のちがいがわかって和名を自鳴琴とし、横浜が開港されてから小型のシリンダー・オルゴールを「ヲルゴル」として紹介して、今日に至ったのである。

長崎出島のオランダ婦人のもつ円筒式ぜんまい仕掛けのオルゲル（自鳴琴）をはじめて見て仰天した庄助は、しかし自分ならさらに精巧な品がつくれるとの自信をもった。

「以前からあたしは島津様の江戸屋敷に出入りしておりましてね」

と庄助はいった。

「なんと、薩摩《さつま》藩の……」

「島津のお殿さまは、機巧がめっぽうお好きでございましてね。洋式軍艦などもお造りになっているそうではございませんか」

「そのようだな」

「江戸屋敷のご家老がまた機巧に目のないお方で、あたしに茶汲《く》み人形をお殿さまへ献上せよと申しておりましたが、あたしは自作のオルゲルを差し出そうと思いました。それで長崎からもどると作り出したのですが、これが思うようにはいきません」

嘉永六年五月に回向院のご開帳でチャルゴロが見世物になり、その翌月、ペリーの黒船が初来航して江戸中が天地がひっくり返るほどに騒然としたころ、庄助は自作の自鳴琴に寝食を忘れて熱中していたのである。

「どうしてもうまく出来ません。仕方ありませんので、茶汲み人形だけを島津様に持参したんですが、これが大しくじりで……」

にぎり飯を食いおわった庄助は、無精髯《ぶしようひげ》についた飯つぶを口のなかにほうりこんで、苦笑した。

「どうしくじったのだ？」

「お手打ちにならなかったのが不思議なくらいで……」

「島津侯にか……」

このとき庄助は給仕小姓の見事なからくり人形をつくり、江戸屋敷の書院で薩摩藩主島津斉彬《なりあきら》に見せた。ぜんまい仕掛けの人形が茶盆を捧《ささ》げ膝行《しっこう》して藩主のまえにすすんだ。人形が可愛《かわい》げに一礼して、茶碗《ちゃわん》をさし出し、さらに一礼した。その所作にいたく感嘆した斉彬は、にこやかに微笑《ほほえ》みつつたわむれに人形の頭を扇子で軽く打った。すると小姓人形は身をおこし、カッと両眼を見開き、つぎには腰の脇差《わきざし》の柄《つか》に手をかけ、いまにも斬《き》りかからんばかりの気勢をしめしたのである。

斉彬は驚いたが、大笑して庄助のからくりの妙を褒《ほ》めた。しかし、以来、出入りを差し止められてしまったと、庄助はいい、自嘲《じちょう》とも蔑《さげす》みともつかぬゆがんだ笑みを口もとに刻むと、黙ってしまった。

「左様なことがあったのか……」

島津侯出入りのたいしたからくり師だったのだと思う一方、庄助の胸の底にひそむ恐ろしいものを覗《のぞ》き見てしまったような、複雑な思いにかられて三右衛門は、そうつぶやいたきり黙らざるをえない。すると、庄助が両手を突き出したのだ。

「旦那、さっさとやっておくんなさい。今日は手鎖をつけにきたんじゃないんですかい」

視線をそらした三右衛門は、持参した手鎖をとり出すと、庄助の瘦《や》せ細った手首にかけ、施錠《せじよう》した。

「あと十八日だ。この五日間は手鎖中の日数《ひかず》に入っておる。定め通り、十月二十六日には手鎖五十日の刑が終る」

「……」

手鎖のついた不自由な指先でオルゲルの円筒と櫛歯を小布につつみはじめた庄助を、立ちあがった三右衛門は黙って見おろしていたが、「またまいる」ともいわずに庄助の小屋をあとにした。

その後、三右衛門は封印改めに行ったが、庄助は口をへの字にひきむすんだままなにを考えているのか、ほとんど語ろうとはしなかった。

しかし三右衛門は手鎖の解ける十月二十六日には、町奉行の許しの書きつけを持参したほかに、酒徳利《さかどくり》をさげて焼け跡の庄助の小屋を訪ねた。とうに木枯しが吹き、その日は冷い小雨が降っていた。

かなり火傷が治って、瘡蓋《かさぶた》のできた傷を小雨に濡《ぬ》らして坐り込んでいた庄助に、三右衛門は町奉行の書きつけを見せていった。

「庄助、よう辛抱した。手鎖を解いてやるぞ」

じろりと見たきり、庄助は黙っている。

「どうした？　気持ばかり酒も持参した。手鎖の解けた祝いに、お前と一献酌《く》みかわそうと思ってな」

よろこぶと思った庄助が、笑みも浮かべず、手鎖の両手をさし出しもせずに、つぶやくようにいった。

「五十日の手鎖なんぞでは、あたしの罪は軽すぎるんだ……」

「なにを申す……」

「あたしは手前《てめえ》が怖いんだよ、旦那。いっそ死ぬまで手鎖のままがいいんじゃねえかと……」

そういうと黙ってしまった庄助の手首から三右衛門は手鎖をはずしたが、庄助は自由になった手首を撫《な》でようともせず、飴色《あめいろ》に濁った目で宙を睨《にら》みすえていた。

五

御用繁多のうちにその年が暮れ、三右衛門がその後の庄助のことが気になって西仲町の焼け跡を訪ねたのは、安政三年の正月が半ばをすぎた日であった。

焼け跡の町には、本普《ほんぶ》請《しん》の商家が建ちならびはじめていて、江戸の町の復興はめざましく、西仲町の焼け跡にも仮普請の長屋が建っていた。しかし、その長屋に庄助はいなかった。長屋の者も行く先を知らないという。

町奉行所で調べればわからぬこともないと三右衛門は思ったが、その後、震災後の物価の騰貴《とうき》で幕府の掟《おきて》をやぶって暴利をむさぼる連中がお縄にかかるなどして、牢《ろう》屋敷は囚人でふくれあがって多忙をきわめ、庄助のことどころではなかった。どうしているであろうとたまに思い出しはしたが、ほとんど忘れて歳月がすぎた。

その年七月にはアメリカ総領事のタウンゼント・ハリスが下田に着任、翌安政四年五月には下田条約が調印され、翌月、老中阿部《あべ》正弘《まさひろ》が病死、十月になるとハリスが江戸にきて将軍家定と会見するという騒ぎである。十二月には日米通商条約の可否を諸大名が江戸城に登城して激論し、市中でも開国と攘夷《じょうい》をめぐって人びとはいっそう喧《かまびす》しかった。

こうして明けた安政五年正月、上野山下の見世物小屋でオルゲル異人人形が評判になったのである。

きらびやかに着かざった五人の男女の異人からくり人形が、自鳴琴《じめいきん》の楽《がく》の音にあわせて歌い踊り、笛太鼓まで囃《はや》すのだという。

話をきいて三右衛門は、

(あの庄助だ)

と思った。

「なんというからくり師の作だね?」

「頑民斎庄助というからくり師だそうだ」

間違いない。頑民斎とはいかにもあの男らしいではないか。大震災後二年余をついやして、ようやく五人囃自鳴琴からくり人形が完成したのだ。

「これは見にゆかねばなるまい」

女房の絹にも話した三右衛門は、つぎの非番の日に子どもたちも連れて出かけようと思った。

あの刺《とげ》のある円筒がぜんまい仕掛けで廻ると、鋼鉄《はがね》の櫛歯《くしは》が順に弾かれて、どのような妙《たえ》なる音曲を奏《かな》でるのであろう。その自鳴琴をおさめた美しく彩色された木箱の上で、五人の異人人形がまるで生きているかのように歌い踊り、笛や太鼓を囃すのであろう。先年のペリー来航の折の異国の軍楽隊や今度のハリス江戸入りの錦絵《にしきえ》などが市中で人気をえているが、庄助のからくりが江戸庶民の評判になるのは当然だと三右衛門は思った。早く見たいものだ。しかし、こんなご時世にまたも異人人形などを見世物に出して、性こりもなく危ういことをするとも思った。もっとも、異人の錦絵がお咎《とがめ》をうけないのだから、今度は手鎖にはなるまいが。

明日は非番というその日の朝、大川に死体が上がったと話している平当番の声を三右衛門は耳にした。両国の百本杭《ぐい》のあたりにはよく溺死体《できしたい》が上がる。そんなことだろうと思ったが、〔切放〕で逃亡したとみられる三人のうちいまだに一人の行方がわからぬので、もしやその男ではあるまいかと、三右衛門は近づいて、どんな男かと訊《たず》ねた。

「いま評判のからくり師だそうです」

と、話していた若い同心はいった。

「からくり師？」

「頑民斎ですよ。上野山下の見世物小屋も狼藉《ろうぜき》をうけたそうです。昨夜、四、五人の浪人者が乱入して、自鳴琴と異人からくり人形を叩《たた》き壊したという話です。おそらく頑民斎を殺《や》ったのもその連中じゃないですかね」

「……庄助は殺されたのか……」

「首すじを斬られていたとか。バッサリやられて、大川に投げ込まれたんでしょう」

（あの庄助が……）

同役にあとを頼んで、三右衛門は急ぎ町奉行所へ行ってみた。身寄りのない庄助だが、見世物小屋の者が確認したという死体は、まだ菰《こも》をかぶせてころがされていた。

三右衛門は菰をはいで顔を見た。

（庄助……）

間違いなかった。火傷《やけど》の治ったあとのひきつれのある首すじが、刀傷でパックリと開いている。解けた髪も衣服もまだ濡《ぬ》れていて、血の気のうせた蒼白《あおじろ》く透きとおるほどの顔で庄助は両の目をとじ、硬直した躰《からだ》を仰向《あおむ》けに地べたに横たえていた。その死顔は、無念の表情がなく、穏やかに目をとじている人形のようである。

（馬鹿《ばか》な奴《やつ》だ……いや、そうではない……）

合掌し瞑目《めいもく》しつつ、三右衛門は思った。

あれほど心血をそそいで作ろうとしていた自鳴琴からくり人形を完成し、評判をとって、理不尽に殺されたとはいえこの男は、からくり師として満足して死んでいったのだ。そうに違いなかった。

（しかし……）

と三右衛門は思った。瞑目する瞼《まぶた》の暗がりに、手鎖五十日が解けた日の、いっこうによろこぶ気配もなく、死ぬまで手鎖のままのほうがいいんだとつぶやいた庄助の姿が浮かんだからである。その後も時に考えぬではなかったが、あのときこの男はなにを思っていたのであろう。ひょっとして、こうなるだろう自分を怖《おそ》れていたのか……。

小雪が舞い落ちてきた。

無縁墓に葬《ほうむ》られる庄助の死骸《なきがら》に別れを告げて、同心長屋にもどった三右衛門は、五歳になった下の子を膝《ひざ》にのせ、降る雪を眺めながら、傍らで針仕事をしている絹へ話しかけるともなくいった。

「あの男、からくり人形やオルゲルなどつくらずに、このご時世に役立つからくりをつくっていればよかったのだ」

「ご時世に役立つからくりって、なにがあるんです？」

「いくらでもあるではないか。時計もそうだが、蒸気機関やエレキテル。機巧にかけてはたいした奴だった。黒船の機巧さえ知っていた。島津の殿さまに目をかけられてもいたんだ。妙な茶汲《く》み人形などお見せせずに、蒸気からくりでも献上していたら、お召しかかえになっていただろうさ。攘夷の急先鋒《せんぽう》の水戸様でさえ、石川島で洋式軍艦を建造なされているご時世だ。開国するにしろ夷狄《いてき》を討つにしろ、これからは機巧のご時世だ。庄助のように異国の機巧にもくわしい男が必要とされているんだよ」

「そういうものですか」

「お前にはわかるまい。錠前にしたところで変わってくる。異国には螺旋《らせん》式の錠前もあれば頭で覚えた符丁で鍵《かぎ》があく錠前まであるそうだ。いつまでも海老錠《えびじよう》じゃない」

庄助に錠前をつくらせたら、時がきたらおのずと開く時計仕掛けの錠をつくったかもしれない。

そんな夢のようなことまで三右衛門は想像しながら、機巧にあれほど精通していた庄助が、女子どものよろこぶからくり人形やオルゲルづくりになぜ命を賭《か》けたのかと思った。

（やはり馬鹿な奴だ、あんなことで命を落すなんて……）

庄助のオルゲル異人人形を叩き壊し、庄助を襲った浪人者は、おそらく攘夷の志士気取りの侍たちだったのだろう。

（それなのに、庄助の死顔はなんと満足しきった穏やかさだったろう……。あの男は四十の半ばをすぎてもなお、心は童子のようだったのだ。童心を忘れず、からくり人形と異国のオルゲルに魅せられて、その不思議に心を奪われつづけていたのだ……）

「いい奴だったなァ、あの庄助という男は。子どもみたいに無垢《むく》な奴だった……」

半ば独り言につぶやきながら、三右衛門は膝の子を抱きしめて、目をうるませていた。

外の雪は牡丹雪《ぼたんゆき》に変わり、もう五寸ほどもつもって、あたりはまるで浄土のように真白になっていた。

その夜、寝床に入ってからも、降りしきる雪のひそかな音をききとりながら寝つけなかった三右衛門は、ふと、庄助が手鎖のお咎をうけた異人女のからくり人形はどのような人形だったのだろうと思った。三右衛門は実物を見ていないし、話にきいただけである。町奉行所で吟味のとき証拠の品として白洲《しらす》にすえられたであろうその自鳴琴からくり異人人形は、いまでも町奉行所の蔵にほうり込まれているかもしれない。

(見たいものだ)

もし壊れずに残っていたなら、庄助の供養《くよう》のために、ねじを巻き、自鳴琴の音曲を鳴らし、人形を踊らせてやりたい。

雪の消えた数日後、御用もあって町奉行所に出むいた三右衛門は、知友の同心に訊ねてみた。残っているはずだという。三右衛門は鍵を借り、勝手知った蔵へ一人で入った。高窓から光が射《さ》し込んでいたが、薄暗いので手燭《てしょく》をつけ、隅のほうに押し込まれていた品を探し当てた。黒船を描いた彩色された方一尺二、三寸ほどの木箱に「オルゲル異人人形」と書かれている。その木箱の細工も庄助がしたのだろう。漆《うるし》をほどこした凝《こ》った細工である。そっと引きずり出し、埃《ほこり》を吹き払い、別の木箱の上に置いた。手燭の明りでよく見ると、手前の下部にぜんまいのねじがとりつけたままになっている。

三右衛門は手燭を傍らに置き、おそるおそるねじを巻いてみた。ぜんまいの締る音がした。上蓋《うわぶた》の手前半分が開くようになっているので、そこを開き、手燭の明りを近づけて中を覗《のぞ》く。長さ一尺ほどの円筒と手前の櫛歯が見えた。真鍮《しんちゅう》の円筒には刺が植え込まれている。鋼鉄の櫛歯がにぶく光っている。左に金物で覆《おお》のかかっているところにぜんまいがあるのだろう。

（なるほど、これがオルゲル、自鳴琴のからくりか……。見事なものだ）

ぜんまいのあるところから一本の芯棒《しんぼう》でつながって、箱の外へ出ている小さな把手《とって》がある。それを片寄せると、円筒が回転して音曲が鳴り出す仕掛けのようだ。

三右衛門はまた手燭を傍らに置くと、戸口のほうを窺《うかが》った。重い扉はぴたりとしめてきたし、蔵の中には三右衛門一人である。高窓から音曲が外にもれるかもしれないが、仕方あるまいと思いながらも、犯してはならない罪に手をそめるようで、三右衛門は胸がしめつけられ、一つ大きく吐息をついた。それから、息をとめて、把手を横にずらした。

カチッと小さな音がして、円筒が廻りはじめた。その円筒の刺の一つに櫛歯の一本が弾かれた瞬間、音が鳴りひびいた。冴《さ》えた美しい音だ。つぎつぎと鳴っていく。巽国の音曲である。あのチャルゴロとはちがって、可憐《かれん》で、穏やかで、冴えわたった、妙なる音曲。生まれてはじめて聴くオルゲルの西洋音楽に、三右衛門は魂を奪われたようにうっとりして聴き惚《ほ》れた。

心がなごんでいる。とうに忘れていた童心にかえったようである。オランダやアメリカやイギリスには、このような心をなごます音曲があったのか。庄助は少年の心でこうした音曲に魅せられ、このオルゲルを自作したのだ。

そう思ったとき、上蓋の奥が音もなく突然に開いた。そこに人形がせり上がってきた。侍のいでたちをした和人形であった。紋つきの黒羽織に袴《はかま》をつけ、腰に大小を差し、右手に扇子をもっている。役人にも見えるが、かなり身分の高い武士で、役者のような美しい顔立ちをしている。

「あッ」

と三右衛門は仰天した。

その人形が扇子をもつ手を上げ、片方の手も動き、足も上げ、オルゲルの西洋音曲にあわせて踊りはじめたのだ。異人女の人形が踊るとばかり思い込んでいたので、驚いただけではない。その侍人形がゆるやかに首をめぐらし、三右衛門を見て、口まで開いたのだ。高窓からの仄明《ほのあか》りと手燭の薄赤い灯明《ほあか》りに照らされて、にこりと微笑《ほほえ》むように口を開き、瞼までゆっくりと上下させたのである。生きているというより、人形自身に妖《あや》しい魂があるかのように。

（このような侍人形に夷狄の音曲で歌い踊らせては、お上のお咎は手鎖どころではない……）

あまりの不埒《ふらち》に、奉行所ではこのことを秘し、異国女の人形だと外へはもらしたのだと、三右衛門は一方で思いながら、そのようなことより、もっと恐ろしい奈落《ならく》の底に引きずり込まれたような思いにとらわれていた。木偶《でく》にすぎない人形に命をあたえ、魂まであたえてしまう魔物にとり憑《つ》かれてしまったような恐怖である。

（あの庄助は機巧のからくりにではなく、その魔物にとり憑かれていたのか……）

無邪気な童心にひそむ邪悪な魔物といっていいであろう。木偶である人形に命をあたえ、生きかえらせる自動人形……。オルゲルの妙なる音曲にあわせて妖しく微笑み、瞼をふるわすこの侍人形には、赤い血ではなく、透きとおった青白い血が流れている……。

庄助はからくり師としてそこまで踏み込んでしまったおのれを誇りに思いながら、その暗闇《くらやみ》を怖れて、手鎖のままでいたいと語ったにちがいなかった。

気がつくと、オルゲルの音曲が止《や》み、侍人形も動かなくなり、ただの木偶にもどっていたが、三右衛門はどのようにして蔵を出たのか、覚えてはいなかった。

黒羽織を着て、二本差しの三右衛門の歩き方は、まるで人の魂を奪われたからくり人形のようであった。

風の匂《にお》い

一

「腰が肝心要《かんじんかなめ》だ、団扇《うちわ》だってなァ」

藤七《とうしち》親方はたまにぽつりというだけだった。仏頂面《ぶっちょうづら》だが、よく見れば穏やかな顔をしていた。両手の指はしなやかにうごいて、細い丸竹を裂いたひごの根元を素早く折り曲げている。竹の脂《あぶら》がおのずとかすかに滲《にじ》んだ指先の早いうごきが、惚《ほ》れぼれする職人芸だ。

団扇師藤七の店に奉公して間もなく丸四年、十四歳の安吉《やすきち》にも、団扇づくりで最もむずかしい工程は、五分《ぶ》にもみたぬ径の女竹《めだけ》（篠竹《しのだけ》）を小刀《こがたな》で四十二等分から六十四等分に割る裂きと、その骨の根元を折り曲げ、二本ずつ目どりをして編み、柄に刺した弓に糸で均等に固定する窓づくりまでの骨づくりだとわかるようになっていた。涼やかな風を送るには、しなやかで丈夫な腰が要なのだ。

「窓のあるのが江戸団扇だ。使い心地がいいだけじゃねえ。竹骨の見える窓があるから涼しげで粋《いき》なんだぜ」

仕事をすませて晩酌を楽しむ藤七親方が、自分のつくった江戸団扇で胸もとに風を送りながら上機嫌にいった言葉も、安吉は忘れない。

奉公に出るまでは何の変哲もないと思っていた団扇にも、いろいろあるのだ。木の柄を別につけるのが京団扇。雅《みやび》だが腰が弱い。平《ひら》の割竹からつくるのが大和団扇と丸《まる》亀《がめ》団扇で、いずれも柄のところまで骨にぜんぶ紙を貼《は》る。柿渋《かきしぶ》を塗れば渋団扇で、丈夫だからおもに台所で使う。丸竹の骨の下部に紙を貼らずに扇子《せんす》のように窓をあけ、涼しげに竹骨を見せるのが江戸団扇と出雲《いずも》団扇だが、江戸団扇は房州産の女竹を用い、大満月、中満月、小満月、卵型など形もさまざまに工夫し、絵柄も花鳥風月ばかりか浮世絵や役者絵を使い、形が小ぶりな小満月なら洒落《しやれ》た長柄にして、江戸ッ子好みに粋《すい》を凝《こ》らしているのである。

そういえば、安吉には目をつむる気持になるだけで、懐《なつ》かしい思い出の仄暗《ほのくら》がりに浮かんでくる夢のような光景がある。

まだ物心ついたばかりのころ、むし暑い夏の宵、行水をした母が浴衣《ゆかた》を着て路地の縁台で団扇を使いながら、父と涼んでいた。甘えてそばに寄ると膝《ひざ》に抱き上げてくれ、団扇の涼しい風に薄化粧の母の匂《にお》いがほのかにして、安吉は母を一人じめにしたく思ったものだ。若く美しい艶《あで》やかな母が、父と笑みをかわしながら使っていた団扇の絵柄も、幼な心に鮮やかに覚えている。水辺をすいすいと飛ぶ、二匹のとんぼだった。傍らで父が手にしていたのは、役者絵の江戸団扇だったろうか……。

鳶職《とびしょく》の父が急の病いであっけなく死んだのは、安吉が五歳のときだった。それからは同じ深川の三間町《さんげんちょう》の裏店《うらだな》に移り、母が仕立物の賃仕事をして、女手ひとつで育ててくれたのである。

父《てて》なし子の安吉には、両親兄弟のいる近所の子供たちがどんなに羨《うらやま》しかったことか。それでも同じ長屋の金太や武、向う横丁の八百文《やおぶん》の吾助などわんぱくどもと遊び呆《ほう》け、手習いにも通い、十歳になった四年前、盆が過ぎるとつてを頼って、新大橋のむこう高砂町《たかさごちょう》の団扇師藤七の店へ年季奉公に入ったのだった。

「安吉、辛抱するんだよ。年季が明けて一人前の団扇師になるのを、母ちゃん、楽しみに待ってるからね」

藤七の店に送ってきた母のおかねは、安吉の小さな両肩に手をのせて、涙をおさえていた。

「早く帰っとくれよ、母ちゃん」

安吉はつっけんどんに応《こた》えたものだ。涙ぐんでいる母を見ていると決心がにぶりそうだった。決心といっても、団扇師がどのような職人なのかよくわからず、いっぱしの団扇師になろうとも思わなかった。ただ母と別れて、大川をはさんで互に川向うに離ればなれになって、年季八年をどんなに寂しくとも辛抱しようと、十《とお》のがきが自分の胸にいいきかせていたのだ。

藤七の店には、通いの職人二人と外まわりがもっぱらの五十半ばを過ぎた源造じいさんのほかに雇人はなく、おかみさんも団扇づくりをしていて、安吉より三つ年上の娘のおさいも手伝い、近所のかみさんや娘たちがきて絵柄を刷った紙を骨に貼る、賃仕事の貼り子をしていた。丁稚《でっち》の安吉は仕事場の掃除などに追い使われるほかは、源造じいさんの曳《ひ》く大八車の後押しが仕事だった。竹の皮むきさえさせてもらえず、残暑の陽照《ひ》りの日中《なか》も、からっ風の吹きまわす師走《しわす》の寒い日も、小さな躰《からだ》で大八車を押して厭々《いやいや》、江戸の町をあちらこちらとまわって一日が終る。貼りの仕事は浪人者などの手内職に外へも出しているから、その運搬も忙しく、冬になると手足にあかぎれが切れ、痛くて血が滲んだ。

貼り子は川向うの深川にもいて、窓づくりしたものに団扇づくりの工程で唯一《ゆいいつ》火を使う金玉火鉢と呼ばれる小さな火鉢の火で藤七親方がやんわり焼きを入れて竹骨のひずみをとった品を、大八車に積み、源造じいさんの後押しをして新大橋を渡るたびに

安吉は、

(川向うに行けるんだ。母ちゃんに会えるかもしれねえ)

と思った。貼りのすんだ団扇を引きとりに行くときも、その期待に胸がはずんだ。

けれども、母には会えなかったし、会ってはいけないのだ。

深川の長屋にもどって母の顔を見たのは、年が明けた正月十六日、奉公してはじめての藪入《やぶい》りの日だった。おかみさんが用意してくれた新しい晒《さらし》の下帯に仕立て直しの縞柄《しまがら》の綿入れを着て、藤七親方から手渡されたわずかな小遣銭を懐《ふところ》ににぎりしめ、挨《あい》拶《さつ》もそこそこに転びそうなほど走って新大橋を渡り、三間町のわが家へ帰ったのだ。

「安吉、しばらく見ぬ間に大きくなったねえ。風邪もひかずに達者で奉公してたかい」

安吉の好物の煎《い》り豆を焙烙《ほうろく》で煎っていた母は、少し背が伸びてこざっぱりした身なりの安吉にまぶしそうに見とれながら、にっこり笑ってくれた。

「おいら、おっ母《か》さんに会えなくたって、ちっとも寂しかなかったぜ」

母の胸にとびついて抱かれたいのに、言葉遣いもおとなびて強がりをいい、懐からとり出した小遣いを母の手におしつけた。

「これ、おっ母さんにやるよ」

くからね」

「親方から頂戴《ちょうだい》したんだね。母ちゃんはいいから、仏壇に供えてお父《と》っつぁんにお参りしたらお前が使って、今日は思いっきり遊んでおいで。夕飯には深川飯をつくっとくからね」

あさりの剝《む》き身を炊《た》き込んだ醬油《しょうゆ》飯なら三杯でも四杯でも食える。それも母の炊いた深川飯。けれども笑顔でそういう母は軽い咳《せき》をしていた。顔色も悪く、どことなく窶《やつ》れて見えた。

「おっ母さん、風邪をひいたんかい？」

「たいしたことァないよ。お前が帰ってきたんだもの、すぐに治っちまうさ」

外に飛び出して、わんぱく仲間と凧《たこ》上げをしたり草履《ぞうり》かくしをしたり、竹馬に乗ったりして遊んだその日が、なんと早く過ぎてしまったことか。家にもどると、小桶《こおけ》にとった湯に母があかぎれの切れた手足を浸してくれ、軟膏《なんこう》をすり込んでくれて、湯気のたつ炊きたての深川飯で早めの夕飯を二人きりでとりながら安吉は、せめて一晩、母の隣に寝たいと思った。日が暮れて、初春《はつはる》の冷い北風のなかを新大橋のたもとまで送ってくれた母を、安吉は橋を渡りながら幾度も振り返って、風の闇《やみ》のなかにいつまでも佇《たたず》んでいる母へ胸のうちで語りかけるように、自分にいいきかせたのだった。

（こんどお盆の藪入りで帰るときは、おいらのつくった江戸団扇を、おっ母さんに持

ってきてやるんだ）

二

それからだ、安吉が変わったのは。

相変らず竹には触らせてもらえなかったが、仕事場の安吉は、親方と職人二人の手元を食い入るほどに見るようになった。

一口に〝貼《は》り子三年、骨づくり四年〟といわれて、団扇《うちわ》がつくれるようになるには七年かかるが、それだけでは足りない。仕入れる竹の目利《き》きができて、団扇の形によってどんな絵柄にするかの感覚も養わねばならない。八年の年季が明けて、お礼奉公を二年して、ようやく一人前の団扇職人になれるのだが、団扇師といわれて自分の店をもつには、使う人の好みや流行《はやり》をとり入れて形と絵柄に工夫を凝らし、その団扇師らしい、問屋からよろこばれる品を毎年つくらねばならない。

その年のお盆の藪入《やぶい》りに、安吉は自分のこさえた団扇を母への土産に持って行けるどころではなかった。考えが甘かった。ようやく竹の皮むきを手伝う程度だったのである。

仕入れた女竹《めだけ》を使えるところだけ団扇の長さに切り、皮むきから団扇づくりははじまる。それを水洗いして磨き上げ、よく乾燥させて選別してから、裂きに入る。一本の団扇ができあがるまでには、二十四もの手順があるのだ。

奉公して四年め、貼りを覚えた安吉に、今年の正月が過ぎてから、藤七親方が使い古しの小刀をくれた。

「安吉、裂きをやってみろ」

やっと許しが出たのだ。だが、うまくはいかなかった。おなじ女竹でも太さが微妙にちがうから、太めなら六十四等分に裂くが、細めなら骨の太さを均等に加減して、数を減らして裂かねばならない。途中で折れてしまったり、骨の太さが不揃《ふぞろ》いになったりする。

「なんだ、その手つきは。もたもたしやがって！」

親方のげんこつがとぶ。二人の職人も何ひとつ教えてくれないから、しくじっては打たれ蹴《け》られながら親方の手元を見て、技《わざ》のこつを盗むしかないのだ。

「もういい。どじな野郎だ。源造と竹屋へ行ってこい」

安吉はからの大八車を押して横丁を出た。風は冷いが、堀割の水面《みなも》が春めいた陽の光にきらきらと光っていた。柄ばかりでかくなった十四の自分が、お天とうさまから嘲《わら》われているようだ。この分だとこの夏の藪入りにも、母への土産の団扇はつくれそうにないではないか。

「何をしょげてんだ、安吉。もっとしっかり押さねえかい」

梶棒《かじぼう》をにぎる源造じいさんが笑いながら声をかけてきた。以前は腕のいい団扇師だったという源造じいさんは、酒好きで、歳《とし》をとり指先がふるえるようになったので車曳《ひ》きをしているが、これまでも何かと励ましてくれたのだ。

「親方から小刀をもらったんだってな。その歳で裂きをやらせてもらえるとは、てえしたもんだ」

「でも、おいら……」

「誰だってはなっからうまく裂けるものじゃァねえ。肩に力がへえってっから、竹をおこらしちまうんだ。骨づくりはな、竹に逆らっちゃいけねえよ」

このときも源造じいさんは道々そう教えてくれて、京橋川の竹河岸《たけがし》にならぶ竹問屋につくと、房州から高瀬舟で運ばれてくる女竹を選びながらいった。

「見た目がきれいですんなりしてるからって、竹に騙《だま》されちゃいけねえぜ」

「竹が騙すんですか……」

安吉はびっくりした。竹が人間さまを騙すなんて、これまで考えたこともなかった。

「そうさ、年季のへぇった職人だって、うっかりすると騙される」

「……」

「霜が降りてから一番寒い師走《しわすき》は伐りとった竹が虫がつかずに肉がしまってることァ、おめえもわかってんだろうが、だからって決して虫がつかねえってわけじゃねえ。いくら寒《かん》のうちに伐りとっても、日なたの竹には虫の卵がへぇってるのもある。見た目じゃわからねえから、こうしてやんわり握ってみて、職人の掌《たなごころ》で見わけなくちゃいけねえよ」

源造じいさんは、指先が小刻みにふるえる手で女竹の一本一本を選《よ》り分けながら、話しつづけた。

「団扇竹は一定の太さじゃねえといけねえから、一本の竹からとれるのは二、三本だ。ほれ、これなんざァすんなりしてるようだが曲がってっから、二本しかとれねえ。おなじ太さで真直《まっすぐ》のを選ぶんだが、北側にへえてる女竹で、根性のひねくれてねえのが虫がつかず肉もしまってて極上なんだ」

「日当りが悪いのに、根性がひねくれねえんですか」

「寒い北風にさらされ、じっと我慢しながら素直に伸びる竹がある。これなんざァ、そうだ。握ってみろ。……どうだ、掌にきびしい北風の音が聴こえねえかい？」

そういわれると安吉にも、握った女竹に、行ったこともない房州の、真冬の風の音が聴こえるような気がちょっぴりして、竹林に吹く風の匂《にお》いまでがなんとはなく感じられた。

「山にある竹も木も、力くらべで育つんだが、互にゆずり合ったり我慢しあったりして大きくなる。そこが偉《えれ》えとこだ。人間は日なたでのんびり育った奴《やつ》は、自分勝手で高慢で、やわでいけねえが、だからって日蔭者《ひかげもの》でいると根性がいじけちまう。竹はちがうんだよ」

源造じいさんは安吉が返した女竹を撫《な》でながら、あとは自分へいいきかすように、自嘲《じちよう》めいた笑みを口もとに浮かべてつぶやいた。

「日蔭で苦労しても、この竹みてえに素直な根性の見上げた奴もいる。そうならなくちゃ、いけねえなァ……」

その日、店にもどった安吉は、仕事が終り後片づけをしてから、職人が捨てた竹で、裂きの稽古《けいこ》をした。手にした一本の竹が、ゆずり合い我慢して素直に丈夫に育ったと思うと、竹にむかう気持が変わっている自分に気づいたが、だからといってうまく裂けるものではなかった。翌日からいつもより早起きして、毎朝毎晩、やるようになった。刃がすべって、左手の指を幾度も切った。どうにか肩の力がぬけて、竹の気性に逆らわないように一応裂けるようになったのは、春が闌《た》けて、木々の緑がまぶしい初夏になってからだった。

江戸市中の老若《ろうにゃく》男女が団扇を使う夏を間近にして、一年中で最も忙しい時期である。安吉は寝る間もおしんで、裂きのすんだ割竹の腰を折り曲げる稽古もしてみた。それを見つけた職人の一人に怒鳴りつけられた。

「馬鹿《ばか》野郎、折りをやるには三年早《はえ》えや。こんなものが使えるかい！」

せっかく出来たと思ったそれを土間にぶん投げられてしまった。しかし安吉は、藤七親方と二人の職人にかくれて、毎晩、仕事場の片隅にせんべい布団《ぶとん》を敷いてから、行灯《あんどん》の明りで折りの稽古に精を出し、窓づくりまでをやってみた。

一人前の職人でも、一人で一本の団扇を仕上げるには、貼りの乾燥の時間も入れると、四、五日はかかる。安吉は盆の藪入りまでに三本仕上げようと思った。一本はおっ母《か》さんへ、一本はお父《と》っつぁんの仏壇に供えるのだ。そして、もう一本は……。

夜更《よふ》けて、親方とおかみさんに知られないようにそっと行灯をともし、窓づくりをはじめる安吉の胸に、夕涼みをする母の姿にかさなって、一人の少女の面影が浮かんでくる。朝顔の柄の浴衣《ゆかた》を着て、横丁の縁台で近所の娘たちとにぎやかに笑いさざめきながら、団扇を使って涼んでいる湯上がりの娘……。

波立ってくる熱い胸のうちで、安吉は呼びかけている。

「おみっちゃん……」

おみつは、深川三間町の向う横丁にある搗《つ》き米屋《ごめや》の娘である。安吉とおない歳で、一緒に遊び、手習いにもかよった仲だが、去年の盆の藪入りに家へ帰るまでは、幼友達の一人に過ぎなかった。そのおみつが半年見ぬまにすっかりおとなびた器量よしになっていて、おみつのほうから声をかけてくれたのだ。

「あら、安吉さん、お久しぶりね。あたしもお盆が過ぎたら、奉公に出るのよ」

「おみっちゃんもかい。どこに奉公するんだい？」

夕涼みの縁台にほかの娘たちもいたので、安吉は面映《おもはゆ》い気持で訊《たず》ねた。

「芝神明町《しばしんめいちょう》の小料理屋なの」

「遠いんだね」

「お正月の藪入りには宿下《やどさが》りするわ。そのときまた会えるよ」

そういったおみつの笑顔が、忘れられなくなった。胸の奥に、両手でそっとかこいたい、秘《ひそ》やかでまぶしい灯《ひ》がともったのだ。けれども、正月の藪入りで帰ったとき、なぜか会えなかった。それから半年、おみつのことを想《おも》いつづけてきたのである。

（こんどは会える。おいらのつくった団扇を、おみっちゃんにも手渡すんだ……）

梅雨《つゆ》が明け、大川に川開きの花火が華やかに上がり、夏祭の太鼓の音がにぎやかにきこえる盛夏が訪れたというのに、ようやく仕上がった団扇を藤七親方に見せると、ぷいと横をむかれてしまった。

「こんなのが使いもんになるか。竹が暴れてらァな。竹を甘く見るんじゃねえ！」

念入りに仕上げたつもりなのに、紙を貼った面にわずかなゆがみが出ていた。骨づくりの腰が定まっていないので、貼りが乾くにつれて竹骨にゆがみを生じてしまったのだ。

「竹は生きてるから、下手な野郎の手にかかると暴れる。おとなしく息をさせてやらねえと、しなやかないい風は送れねえんだ。わかったな、安吉」

その晩から安吉は、また最初からつくり直した。仕上がったのは、盆の十五日の夜だった。あれこれ考えて、母へは夕涼みの風景を描いた浮世絵の中満月、亡《な》き父へは役者絵の大満月。そしておみつへは、朝顔の刷絵の長柄の小満月。その三本の団扇を枕元《まくらもと》において、安吉は寝床についた。

（明日はおっ母さんとおみっちゃんに会える……）

安吉は容易に寝つけなかった。陰暦七月の満月の光が胸の上まで射《さ》し込んでいた。

三

翌朝、暗いうちに起きてしまった安吉は、朝食もそこそこに、おかみさんが揃《そろ》えてくれた白絣《しろがすり》に兵児帯《へこおび》をしめ、親方にきちんと挨拶《あいさつ》して店を出た。懐《ふところ》には親方から頂戴《ちようだい》した給金と小遣銭、手には三本の団扇《うちわ》をつつんだ風呂敷《ふろしき》包み。新しい雪駄《せつた》を鳴らして新大橋を渡る。

橋の上を、安吉とおなじ藪入《やぶい》りの奉公人が家路を急いでいる。大川の川辺には、四方に青竹を立てた川供養《くよう》の精霊棚《しようりようだな》があちらこちらにつくられていて、供えられている白茄子《しろなす》、赤茄子、瓜《うり》などに、今日も暑くなる朝陽が射《さ》していた。

橋の途中で安吉は早朝の川風に吹かれながら立ち止まり、人待ち顔に振り返って見た。芝神明町の小料理屋から宿下がりするおみつが、通りかかるのではないかと思ったのだ。しばらく待ったがその姿はなかった。川下の永代橋《えいたいばし》を渡ってもどってくるのかもしれない。

（ここで会えなくたって、今日は必ず会えるんだ）

橋を渡り深川の町に入ると、幼い子供たちが手をとりあって唄《うた》いながら道で遊んでいた。

〽ぼんぼんぼんの十六ゥ日に
おーえんまァさまへ参ろとしたら
数珠《じゅず》の緒が切れ　鼻緒が切れて
なむしゃか如来《にょらい》
手でおがむ　手でおーがむ……

安吉もおみつと手をつないで、金太たちと唄ったものだ。

盂蘭盆《うらぼん》のこのころは「地獄の釜《かま》の蓋《ふた》が開く」といわれ、盆の十六日は閻魔《えんま》の賽日《さいにち》である。

家々の軒には盆提灯《ぼんぢょうちん》がつるされ、十三日の夕方に迎え火を焚《た》いて冥界《めいかい》から迎えた霊がもどっている。そして十六日の今日は送り火である。

木戸を入り、長屋の前に立つと、わが家の軒先にも盆提灯が下っていた。父の霊ももどっているのだ。

「おっ母《か》さん、いま帰《けえ》ったよ」

土間に入りながら弾んだ声をかけると、

「おや、早かったねえ」

仏壇の前にいた母が振り返った。

「すっかり立派になったねえ。さあ、お上がりな」

母はきれいに髪を結い、濃いめの化粧をしていた。小皺《こじわ》が目立ち、少し肥《ふと》った三十半ばの母が、半年余会わぬ間に別人のように若やいで見え、安吉はうれしいような、どきっとしたような、妙な気分になった。

「おっ母さんも達者で何よりだよ」

安吉はそういうと、父の位牌《いはい》の前にかしこまった。風呂敷包みから二本の団扇をとり出し、残りの一本は風呂敷にかくしたまま、小さな仏壇の前につくられている精霊棚に二本を供え、線香をともし鉦《かね》を叩《たた》いて、

（お父《と》っつぁん、おいらのつくった団扇だぜ……）

胸のうちで語りかけながら合掌した。

「その団扇、お前がつくったのかい？」

のぞき込みながら母のおかねがきいた。

「これはおっ母さんにだよ」

「あたしにかい。夕涼みの浮世絵で涼しそうだねえ」

手にとって見入りながら、母は俯《うつむ》いた口辺をほころばせた。そして、仏壇に供えら

れたもう一本も手にすると、

「お父っつぁんのは役者絵だね。よくできてるねえ。……そうかい、お前がつくったんだねえ……」

「使っとくれよ」

母のおかねはどちらもかわるがわる扇《あお》いでみて、

「涼しいよ。いい風……」

にこりと微笑《ほほえ》んだ。

母の化粧の匂《にお》いが団扇の風におくられてくる。

（この匂いだ……）

安吉の心のうちに大事にしまいつづけてきた夏の日の母の匂い。ふたりで路地の縁台に涼む夕暮れのひとときが、待ち遠しかった。でも、今日の安吉は、胸の奥がふるえるほどにおみつの笑顔も想《おも》い浮かべていた。

「おいら、ちょいと出かけてくるよ」

団扇をつつんだ風呂敷を何気ないふうに持って、安吉は立ちあがった。

「おや、もう遊びに行くのかい？」

「金ちゃんと吾助ちゃんにいま会ったんだ。みんなして両国へ見世物を見に行こうって話したんだよ」

同じ長屋の金太も八百文《やおぶん》の吾助も奉公に出ていて、藪入りでもどってきているはずだった。いつもならわんぱく仲間が集って遊ぶのだが、いま会ったというのも両国へ行く話をしたというのも嘘《うそ》だった。

「それなら、送り火を焚いてからにおしな」

母は、送り火の用意をはじめた。仏壇の前の精霊棚を門口に出し、供物の茄子に割《わり》箸《ばし》の四本の足をつけ、苧殻《おがら》を積んだ。安吉が奉公に出てからは、毎年、安吉が帰ってきてから母子二人で父の霊を冥界に送るのである。

苧殻を焚き、二人は燃えあがる火の前にしゃがんで、煙のゆくえの遥《はる》か天空へ手を合わせた。幼いころの安吉は、お父っつぁんは鳶職《とびしょく》のいなせな姿で茄子の馬に乗って、天上の極楽へ還《かえ》ってゆくのだと思ったものだ。

「さあ、遊びに行っておいで」

苧殻を焚き終ると、鬢《びん》のほつれをなおしながら、濃いめの化粧の母は、安吉から目をそらすようにしていった。

「昼飯にはもどるよ」

母が寂しがっているのだと思って安吉がいうと、

「いいんだよ。おっ母さんも今日はちょっと用たしに出るかもしれないから、金ちゃんたちとゆっくり遊んでおいで。夕飯にはお前の好きな深川飯を炊《た》いとくからね」

「うん、じゃァそうするよ」

安吉は団扇の風呂敷包みをかくすようにして路地を出た。履きおろしの雪駄の裏金がいっそう燥《はしゃ》いでチラチラ鳴っていた。

向う横丁の家々の門口にも、送り火を焚いたあとと供物などが出ていたが、おみつの姿はなく、表障子戸のしまったおみつの家から搗《つ》き米《ごめ》の音もしなかった。お盆だから休みなのだろうが、おみつが帰ってきたので、家族そろって談笑しているのだろうか。その家の前を安吉は行ったり来たりした。

近くの木立で法師蟬《ほうしぜみ》がせわしなく鳴いていた。陽ざしは暑いが、もう夏も終りなのだ。

（おみっちゃんに会えなかったらどうしよう）

団扇を渡すのが来年の夏になってしまう。法師蟬の鳴き音にせきたてられているようで、安吉は思いきっておみつを訪ねようと、障子戸の前で立ち止まった。そのとき障子戸が開いて、おみつが出てきたのだ。

「アッ、びっくりしたァ。安吉さんじゃないの」

「おいらだってびっくりしたぜ」

二人は鉢合わせになりそうになって、笑顔を間近に見かわし合った。

一年会わぬ間におみつは安吉より歳上《としうえ》のようにおとなび、小料理屋勤めの娘らしく垢《あか》抜けて、ひときわ美しくなっていた。桃割れに髪を結い、紺の染め模様の浴衣《ゆかた》を着ている。

「そんなにじろじろ見ないでよ」

「だって……」

胸がどきどきして、安吉は顔をあからめていた。

「これ……おみっちゃんにやろうと思って……」

風呂敷から団扇をさし出した。

「安吉さんがつくったの？」

「うん……」

「きれいな朝顔の絵……」

大輪の濃紫の朝顔が一輪咲き、青竹にからんだ蔓《つる》に蕾《つぼみ》が描かれている。

「形も可愛《かわい》らしくて、柄も洒落《しゃれ》てるわね」

「長柄の小満月だよ」

おみつは安吉が念入りに磨いた長柄をそっと握り直して扇いでみながら、

「涼しいわ。とっても……」

品《しな》をつくって微笑んだ。鬢つけ油の匂いがよい香りで安吉の鼻腔《びこう》へはこばれてくる。朝顔の絵柄といい、可愛らしい小満月の長柄の形といい、おみつによく似合った。

「お閻魔さまへ行きましょうよ」

「うん。でも……」

「金ちゃんたちと一緒に行く？」

「いや、いいんだ。二人で行こう」

安吉とおみつは六間堀に出て、竪川《たてかわ》の一ッ目橋を渡り、東両国の回向院《えこういん》へむかった。おみつが小満月の長柄の団扇をもっていてくれるので、安吉はいっそううれしかった。

回向院は参拝者でにぎわっていた。門を入って右手に馬頭観音堂、その奥が閻魔堂で、堂内正面におそろしい形相《ぎょうそう》の閻魔大王像、傍らにこれまた鬼婆《おにばば》のような脱衣婆《だつえば》の木像が安置され、壁には「灼熱《しゃくねつ》地獄」「血の池地獄」「針の山」「賽《さい》の河原」などの地獄絵の軸がかかっている。

「ああ、怖い……」

「小満月……」

おみつが身を寄せてきて、安吉の袂《たもと》をぎゅっと握った。

「怖かァないよ。正直に生きれば、あんな地獄に堕《お》ちることァないんだから」

「そうね。嘘をつくと閻魔さまに舌を抜かれるって、小さいときからお父っつぁんとおっ母さんによくいわれたわね」

「あの脱衣婆は、賽の河原で亡者《もうじゃ》の着物を剝《は》いで裸にするんだぜ」

「もういいわ。早くお参りして、出ましょうよ」

二人は閻魔堂を出た。おみつは団扇でせわしなく扇いで、

「汗かいて喉《のど》が渇いちゃった。冷いものでも飲まない？」

「お腹《なか》もすいちゃったね」

「もうお昼ね。あたしがおごるわ」

「おいらがおごるよ。ほら、給金と小遣銭、こんなに持ってるんだぜ」

安吉は懐から巾着《きんちゃく》をとり出して見せた。

「駄目よ、そんなの人前で見せちゃ」

「慌《あわ》てて出てきたんで、給金をおっ母さんに渡してくるのを忘れちまったんだ」

安吉は苦笑いして巾着をしまい、二人は境内の掛茶屋の縁台に腰をおろして、白玉水とかけ蕎麦《そば》を注文した。ギヤマンの器に紅白の白玉と砂糖水が入っている白玉水は、

よく冷えていた。

「おいしい！」

おみつはつるりとして冷っこい白玉をすすり込んでは、団扇を使った。

「使いいいかい、その団扇？」

「ええ、とっても！」

「よかった！　おみっちゃんによろこんでもらえて……」

安吉は竹の気質や団扇づくりの要はよく撓《しな》い丈夫な骨づくりの腰にあることなどを話したく思いながら黙っていた。講釈を加えるよりも、おみつが心地よく使ってくれているそれだけでいいのだ。家にもどれば、路地の縁台で母と二人きりの夕涼みの楽しいひとときもある。

（今日の藪入りはなんていい日だろう……）

おみつと連れ立って両国の見世物小屋に入って水芸を見物している間も、安吉の胸は弾みつづけていた。

「そろそろ帰ろうか」

家で一人で待ちわびている母のことが気になって、おみつと町内へもどってきて別れたのは、陽がかなり西にかたむいた時刻だった。急ぎ足に長屋の前まできて、家へ入ろうとして安吉は、ハッとして立ちすくんだ。

家の中から男の声がきこえたからだけではなかった。母が見知らぬ四十がらみの男に寄りそっていて、肩に手をまわされている姿を、一瞬見てしまったのだ。

戸口に身をかくした安吉の耳に、二人のひそひそ声がききとれた。

「いいじゃないか、おかね。誰も見ちゃいませんよ」

「今日はよしとくれよ。そろそろ安吉がもどってくるんだから」

「両国へ見世物を見に行ったんなら、遅くなるに決まってるさ。あたしだってそうちょくちょくは来られないんだ。なァ、おかね……」

「でもねえ、お前さん……」

母のものとは思えぬ甘え声に、安吉は臓腑《はらわた》がねじれるようで、耳もふさぎ目もふさぎ戸口を離れた。どのように路地を出たのかもわからず、脳裏にこびりついてしまった母と男の姿と、猥《みだ》らがましい二人の話し声を剝ぎ落したくて、がむしゃらに走っていた。気がつくと、肩で息を喘《あえ》がせながら、六間堀の水面《みなも》を睨《にら》んでいた。

母を抱き寄せていた男は、安吉が父の霊前に供えた役者絵の大満月のあの団扇《うちわ》を片手にもって扇いでいたのだ。そして母は、浮世絵の中満月の団扇をとり落しそうにしながら、男の胸にしなだれかかっていた……。

「畜生……おっ母《か》さんのところになんか、金輪際もどるもんか！」

声に出して安吉は吐き捨てていた。

堀割の岸辺の柳の木で、蜩《ひぐらし》が鳴きはじめた。いまごろは男は立ち去り、母は自分の帰りを待って深川飯を炊いているかもしれないとふと思ったが、もどる気はなかった。

正月の藪入《やぶい》りのときは、安吉ひとりを母は待っていてくれたのだ。この半年余の間に、あの男が訪ねてくるようになったのだろうか。男の身なりと話しぶりから、お店《たな》者《もの》のようだった……。

しかしそれ以上、考えたくもなかった。

安吉は血走った目で当てもなく六間堀端を歩いた。臙脂《えんじ》色《いろ》の晩夏の陽は家並みのかげに沈み、夕暮れが訪れようとしている。

「お迎えお迎えお迎え〜」

馴《な》れた声で呼びながら、お精霊さんが通ってゆく。門口に出した精霊棚の供物をもらい歩いているのである。

（酒でも飲んでやるか）

懐《ふところ》には給金と小遣銭の残りがまだかなりあるのだ。一人前の野郎ぶって、酒をあびるほど飲みたい。しかし居酒屋の前にきたが、縄暖簾《なわのれん》をくぐる勇気がなかった。まだ前髪を落してない十四歳の安吉は、かくれて酒を飲んだことはあっても、一人で居酒屋に入ったことはないのだ。

ほっつき歩いているうちに、足はおのずとおみつの家の横丁にきていた。打水をした横丁に縁台が出ていて、おみつとおみつの家族が近所の者と涼んでいた。

「安吉さん、もうお店にもどるの？」

おみつのほうから声をかけてきた。おみつは矢絣《やがすり》の単衣《ひとえ》に着替えた帰り支度をして、安吉があげた団扇を使っていた。近づくと、団扇の夕暮れの風に、行水をすませたらしく、おみつのさわやかな肌の白粉《おしろい》の匂いがした。

「そろそろもどろうと思って……」

「どうしたの？　元気ないわよ」

「そんなことないさ」

安吉は無理に笑って、おみつの両親や近所の者に挨拶《あいさつ》した。

「じゃア、あたしも行くわ」

風呂敷《ふろしき》包みをかかえて、おみつが立ちあがった。

「送って行くか」

おみつの父親が腰を浮かすと、

「いいわよ。途中まで安吉さんと一緒だから。お父《と》っつぁんとおっ母さんはここでいいわ」

　とおみつはいったが、おみつの両親は横丁の角まで送ってきた。手を振って別れてから、並んで歩き出しながら、

「いやねえ。いつまでも子供だと思ってるのよ」

「俺たち、もう子供じゃないのになァ」

（そうなんだ。甘えるがきじゃァねえんだ。おっ母さんになにがあったって、おいら……）

　二人は大川端に出て、新大橋を渡った。すっかり暗くなって、月が昇ろうとしていた。

「なァ、おみっちゃん」

「なあに？」

「団扇竹はさ、職人が下手だと暴れるんだ」

「この団扇が暴れるの？」

　風呂敷包みを小脇《こわき》にかかえて、片手にもっていた小満月の長柄の団扇を見ながらおみつは、ふしぎそうに小首をかしげた。

「竹は生きてるから暴れる。だから暴れさせねえように、骨づくりの腰をしなやかで丈夫にしっかりつくらなくちゃいけねえんだよ」

「むずかしいのねえ」

（さっきはおいら、躰《からだ》じゅうが胆っ玉まで暴れてたんだ。いまはちがう）

と安吉は思った。暴れたい自分をおさえ込んだだけではなかった。すぐ隣におみつがいる。夕飯を食べてこなかったので空腹のはずなのに、躰の内がいままでは知らなかった、何かさわやかなものに充《み》たされている。

「むずかしいけど、その団扇は決して暴れねえよ」

と安吉はいった。

「こんなにきれいに良くできてるんですものね」

おみつは橋の中ほどまでくると立ち止まって、欄干《らんかん》に身を寄せ、小満月の団扇で襟もとに川風をおくりながら、自分へささやくようにいった。

「この団扇、お店に持って帰って大事に使うわ」

深川のむこうの東の空に、月が昇った。少し赤い、大きな十六夜《いざよい》の月。二人はしばらく黙って眺めていた。

「さァ、行こうか。おいら、おみっちゃんの店まで送ってくよ」

歩き出しながら安吉がいうと、

「芝神明町まで行ったら、安吉さん、お店にもどるのが遅くなっちゃうわよ」

「いいんだ。おみっちゃんの店も知っときたいしね」

新大橋を渡りきると二人は、西詰を南に折れて、大川端を月の光をあびて寄りそって歩いた。草叢《くさむら》ではもう秋の虫が鳴いていた。川風には少し寂しく、ちょっぴり甘い秋の匂《にお》いがした。

「来年の夏には、もっと腕によりをかけてつくった江戸団扇を、おみっちゃんの店に持ってくよ」

半ば自分に語りかけながら安吉は、前髪を落して職人らしくなる十五歳の夏の日々を心に描いた。

急須《きゅうす》の源七

一

「痛えよ……ち、い、ちゃん」

五つ六つの栄吉が訴えた。弱よわしい声である。

襤褸《ぼろぎ》着の筒袖《つつそで》から突き出た手足が痩《や》せ細っている。その幼な子の手足に、数えきれぬほどの吹き出ものが出ている。角のように尖《とが》って膿《うみ》をもっている腫《は》れものもあれば、どす黒い田螺《たにし》のような瘡蓋《かさぶた》になっているのもある。

「我慢しろいッ!」

源七は思わず怒鳴ったが、わが身が疼《うず》くようだ。いつからこんなになっちまったのか。放ったらかしにしていて、気づかなかったのだ。

「痛くていけねえ」

洟《はな》たれがきのくせに、栄吉はおとなびた言い方をした。歯をくいしばって耐えている。涙も流さないのが、けなげでいじらしい。

「そんなに痛むんか」

自分とは思えぬやさしい声になって、わが子を抱き寄せている。肩の骨の尖りが掌《たなごころ》に感じとれ、小さな軀《からだ》が痛みで突っ張っている。熱もあるようだ。

「臓腑《はらわた》までが痛えんだ。どうしちまったんかなァ」

甘えるように見上げる顔はあどけない子供なのに、声はおとなである。それが恨みがましくも聴える。

悪い病いにかかり、毒が軀中にまわって、吹き出ものに出たのだろうか。

――ちゃんのせいだぜ。

といわれているようで、源七は胸をつかれ、不憫《ふびん》に思いながら、得体の知れぬなま温い生き物を抱きしめている気もする。

「なァに、心配《しんぺえ》するな。ちゃんが医者に連れてってやる」

「医者なんぞに行ったたって、治るもんかいッ」

突き放つようにいわれて、源七はむっとしながらも、

（そうか……）

と不意に思った。

（……栄吉の野郎は、軀ん中に耐えに耐えていたものが、軀中に吹き出ているんだ。

そうだったのか……俺ァ、倅《せがれ》のことを何ひとつわかっちゃいなかったんだ……）

　幼い栄吉が泣きやまぬ妹のおみよをおぶってあやしている姿や、仕事場の隅で泣きながら使い古しの金槌《かなづち》のカガミを磨いているまるまった小さな背中にかさなって、父《てて》親《おや》の自分を嫌って出て行った二十四歳の後姿が浮かび、わが子を抱き寄せる夢が薄れてゆく。その夢とも現《うつつ》ともつかぬ目覚めてゆく意識で、源七は自分の胸にいいきかせてなおも独りごちていた。

（……あいつは、がきの時分から痛みを腹ん中にこらえて、俺を目の敵にしていたんだな。……なんで、父親《てておや》らしいやさしい言葉のひとつもかけてやらなかったんだ……）

　目をあけると、雨もりのしみのある天井板が仄暗《ほのぐら》い朝の光に浮かびあがっていた。板葺《いたぶき》屋根をうつ雨の音と軒先からびしょびしょと路地のドブ板にしたたる雨だれの音がする。梅雨《つゆ》はとうに半ばを過ぎたが、今日も雨である。

　瞼《まぶた》の裏に、二十数年も前の幼な子の姿がなおもこびりついている。ちかごろはいくら酒をくらって熟睡しても疲れがとれず、肩もこっていて朝の目覚めが不快だが、今朝は夢のせいで心ノ臓まで疲れていて、脂汗《あぶらあせ》もかいている。

　源七はのろのろと起きあがり、指先のふるえる手で汗をぬぐい、せんべい布団《ぶとん》は万年床のまま、長火鉢の前に坐《すわ》った。濡《ぬ》れ縁のついた古畳の六畳間で、あとは西側に小窓のある四畳半ほどの板敷きの仕事場、火床《ほど》と竈《へっつい》を据えた土間があるきりの長屋である。

薄い粗壁《あらかべ》を通して、隣家のかみさんが子供たちを叱《しか》る声がきこえてきた。東隣には叩《たた》き大工の熊吉夫婦が住んでいて、子沢山である。子供らの騒ぐ声にまじって皿小鉢の触れ合う音もして、にぎやかに朝餉《あさげ》をとっているのだ。

「いいもんだなァ……」

声に出して呟《つぶや》いている。

源七は娘のおみよが二つのときに女房のおひさに急の病いで死なれ、独り身を通してきたので子は二人しかいないが、とうに孫の三人や四人はいていい歳《とし》である。来年は還暦を迎えるのだ。

それなのに、小間物商に嫁いだおみよはいまだに子宝に恵まれず、三つ年上の長男の栄吉の方は行方知れずである。

(あんな夢を見るのは、気が弱くなっちまったせいか……)

隣家の子供らの声に気持がなごみながらも、還暦を迎える老いの身に栄吉のことがなおも思い出されて、

「あの野郎、よりにもよって渡世人なんぞになりやがって、間もなく三十になろってのに、からっ風みてえにどこをほっつき歩いていやがるんだ」

と源七はぶつぶつ呟きながら立ちあがり、痰《たん》のからんだ唾《つば》をペッと土間に吐いた。

手拭《てぬぐい》と房楊子《ふさようじ》をもって腰高障子をあけると、水溜《たま》りのできたぬかるむ路地を降りしきる雨が叩いている。井戸端に行くのが億劫《おっくう》になり、裾《すそ》をからげて路地に飛び出し、厠《かわや》に飛び込んだだけでもどった。汲《く》み置きの水で口をそそぎ顔を洗い、仕事着に着がえて無精鬚《ぶしょうひげ》のまま亡妻の位牌《いはい》の前に坐る。

灯明をともし、鉦《かね》を叩き、念仏を唱えた。

「なァ、おひさ。栄吉の野郎は生きていやがるんかなァ。がきのあいつが夢に出てきたぜ、死んじまったんじゃねえのか」

ちかごろは独り言をいう癖がついてしまっているが、今朝は位牌に語りかけていた。

「それとも行き倒れになって、俺に助けを……」

(逆夢《さかゆめ》だよ、お前さん。あの子は達者でやってるよ。きっと帰ってくるよ)

懐《なつ》かしい亡妻の声がきこえてくる。

「気休めをいうなって。帰ってきたって、極道者に成り下ったあいつなんざァ、俺ァ金輪際、許しやしねえぜ。あんな野郎、旅の空でおっ死にゃいいんだ」

（強がりをおいいでないよ。お前さんはいまだって、あの子の職人としての技《わざ》に期待してるんじゃないかい）

「馬鹿《ばか》野郎、あいつなんぞに！」

（相変らず頑固者だねえ……）

元気だったころの頬のふっくらした笑顔でそういうと、亡妻の面影は消えて、灯明の仄明《ほのあか》りがゆれる位牌はもう応《こた》えようとはしなかった。

源七はゆうべの残りの冷や飯をかっこむと、火をおこし、仕事火鉢に燠《おき》を入れて、仕事場に坐った。たまにおみよがきて掃除洗濯をし、飯もつくってくれ、長屋のかみさんたちも何かと世話をやいてくれるが、独り暮らしには慣れている。皿小鉢などは散らかっていても、明りとりの小窓のある仕事場は、埃《ほこり》ひとつなくきちんと片づけてある。

板壁の手のとどく道具かけに大小二十丁ほどの金槌と木槌、その脇《わき》に金鋏《かなばさみ》、喰切《くいき》り、玄翁《げんのう》、手万力がかかり、左手には金床《かなとこ》と丸い木台に刺した「打《ぶ》っ立て」「コの字」「への字」などの各種の当金《あてがね》。膝前《ひざまえ》には使い慣れた当台。小机の上には数種のぶんまわし、曲尺《かねじやく》、天秤《てんびん》などが並び、用箪笥《ようだんす》の抽出《ひきだし》には材料の板金《いたがね》が銅・真鍮《しんちゆう》・赤銅《しやくどう》それぞれに収めてある。

源七は鍛金師《たんきんし》である。急須《きゅうす》をつくらせたら右に出る者はいないといわれ、鍛金師仲間からは〝急須の源七〟と呼ばれている。しかしその呼び名には、蔑《さげす》みも含まれているのだ。

源七は煙管《きせる》をくわえて一服吸い、

「さて、仕事だ」

と自分に声をかけ、職人のきびしい顔つきになって、両手の指をもみほぐしながらポキポキ鳴らした。三年前に軽い中風をわずらって以来、指先がふるえ、ことに朝方がいけないが、ふるえはぴたりとおさまり、源七は用箪笥の抽出から銅の板金をとり出した。

ぶんまわしで円を描き、金鋏で切りとる。その円型の板金を当台にあてて少しずつ縁を曲げて皿状にしてゆく。栄吉のことなどもう頭の隅でさえ考えていない。出来上がる急須の丸みと槌目だけを想《おも》い描いている。

皿状にした板金を焼火であぶり鈍《なま》して、内側に当金をあて、木槌と金槌を使いわけて外側を叩き、深みと丸みを絞ってゆく。

急須の深みと丸みは、手加減の絞りの技術で決まる。一見変哲もない急須だが、底からの立ち上がり、腰の張りと胴のふくらみ、肩の丸みと注ぎ口の打出し、そして全体の槌目に、職人の心ばえと技《わざ》があらわれる。

何千何万回と叩く。木槌の音はやさしくやんわりと、金槌の音は高く冴《さ》えて、おなじ調子を刻みながらひびく。

鍛金師仲間がきけば、その槌音《つちおと》で腕のよしあしがたちどころにわかるだけではない。誰が何の板金を叩いているかもわかるのである。

(悪かァねえ)

源七は思う。自分の絞りの槌音がである。

中風をわずらってからは、他人目《ひとめ》には出来のいい急須でも源七自身がこれはと満足できる品は月に幾つもできない。が、今朝は調子がいい。金槌の音がひときわ冴えている。当金をとりかえ、肩の絞りにかかる。

(この歳になっても腕はなまっちゃいねえ。栄吉の野郎は、生まれたときっから俺のこの槌音をきいて育ちやがったくせに……)

そう思ったとき、金槌をにぎる指先がふるえた。槌音が濁る。はっとすると、地金をおさえる左の指にも痙攣《けいれん》がきた。

(畜生、なんてこったいッ)

両手の小刻みにふるえる指先に目を据え、いまいましく舌うちした。ふるえを止めようとすると一層ふるえる。その両手が皮膚に小皺《こじわ》がより筋張っていて、やけににじむさい。

（こんなざまで、大事な注文仕事ができるんかよ）

源七はつくりかけの銅の急須を当台の脇にころがすと、金槌を投げ出し、仰向《あおむ》けにひっくりかえった。

注文仕事を持ってきてくれた能登屋藤兵衛《のとやとうべえ》の恩着せがましい顔が浮かぶ。源七は降りしきる雨音をききながら自分の胸に問いかけていた。

（どうする……断わってもいいんだ）

二

弟弟子《おとうとでし》でもあった能登屋藤兵衛が、めずらしく源七の長屋を訪ねてきたのは、三日前だった。雨がひと時あがって青空がのぞいた昼下がり、黄八丈の着流しのふところ手で入ってくると、

「源兄《あに》さんよ、さすがいい槌音だねえ。路地をへえったところから聴き惚《ほ》れましたよ。しばらく無沙汰《ぶさた》をしちまったが、中風の具合もすっかりいいようで何よりだねえ」

三歳年下だが、源七同様に髪にかなり白いものがまじる藤兵衛は、萬蔵親方のもとで同じ釜《かま》の飯をくった兄弟弟子の親しさと能登屋を構える銀師《しろがねし》の貫禄《かんろく》の笑顔で挨拶《あいさつ》すると、真鍮《しんちゅう》の急須《きゅうす》を絞っていた源七の手もとを職人の鋭い目でのぞき込み、仕事場を見まわした。

(何しにきやがったんだ)

源七はそう思ったが、かつての兄弟弟子の余裕をみせて、

「まあ、上がってくんな」

と声をかけていた。

「そうもしていられねえんだ。ここで結構だよ」

藤兵衛は上り框《かまち》に腰をおろし、扇子をとり出してふところに風を送りながら、

「今日は頼みがあって来たんだ。銀の急須をつくってもらいてえ」

と、のっけから用件を切り出し、軽く頭を下げた。

「いい仕事だぜ。加賀様がおめえさんの急須をたいそうお気に入りで、ぜひにとのおおせだ」

加賀様といえば加賀百万石の大大名である。加賀出身で、江戸に出て萬蔵親方のもとで修業した藤兵衛は、三十歳で加賀前田家江戸屋敷出入りの金工師となって能登屋

を名乗り、その後、弟子を二十人もかかえて牛込白銀《しろがね》町に店を構えている。おなじ名人気質《かたぎ》の萬蔵親方につきながら、万事地味で融通のきかない源七とちがい、頭が切れて才のある藤兵衛は、鍛金ばかりでなく、彫金、切嵌《きりばめ》の技にもたけ、奇想天外な意匠を工夫し、もっぱら銀の茶器や置物を手がけて、銀師として江戸で一家をなしている。

「あたしも秋口には香炉と置物を加賀様に納めるんだが、急須ばかりはしゃっちょこ立ちしても源兄《あにい》にはかなわねえ。頼まれてくれねえか。銀の板金《いたがね》ならあたしのところからまわす。加賀様のことだ、代金はたっぷりはずんで下さる」

「そういわれても俺ァ……」

〝急須の源七〟といわれながら、貧乏職人の源七にはめったに銀の急須はつくれない。高価な金や銀の板金は、ご法度《はっと》もあり、大名や大店《おおだな》の旦那衆《だんなしゅう》の注文仕事でもないかぎり容易に手に入らないからである。使えるのは銅と銀の合金で四分一《しぶいち》といわれる朧銀《おぼろぎん》ぐらいである。

「折角、銀が使えるってのに考えることはあるめえ。おめえさんの気性は百も承知だが、大名仕事はしねえと決めつけているのァ、依怙地《いこじ》ってもんじゃねえかい。栄吉があたしのところにいたらやらせたかも知れねえが、栄吉にはあたしも飼犬に手を噛《か》まれたようなもんだ」

「あいつの話はよしにしようぜ」

と源七は仏頂面《ぶっちょうづら》になってさえぎった。

藤兵衛にいまさら説教がましいことをいわれるのも業腹だが、栄吉の師匠でもあったこの男と倅《せがれ》の話はしたくなかった。

がきのときからきびしく仕込んだ栄吉が、藤兵衛に弟子入りしたのは、十四歳の春だった。栄吉自身が望んだのだが、許した源七の腹の中には、苦い思いが幾重にもとぐろをまいていたのである。

（あの野郎、弟弟子のくせに要領のいい野郎だ）

萬蔵親方について修業していた若い時分から、藤兵衛のことをそう思っていた。親方さえが一目おく奇抜な意匠の品をつくり、俺はとてもかなわねえとその才を認めたが、万事に如才がなく、注文主の旦那衆に受けのいい彼の気質を好きにはなれなかった。

その藤兵衛が能登屋を構えて弟子をもってからは、嫉妬心《しっとしん》もあって、

「なァ栄吉、鍛金師ってのはな、大名や大店の旦那衆に受けのいい派手な意匠の銀器をこさえりゃいいってもんじゃねえ。世間から銀師といわれなくたって、ちゃんとみてえに槌に精根こめて、庶人の使う銅や真鍮の急須を叩《たた》いていりゃあいいんだ。貧乏し

たって、それが職人ってもんだ」

栄吉ががきの時分から折々いいきかせてきたのである。

母親に死なれた栄吉に、妹の子守りと飯炊《めした》きばかりか、仕事場の掃除や使い走りをやらせながら、まず槌の柄のすげかえと金槌の天地のカガミとカラカミの磨きから仕込みはじめた。鍛金師の修業は、最も大事な道具の木槌と金槌をつねに整えておくことからはじまる。

「いいか、栄吉。木槌と金槌は神様だと思え」

幼い栄吉がまたごうものなら、顔がはれるほどぶちのめした。そして、亡妻の位牌《いはい》に語りかけたものだ。

「おめえには死なれちまったが、栄吉は俺がきっと一人前の鍛金師に育ててみせるぜ」

それが父親としての生き甲斐《がい》だった。

とはいっても、宵越しの銭はもたない職人気質で、若かった源七は、銭が入ると大酒を飲んでしまうか岡場所で女を抱くかして使い果たしてしまい、栄吉にはきびしく当たるばかりで、碌《ろく》なものも食わせなかった。

あれは、栄吉が十歳のときである。岡場所に遊んで朝帰りしてみると、七つになったおみよが井戸端で洗濯をしていて、家の方から槌音がきこえた。おやと思った。金槌で急須を絞っている音だ。調子といい響きといい、悪くない。誰が叩いているのか。のぞいてみると、栄吉が当台の前に坐《すわ》り込んで金槌を使っていた。

「馬鹿《ばか》野郎、十年早えや！」

怒鳴りつけ、金槌をとり上げたが、つくりかけの小さな急須を見てうむっと唸《うな》った。絞りの丸みといい槌目といい、十のがきの細工とは思えない出来栄《できば》えである。栄吉は端《はぎ》切れの銅の板金を使って、見よう見真似《みまね》でちっぽけな急須をこさえていたのだ。

（さすが俺の子だ）

胸の奥がじーんとした。だが一言も褒《ほ》めてはやらず、その急須を路地へぶん投げ、涙を浮かべて歯をくいしばって見あげる栄吉へ、

「なんだその目は！　くやしかったら、金槌のカガミ磨きをもっと気を入れてやってみろ！」

とまたも怒鳴ったのだった。そして思った。

（俺を憎め。憎んで憎んで、俺の技を盗め。父親《てておや》だなんて思うんじゃねえ）

その栄吉がいっぱしの口をきくようになったのは、十三歳のころからだった。

藤兵衛の店へ使いに出した栄吉がもどってきて、

「お父《と》っつぁん、能登屋の職人衆はたいしたことないね」

といったのである。

「小生意気な口をききやがって！　おめえにそんなことがなんでわかるんだ？」

「おいら、お父っつぁんの槌音をきいてるからわかるさ」

「べちゃべちゃくっちゃべってねえで、さっさと仕事をしろ！」

このときも怒鳴りつけたが、小僧っ子の栄吉が槌音をききわける耳をもつようになり、槌音にこめられた職人の技と心意気をつかんできたのだ。それからはいっそうきびしく仕込んだ。栄吉に絞らせた急須の出来が少しでも気に入らないと、玄翁《げんのう》で打ち割り、横っ面を張りとばして、飯も食わせなかった。

十四歳になった栄吉が藤兵衛の能登屋へ年季奉公に出たいと自分からいい出したときは、死ぬほどぶちのめした。栄吉は藤兵衛の奇抜な意匠の銀細工に惚れこみ、地味な急須ばかりをつくって貧乏暮らしをしている父親の仕事ぶりを蔑《さげす》むようになっていたのである。

「おめえのような野郎は、勝手にしろッ！」

ついにそう怒鳴ったのは、技と意匠では一目置く藤兵衛のほかに良い師匠はなく、手元において小生意気になってきた栄吉に他人の釜の飯をくわせて、血の小便が出るほどの修業をさせねばと考えたからである。いや、それだけではない。能登屋の職人の腕を見抜くほどに天稟《てんぴん》のある倅には、自分のような貧乏暮らしの職人ではなく、藤兵衛をしのぐ江戸いちばんの銀師になってほしいと願う父親の甘い夢も、胸の片隅では描いていたのだ。

しかし、藤兵衛に頭をさげて預けたのは間違いだった。鍛金の打物・鍛造・鎚起《ついき》・板金《ばんきん》・絞り・接合《はぎあわせ》の技はもとより、切嵌や彫金の毛彫《けぼり》・蹴彫《けりぼり》・魚々子《ななこ》・透彫《すかしぼり》・平象嵌《ひらぞうがん》・研出《とぎだし》象嵌などの技も取得した栄吉は、十年の年季が明けるころには、藤兵衛が感心する意匠の銀器をつくるようになった。だが慢心し、いっぱしの職人気取りで酒と女と博打《ばくち》におぼれた。そして賭場《とば》に入りびたっていたが、ひょっこり金の無心に長屋を訪ねてきた二十四歳の栄吉は、源七にどやされ断わられて、捨て科白《ぜりふ》を吐いて出て行ってしまったのだ。

「たった一人の倅がちょいと困って頼みにきたってのに、わずかな銭も貸せねえってのかい。貧乏はしたくねえや。いい気なもんだぜ。名人気取りで急須ばかり叩いて、おっかあとがきのおいらやおみよに辛《つら》い思いばかりさせやがって。がきのおいらを仕込んだつもりだろうが、俺ァなァ、おめえみたくなりたくなかったから、藤兵衛親方についていて銀師になったんだ。そんなしけた面ァ、二度と見たくねえや」

あのときは、殺してやろうと源七は思った。だが、振りあげた玄翁を握りしめたま全身を血ぶくれさせて、捨て科白を残して立ち去ってゆく倅の後姿を睨《にら》みつけていたのだ。

その後姿がいまでも目の芯《しん》にやきついている。そしてわが子の最後の言葉が、臓腑《はらわた》へ打ち込まれた刃《やいば》のように胸の奥に残っている。

栄吉はそれっきり、藤兵衛の店にもどらず、江戸市中からも姿を消してしまった。無宿人になって各地の賭場を渡り歩いているとの噂《うわさ》をきいたのは、しばらくしてからである。以来四年が経《た》つ——。

源七が宙に目をやったきり黙っているので、藤兵衛は金唐革《きんからかわ》の煙草《たばこ》入れを腰からはずし自作の豪勢な金象嵌細工の銀煙管《ぎんぎせる》で紫煙をくゆらせていたが、

「出て行っちまった栄吉のためにも、この仕事はぜひやってもらいてえ」

と意外なことをいった。

「どういうことだい、そりゃあ？」

「栄吉がぐれたのは、いくらあたしのところで修業しても、父親《ておや》のおめえさんの技を乗り越えられねえ悩みもあったからじゃあねえかと思うんだ」

「何をいいやがる。おめえさんには落度がなかったといいてえのか」

「そうじゃあねえが、栄吉には〝急須の源七〟といわれる父親のおめえさんが、壁みてえに立ち塞《ふさ》がっていたんじゃねえかと……」

「馬鹿をいうない。あいつはいい気になって博打と女におぼれ、急須ばかりを叩いている貧乏暮らしの俺を蔑んで出てったんだぜ」

「そうかも知れねえが、栄吉自身、本当の自分の気持に気づいちゃいなかったんだ。実は、萬蔵親方のところで修業していた若いころのあたしは、兄弟子のおめえさんの技を盗んでやろうと懸命だった。でも、急須づくりじゃとてもかなわねえ。だったら、ほかの技と意匠の工夫で張り合うほかはねえ。そう気づいて、銀師になった。栄吉があたしのところでめきめき腕を上げたのは、栄吉もあたしのように考えて父親のおめえさんを乗り越えようと……」

「だったら何んだってんだい！」

源七は怒鳴り声を上げていた。

「ぐたぐたいいやがって、あいつの話はききたくねえといったろうが」

「すまなかった。嫌なことを思い出させてしまって。だが、大事な話だ」

と藤兵衛は煙管をしまうと言葉をついだ。

「こうして頼みにきたのは、加賀様のお声がかりがあったからだが、栄吉のためにもぜひつくって欲しい。蛙《かえる》の子は蛙だ。あいつが博打打ちなんぞで満足してるはずはねえ。きっともどってくる。そのとき、おめえさんのつくった、あたしなんぞをしのぐ銀の急須を見せてやりてえ。銀器でもかなわねえと知りゃあ、おめえさんを見直して、こんどこそ骨身を削る。高慢になったあいつの鼻柱をへし折るのは、父親のおめえさんにしかできねえ。栄吉の師匠としていまのあたしにできるのは、それぐれえのことだ」

「いまさら師匠づらしやがって、何んだか恩着せがましい言いようじゃねえか」

「そうとられちゃ、立つ瀬がねえ」

藤兵衛は苦々しく呟《つぶや》き、口もとをゆがめて黙ったが、

「期限は八月の半ば。よおく考えて返事をくんな」

そう言い捨てると、木戸口に駕籠《かご》を待たせているからと、立ちあがっていた。

三

（ふん、俺が壁だって……何をぬかしやがる。いまさら俺がお大名に気に入られる銀の急須《きゅうす》をこさえたところで、栄吉の野郎がもどってくるわけでもねえ。もどってきた

ところで、性根を入れかえるってもんでもねえ……）

藤兵衛が帰ってから、源七は貧乏徳利《どくり》をひきよせ、浴びるほど飲みながら、かなり酔って呟《つぶや》いていたのだった。

（なあに、俺にだって銀の急須をつくらせりゃ、藤兵衛なんぞに負けねえ意匠の作ができるんだ……）

その思いは、萬蔵親方から独り立ちして世帯をもったころから、腹の底にわだかまっている。しかし、めったに銀が使えないから、名人気取りで銅や真鍮《しんちゅう》や赤銅《しゃくどう》の急須を叩《たた》いていた源七の腹の底を、倅《せがれ》の栄吉はいつの間にか見抜いていたのだろうか。だが、藤兵衛のところで技を磨いて、銀の茶器や置物がつくれるようになっても、急須づくりでは父親にかなわないと壁にぶち当たって、ぐれたのか……。藤兵衛がいったようにそう思えぬでもない。

そんなことをあれこれ考えていて、今朝の夢を見たのである。

（あいつの軀中《からだじゅう》に吹き出た毒は、この俺自身の毒だ）

源七は仰向《あおむ》けにひっくり返って雨の音をききながら、またしても不意に気づいた。

おひさが貧しさの中で死んでから、がきの栄吉に鬼のように辛《つら》くきびしく当たってきた源七自身の軀の中に、俺は庶人の急須しかつくらねえという自負と負けおしみがのだ。依怙地《いこじ》な毒となって、膿《うみ》のようにたまっていたのだ。

(その毒が、夢ん中であいつの軀に吹き出たんだ……)

源七自身も心の片隅では望んだ銀師《しろがねし》にせっかくなれた栄吉が出て行ってしまったのは、自分のせいだと思った。

いまさら何がしてやれるわけでもないが、この際、藤兵衛の話に乗って、思いきり意匠にこった銀の急須をつくってみるか。しかしそれは、これまでの意地を曲げることでもある。なおも迷いぬいて、源七が自分のために銀細工の急須をつくってみようと腹を決めたのは、夜半にすさまじい雷が鳴り雷光がひらめき、豪雨が降りしきった数日後の晩だった。

翌朝はからりと梅雨《つゆ》明けの青空がひろがり、まぶしい真夏の陽光が江戸の町にあふれた。源七は朝飯《あさめし》もそこそこに深川の長屋を出ると、朝から屋形船でにぎわう大川の新大橋を渡り、牛込白銀町の能登屋へ銀の板金《いたがね》をとりに出かけて行った。

さまざまな槌音が外までひびく能登屋は、暖簾《のれん》をかけた間口二間の店だが、奥の仕事場が広い。たこでつき固めた中央の三和土《たたき》には火床《ほど》とふいごが並び、数人の職人がもろ肌ぬぎの汗だくで鍛造、打延べをしており、右手の板の間では七、八人の職人が地金の板取り、鎚起《ついき》、板金、絞り、接合《はぎあわせ》などの仕事をしている。そして左手の板の間では、四、五人の職人が各種の鏨《たがね》を自在に使って彫金細工に没頭している。

栄吉はここで修業したのだ。

職人たちの手元をのぞきこんで指図していた藤兵衛は、源七が板金をとりにきたと告げると、

「やってくれるんだね。そいつは有難え」

と笑顔を見せ、ひとわたり仕事場を案内してから、見てほしい品があるといって奥の一間へ招じ入れた。

床の間に銀の置物が飾られている。

「これは越後屋さんに納める品だが、きのう出来上がったばかりだ。どう思うね？」

越後屋は日本橋にある江戸いちばんの呉服商である。身を乗り出してのぞき込んだ源七は、息をのんだ。径一尺ほどの蓮《はす》の葉のまんなかに一匹の蛙《かえる》がいる。それも金細工の蛙で、座禅を組んでいるのだ。

金の蛙が障子越しの朝の光をうけて鈍く金色《こんじき》に光り、蓮の葉は繊細な葉脈までが浮き出たいぶし銀で、切嵌《きりばめ》細工の露の滴《しずく》が二つ三つころりと涼やかに宿っている。打ち出しの槌目が蓮の葉のしなやかさとわずかな波打ちと照りを巧みにあらわしていて、その渋い色合は、銀の表面に金を焼きつけた金銷《きんけ》し仕上げである。

その蓮の葉の上で糞《くそ》まじめに座禅を組む一匹の蛙の諧謔味《かいぎゃくみ》がなんともいえない。

(とても俺にはこんな奇抜な意匠は思いもつかねえ)

打ち起こし、絞り、鑞付《ろうづ》け、切嵌、彫金、着色……いずれの技も非の打ちどころがない。

玄翁《げんのう》で脳天を強打されたような衝撃で一瞬頭の中が真白になり、気をとりなおして仔細《しさい》に見入れば見入るほど感心し、

「面白え。さすがおめえさんの作だ」

と源七はうめくようにいったきり、あとの言葉が出ない。

単に奇抜な意匠というものではない。何やら寂しげであって華やぎがあり、飄逸《ひょういつ》であってきびしさがある。泉水に浮かぶ蓮の葉と一匹の蛙を浄土に見たてながら、微塵《みじん》も末香臭さがなく、からりと突き抜けている。

(歳《とし》をとって、この男はここまできたか)

ひきかえ俺は……と源七は思わざるをえない。そして、藤兵衛がなぜこの置物を見せたのかと思った。

(この野郎、こんどの仕事で俺に勝負をかけていやがる)

栄吉のためだなどともっともらしいことをいってきたが、銀の急須で技を張り合っ

ていた。
「いい目の保養になったぜ。それじゃ、板金をもらってゆくぜ」
源七は弟子が運んできた茶も飲まずに、受けとった銀の板金を抱えて能登屋を辞し
てみろと俺を試しているのだと、源七は胸の奥がきりきりした。

カッと夏の陽の照りつける日盛りを、不忍池《しのばずのいけ》の端から下谷広小路に出て、帰りは両国橋を渡って深川の長屋にもどると、膝前に置いた銀の板金を睨《にら》むようにじっと見つめて腕を組んだ。

（奴《やつ》には負けられねえ）

帰る道々も考えていたが、藤兵衛のど肝を抜く意匠にしたい。槌目のよさだけでなく、型と景色に思いきりこってみたい。しかし目の芯《しん》に浮かんでくるのは、いま見た藤兵衛の置物である。

「蛙の座禅たァ考えやがった！」

幾度となく吐き捨てるように呟いている。

こんど加賀様に納める品は香炉と置物といっていたが、すでに思案がまとまっているに違いなかった。

昼飯を食うのも忘れて坐《すわ》りつづけていた源七がふと気づくと、すぐ近くの浄心寺の

境内で鳴いていた油蟬《あぶらぜみ》の声は蜩《ひぐらし》に変わって、夕暮れが訪れていた。やがてすっかり日が暮れ、大川の方から川開きの花火を打ちあげるにぎやかな音がひびいてきた。源七は花火見物にゆく気にもなれなかったが、銀の板金を用箪笥《ようだんす》の抽出《ひきだし》にしまい錠前をかけると、なけなしの銭をふところに路地へ飛び出していた。

(期限はたっぷりあるんだ、慌《あわ》てることァねえ。ええくそ、飲んでやれ)

四

油照りの猛暑の日がつづき、涼み花火の催しで大川は毎晩にぎわい、真夏の日々が過ぎてゆく。

源七は相変らず銅や真鍮《しんちゅう》の急須《きゅうす》をこさえながら思案していたが、これはと膝《ひざ》を打つ意匠が思い浮ばない。七月になり、夕立ちが降り、盂蘭盆会《うらぼんえ》が近づき、家々の軒先に盆提灯《ぼんぢょうちん》がつるされるころになると、焦《あせ》りが出た。しかし、まだ期限までひと月はある。意匠さえ決まれば、十日もあれば仕上がるのだ。

源七は盆の入りの十三日の夕方、迎え火の苧殻《おがら》を門口で焚《た》き、おひさの霊を迎え入れ、茄子《なす》や瓜《うり》を供えて一人で供養《くよう》した。

中日の十五日の午後、おみよがきた。霊前での父娘《おやこ》ひさしぶりの夕餉《ゆうげ》である。しかも、おみよは懐妊したという。

「そいつァよかった。そうかい、ようやく子ができたか。おっかあも冥土《めいど》でよろこぶなァ」

まだみ月だというが、おみよの下腹がふっくらとふくらんでいるように源七の目には映った。還暦の来年には初孫が抱けるのだ。

「兄《あん》ちゃんがもどってきてくれたらいいのにねえ」

とおみよはいったが、

「よせ、あいつの話は!」

源七は不機嫌に怒鳴り、藤兵衛から受けた注文仕事のことを亡妻の霊には知らせていたが、おみよには話さなかった。

翌日の十六日は藪入《やぶい》りである。藤兵衛のところに奉公していたころの栄吉は、藤兵衛夫婦が揃《そろ》えてくれた仕立おろしの着物を着、新しい板裏草履《ぞうり》のチャラ金を鳴らして帰ってきたものだ。

その十六日の午《ひる》まえ、おみよと二人で送り火を焚き、亡妻の霊を送り出した。今日も残暑がきびしいが、朝夕は涼風が立ち、夜は虫が鳴きはじめている。

「おみよ、今日は帰《けえ》るんだな」

「ええ、午後の涼しくなってから」

「そうしねえ。お父《と》っつぁんが送ってくぜ」

これまでそんなことは一度もなかったので、おみよは意外な表情をした。

「大事《でえじ》な軀《からだ》だ。転ばれでもしたら大変《てえへん》だ。それに、お父っつぁんもたまには道灌山《どうかんやま》まで行ってみてえ」

まだ虫聴きには少し早い時期だが、道灌山で虫の声でも聴いてみれば、よい意匠が思いつくかもしれないとも思ったのである。

おみよの嫁ぎ先は谷中の三崎坂《さんさきざか》にあり、虫聴きの名所の道灌山に近い。

せわしなく法師蟬《ほうしぜみ》が鳴き、陽が西にかたむき涼風が吹きはじめた七ツ（午後四時）ごろ、源七はおみよと連れ立って長屋を出た。

両国橋を渡る。今日は閻魔《えんま》の賽日《さいにち》なので、閻魔堂のある向両国の回向院《えこういん》には市が立ってまだ参詣人《さんけいにん》でにぎわっており、両国橋の西詰の盛り場も人びとでごった返している。今日一日の藪入りを日暮れまで楽しむ丁稚《でっち》小僧や男女の奉公人の姿が多い。

下谷広小路に出て、不忍池の端をたどる。

「ひと休みしてゆくか」

二人は池の端の掛け茶屋で休んだ。隣の縁台に母子《おやこ》連れがいた。十かそこらの丁稚小僧と三十半ばの母親である。二人の話し声がきこえる。藪入りでもどった倅《せがれ》を母が奉公先へ送ってゆく途中らしい。正月の藪入りまで会えぬ母と子が、別れをおしんでいるのだ。やがて女は鳥目《ちょうもく》をおき、わが子をせき立てて広小路の方角へ立ち去ってゆく。

その後姿を見送りながら、源七は遠い昔を思い出していた。萬蔵親方のところに奉公していたがきのころ、年に二度だけ親元にもどれる藪入りの日をどんなに待ちこがれたことか。源七の生家は練馬村の水呑《みずのみ》百姓だった。兄弟が多く、口べらしのために源七はつてを頼って萬蔵親方に弟子入りしたのだが、どんなに辛《つら》くとも藪入りの日の夕方に店へ帰るとき、母親に送ってもらったことはなかった。そして、倅の栄吉を父親として途中までも送ったこともない。「さっさと帰りやがれ！」と怒鳴りつけて、栄吉を追い出したものだ。

「実はな、お父っつぁんに藤兵衛さんから銀器の注文仕事がきてるんだ」

渋茶をすすりながら源七は、半ば独り言のように傍らのおみよにいった。

「加賀様へ納める大事な急須だ。受けることにしたんだが、思案がまとまらねえ。思いっきり奇抜な意匠にしてみてえんだが……」

「奇抜な意匠だなんて、お父っつぁんらしくないわねえ」

じっと見つめられ、そういわれて、源七はぎくりとした。

「で、おっ母《か》さんは何ていったの？」

「馬鹿《ばか》野郎、冥土のおひさが何もいうわけがねえじゃねえか」

確かにおひさは何も答えてはくれなかった。盆にもどってきた霊に問いかけたのに、寂しげな顔がふと浮かんだだけで、黙っていたのである。そのことが源七の胸にひっかかっている。おひさは反対なのだろうか。

「その仕事を受けたのは、ちょいとわけがあるんだ」

と源七は言いわけするようにおみよへいった。

「どんなわけがあるのか知らないけど、大名仕事はしないとあれほどいっていたお父っつぁんが、いまになってやるなんておかしいじゃないの」

「それはそうなんだが……」

図星を指されて源七はいいよどみ、子を孕《はら》んだ娘をしげしげと見た。

(おひさに似てきやがった……)

顔や軀つきだけではない。物言いまでがそっくりである。生きていたら、おひさもおみよと同じことをいったろう。

自分勝手な源七の言動にも貧乏暮らしにも愚痴ひとついったことのなかったおひさは、鍛金師仲間からたとえ蔑《さげす》まれようと、庶民の急須をつくっている〝急須の源七〟を誰よりも認め、源七の腹の底まで見通しながら時にちくりと急所を突く一言をいうだけだった。

「わかった、わかった。娘のおめえにきついことをいわれるとは思わなかった。だが、やると決めて請負ったんだ。それに、栄吉のためにもなる仕事だ」

「兄ちゃんのためって、どういうこと？」

「てえしたことじゃねえ……」

源七は言葉を濁し、「日が暮れねえうちに行くか」と残りの渋茶をすすり込んで立ちあがっていた。

上野の山で蜩《ひぐらし》が鳴いていたが、夏の終りを告げる弱々しい声である。

根津権現《ごんげん》の脇《わき》を抜けて、団子坂まできたときには、夕陽は道灌山に落ちて、晩夏の黄昏《たそがれ》の光があたりに漂い、夕風がさすがに涼しい。団子坂を下りきって藍染《あいぞめ》川にかかる小橋を渡れば、三崎坂である。川の両岸にはひろびろと田地がひらけ、左前方に道灌山が見える。酒徳利《さかどくり》や莚《むしろ》をもち提灯をさげて少し急ぎ足にゆくのは、道灌山へ虫聴きにゆく人たちである。

「あたしたちも虫聴きにゆきましょうよ」

とおみよが弾む声でいった。

「いいのか」

「だって家はすぐそこだし、お父っつぁんと虫聴きをするのは初めてだもの」

「そうだったなァ」

二人は三崎坂の一つ目の角を左に折れた。右側が福正寺、左側が大圓寺で、このあたり寺が多い。その先の右手が蛍坂《ほたるざか》で、附近の谷を蛍谷ともいい、蛍の名所でもある。

「この間まで蛍がきれいに飛んでいたのよ」

蛍谷を眺めながら、先に立って道灌山への坂の小径《こみち》を登るおみよがいう。

「足元に気いつけな。転ぶんじゃねえぞ」

「大丈夫。……あら、虫の声がきれい……」

夕闇《ゆうやみ》が漂いはじめた草叢《くさむら》のあちらこちらで虫が鳴いている。父と娘は手をとりあうようにしてゆっくり登ってゆく。萩《はぎ》、尾花、葛《くず》、撫子《なでしこ》、桔梗《ききょう》、女郎花《おみなえし》、藤袴《ふじばかま》の秋の七草が咲き乱れる草叢で、松虫、鈴虫、鉦叩《かねたた》きが鳴いている。小さな鈴を振るようにひときわ澄んで艶《つや》めいてきこえるのは松虫。薄い翅《はね》をりんりんと可憐《かれん》にふるわせているのは鈴虫。せわしない鳴き音は鉦叩き。蟋蟀《こおろぎ》も負けじと鳴いている。

文月の半ばから秋にかけて江戸ッ子が好んだ虫聴きの名所は、道灌山、飛鳥山《あすかやま》、御茶の水、広尾の原、浅草田圃《たんぼ》などだが、景色といい虫の多さといい、道灌山が随一である。山の西側には日暮《ひぐらし》の里の田圃がひらけ、遥《はる》かかなたには筑波《つくば》山と遠く日光の山々も望見できる。

虫の音のすだく山の小径を、子供連れ、夫婦者、若い男女、老人がひっそりと行き交い、草地に茣蓙《ござ》を敷き、酒を酌《く》みかわしながら俳諧《はいかい》をひねっている粋人墨客もいる。

「ここらで休むか」

身重のおみよを気づかって、源七は草の上にふところからとり出した手拭《てぬぐい》を敷いて坐《すわ》らせ、自分も隣に腰をおろした。

おひさに惚《ほ》れた若いころ、一度だけ二人で飛鳥山へ虫聴きに行ったことがあったと、源七は思い出していた。が、それっきりで、世帯をもってから連れ立って出歩くことはめったになく、がきの栄吉を虫聴きに連れてきたこともない。遊んでやったことも一度としてなく、虫売りから螽蟖《きりぎりす》一匹買ってやったことさえないのだ。

（あいつに人並みの親らしいことをしてやっていたら……）

そう思ったとき、突然に銀急須の意匠が源七の脳裏に浮かんだ。

急須の胴のぐるりに、秋の七草を模様打ちであしらう。桔梗の花に薄紫の色付けをし、あとは渋い金銷《きんけ》し仕上げ。よく見れば、葉かげに秋の虫がいる。そうだ、蓋《ふた》のつまみはありきたりの擬宝珠《ぎぼうし》ではなく、薄い翅《はね》をわずかにひろげて鳴き音を奏《かな》でる松虫か鈴虫……。

上野の山の端《は》から東の空に月が昇った。十六夜《いざよい》のまるい月である。月の光が虫のすだく秋の七草を冴《さ》え冴《ざ》えと浮き立たせる。

（この景色だ……）

源七は膝を打った。

急須の型は満月を思わせるやや大ぶりにして、景色は月明りに虫のすだく秋の七草……把手《とって》をすっきりさせ、注ぎ口の型は……。つまみを松虫か鈴虫にするなら、巧緻《こうち》な切嵌《きりばめ》と彫金細工にそれだけでも十日はかかる。七草の模様打ちと色付けに半月……期日までに間に合うかどうか。

（なあに、骨身を削って仕上げてみせるぜ）

源七は月の光をあびて宵風になびく秋の七草を素描しようと、ふところの半紙と腰の矢立をとり出そうとした。

「兄ちゃんのことだけど……」

不意に傍らのおみよがいった。源七にはきこえなかった。が、つぎの言葉が耳に入って、おみよを見た。

「兄ちゃんは、お父っつぁんのことが好きでたまらなかったのよ」

おみよは昇った月を眺めながら、小さな声で話しつづけた。

「いくら叱《しか》られ叩かれても、お父っつぁんのような職人になるんだって、そればかりいってたわ。あたし、お父っつぁんと兄ちゃんが羨《うらやま》しかった。あたしなんかいつも弾《はじ》き出されて、二人を見ていただけ……」

そういわれれば、源七にはおみよの幼いときの記憶がほとんどない。思い出せるのは、栄吉の背中で泣いていた赤子のおみよと、井戸端にしゃがみ込んで洗濯をしていた六つか七つのおみよの姿である。

「兄ちゃんは藪入りで藤兵衛親方さんのところから帰ってくるたびに、おいらは女房子供に貧乏暮らしは決してさせねえって、よくいってたわ。あたしはおっ母さんの顔も覚えていないけど、兄ちゃんはおっ母さんを見ていて、お父っつぁんみたくはなりたくないと思ったのね。でも、お父っつぁんの良いところも悪いところもみんな持ってってしまった。だからあんなに頑張って、それでもお父っつぁんを乗り越えられなくて荒れたのね。だけど、大丈夫……」

「大丈夫って……？」

「一度、あたしには便りがあったの」

「そ、そりゃいつのことだい？」

「この春のことよ」

「おめえ、お父っつぁんには一言もいわなかったじゃねえか」

「ごめんなさい。お父っつぁんには決していうなって書いてあったから、いえなかったの」

「その便りには、何が書《け》えてあったんだ？」

大声になるのを源七はおさえて、身を乗り出した。

「博打《ばくち》も酒もとうにやめて、渡り職人になって諸国の鍛金師のところで働いているって」

源七は耳を疑った。すだく虫の音のせいかと思った。

「もう一度いってみろ。博打も酒もやめたって……？」

「そうよ。兄ちゃんは渡り職人になって……」

「馬鹿野郎、なんでそんな大事なことをお父っつぁんに黙ってたんだ」

「あたしだってすぐに知らせたかった。でも、兄ちゃんが自分が帰るまでは内緒にしとけって」

「栄吉の野郎が、そんなことをいってきたんか」

「三年かかるか五年かかるかわからないけど、お父っつぁんに褒《ほ》められる急須《きゅうす》がつくれるようになったら、必ずもどるって……」

（あいつが急須を……）

源七は胸の奥に熱いものがこみあげ、口をへの字にくいしめたまま、どうしようもなく潤《うる》んでくる目で月を見た。堅気にもどって、渡り職人になったという栄吉が、旅の空で月を眺めていると思った。

（あいつなんぞに負けられねえ）

いますぐ飛んで帰って、下絵を描き、夜っぴて槌《つち》を握りたい血のたぎりが五体にあふれてくる。

「おみよ、帰ろう。お父っつぁんは仕事がある」

いっそう虫の音にみちた道灌山を下り、三崎坂の途中でおみよと別れた源七は、中天に昇った十六夜の月の光をあびて深川の長屋へ急ぎ足でもどる道々、

（秋の七草と虫の意匠でいいのか）

と思った。鮮やかな色付けの桔梗の花と金銷し仕上げの七草、そして蓋のつまみで鳴く切嵌細工の松虫か鈴虫。大名好みの風雅と華やぎと奇抜さが確かにある。藤兵衛

も舌を巻くだろう。これまで源七がつくったことのない意匠である。が、それでいいのか……。

(お前さんらしくないよ)

ふと、おひさの声が聴えるようだ。娘のおみよもそういうだろう。もどってきた栄吉が見たら、何と思うか……。

長屋に帰りついて、仕事場に灯を入れ、当台の前に坐った源七は、用簞笥の抽出から銀の板金《いたがね》をとり出したが、下絵を描こうともせず、宙に目を据えて腕を組んだ。建てつけの悪い破れ障子が夜風に鳴り、縁の下で蟋蟀が鳴いている。

秋の七草にすだく虫の意匠は捨てがたい。が、いかにも大名好み、大尽好みである。

(俺のは、もっと野暮で貧乏臭くって、それでいて、あったけえんだ……)

「やめだ、やめだ、いまさら大名仕事なんざァ!」

源七はきびしい声で呟《つぶや》いた。

依怙地《いこじ》だろうと痩《やせ》我慢だろうと、俺は俺だと思った。銀の急須はつくるが、余分な意匠はいらない。藤兵衛がどんな奇抜な細工物をつくろうと。

「俺ァ、絞りの技と槌目だけで勝負だ。馬鹿のつく〝急須の源七〟でいい」

源七は板取りした銀の板金を、木槌と金槌を使いわけて叩きはじめた。銀は銅よりもやわらかく、熱の伝え方もいい。鈍《なま》し方、槌の叩き方が微妙にちがう。板金は生きていて、愛《いと》しんで無心に叩けば、作り手の心に応《こた》えてくれる。うまくつくろうなどと欲があれば、その気持の卑《いや》しさが槌目にあらわれる。

夜が更《ふ》けて、注ぎ口の打出しから肩のまるみにかかる。わずかに指先がふるえ、気に入る出来ではない。源七ともあろう男が肩に力が入っているのだ。

源七はつくりかけの銀の急須をおしげもなくおしゃかにし、翌日はまた一から絞りにかかった。

燠火《おきび》で鈍しては、当金をとりかえ、木槌と締槌、おたふく槌の金槌で叩きつづける。絞りの技と槌目だけで、中秋の名月そっくりの冴え冴えとしてなごやかな丸みの、一世一代のいぶし銀の急須をつくるのである。

井戸端で水をかぶってきては、槌を握った。

〝急須の源七〟の槌音が冴える。

ふと手をとめると、どこか遥か旅の空からひびきあうように、急須を絞る澄みきった槌音が聴えていた。

闇《やみ》溜《だま》りの花

一

旦那《だんな》さんも花火がお好きで？

そりゃァお見それしやした。花火狂いは江戸ッ子ばかりじゃねえとは聞いておりましたが、お国許《くに》の薩摩《さつま》でも花火遊びはなさるんで？　左様でございますか。でも旦那さん、なんてったってここ東京お江戸の川開き、旧暦五月二十八日の大川の花火が、文明開化のご時勢になろうとも日本一でございますよ。江戸ッ子のあたしなんざァ、この通り盲《めしい》のくせして花火にはめっぽう目がねえ方で。いえ、目がねえだなンて駄洒落《だじゃれ》をいってるンじゃございません。目ン玉がねえから見ようったって見えねえのに、両国橋の大川にドーンと打ち上げられようもんなら、心ノ臓がピリピリッとふるえまして、東京と名前《なめえ》は変わっても大江戸の夜空を彩《いろど》る、菊、牡丹《ぼたん》、流星、かむろ、大からくりの、あの粋《いき》で艶《あで》な炎の色が、そりゃァもう色鮮やかにパーッと浮かんでめえります。いえ、江戸の花火は、いなせで粋なだけじゃァございませんよ。艶で華やかだけでもねえ。大川の夜空に炎の虹《にじ》を描いて瞬《また》く間に消えちまう花火ってえのは、なんとも寂しく切なく、哀《かな》しいもんじゃァございませんか。

いいえ、あたしの目は中途っからいけなくなったもんで、がきの時分から若えころまでは花火を見て、夜空に弾《はじ》けるさまとその色合いもよおく知っております。ですから、目をつむる心地になるだけで、頭ン中の深《ふけ》え闇溜《やみだま》りに、花火のあの色この色がちょいと侘《わび》しく見えてくるのかもしれません。

はい、目がつぶれた当座は右も左もわからず、杖《つえ》にすがってもすっころぶわ額《ひたい》を割るわで、そりゃァもう難渋いたしました。他人《ひと》さまの目をお借りして、あれは何これは何と教えていただき、どうにか指先で物を見ることができるようになり、あんまの技《わざ》を習い覚えたのでございます。へえ、もう二十年このかた、あんま稼業《かぎょう》でおまんまを頂戴《ちょうだい》しております。このあたりの大川端《おおかわばた》を流しておりますと、船宿さんやお茶屋さんのお客さんからこうしてお声がかかり、ご贔屓《ひいき》にあずかり、有難えことでございます。

お見うけしたところ、旦那さんは新政府のお役人さんではございませんか。……やはり左様で。お勤めがさぞご苦労なンでございましょう。首筋がえらい凝《こ》りようで。こりゃァいけません。お肩の凝り、お腰の痛みも心ノ臓のお疲れからきておりますよ。

こうしてつかまらせていただけば、たいがいのことはわかります。……はいはい、承知いたしました。お任せくださいまし……。

江戸の花火といえば、もう二十年も前《めえ》になりますか、忘れもしません、明治二年五月二十八日の川開きの花火が、打ち上げの数といい、それぞれの花火の意匠の見事さといい、また人出の多さ賑《にぎ》わいといい、とりわけ盛大でございましたな。

あのときは、榎本武揚《えのもとたけあき》さんらが立て籠《こも》った箱館《はこだて》の五稜郭《ごりようかく》がとうとう官軍の手に陥《お》ちて、蝦夷地《えぞち》も平定されたってンで、しばらくご公儀からご法度《はつと》になっていた川開きの花火が新政府からお許しが出て、江戸の花火師が腕によりをかけてこさえた花火を、それッてンで打ち上げたんでございました。おや、旦那さんは箱館へ行っていてご覧にならなかったんで？

あの晩の花火の中では、催しの中ほどに花火船《はなびぶね》からひときわ高く打ち上げられた「かむろ菊」の大玉《おおだま》が、五色の炎の色合いといい、水面すれすれまで消えずにしなだれたかむろ花火の美しさとそこにかかった簪《かんざし》の綺麗《きれい》さといい、粋で艶やかなのに、なんとも寂しく哀しい花火でございました。

あのときの花火が目の見えていたあたしが見た最後だったから、とりわけそのように見えたってわけじゃございません。あの「かむろ菊」には、こさえた花火師の人にはいえねえ想《おも》いが、こめられていたんでございますよ。想いというより、念といった方がいいかもしれません。

その花火師はどんな男かとのお訊《たず》ねで？　お耳ざわりでなければ、もみ療治のかたわら語らせていただきますが、あの花火が大川の夜空にドーンと大輪の菊の花をひらいて、その炎が水面すれすれまで垂れた、ほんの二秒か三秒の間に、大勢の見物人の中に人死《ひとじに》も出たんでございますよ。いえ、混雑での事故死ではございません。お役人の大の男が一人、心ノ臓をひと突きされて死にましたんで……。

まさかあの花火のせいじゃァねえと思いますが、どうだったんでございましょうねえ。

二

その花火師の名前《なめえ》は……ええと、なんといいましたか……。ちかごろはどうも、顔が浮かんでめえりますと名前の方がひっ込んじまって。いま思い出しますんで、ちょいとお待ちを……ああ、いけません、ごかんべんを。仮りに新吉《しんきち》として、お話しいたしましょう。

新吉は両国橋の百本杭《ぐい》に捨てられていた捨子でございました。子を捨てても拾ってもきつい御咎《とが》めを受けましたから大きな声ではいえませんが、もう六十年近くも昔のことですからよろしゅうございましょう。

ご存知とは思いますが、両国橋西詰の橋のたもとの上流にたくさんの杭が打ち込んでありますのは、あのあたり大川が大きく曲流していてきつい流れがぶち当たりますンで護岸のためで、ふだんでもあの百本杭にはいろんなもんが流れ着きます。土左衛門《どざえもん》なんぞもひっかかりますが、新吉はその百本杭の水際《みずぎわ》に襤褸《ぼろ》にくるまれて置かれていたんでございますよ。深川富岡八幡宮《はちまんぐう》のお守りと一組のおむつが添えてあったそうで、捨てた親ごはどなたか親切な方に育ててほしいと願ったんでございましょう。両国西詰の広小路はご承知の通り朝早くっから賑《にぎ》わいますが、橋の下手《しもて》には垢離場《こりば》があって、早発《はやだ》ちの大山詣《おおやまもうで》の衆が身を清めますンで朝の暗いうちから人が集まります。その大山詣の夫婦者が新吉を拾い、子宝にめぐまれなかったもんで、八幡さまの授りものとして育てることにしたのでございますよ。

のちにそのことを知った新吉は、親ごが科《とが》になりますから捨子だったとは人にいいませんけれども、

「おめえら〝大川で産湯《うぶゆ》をつかった江戸ッ子だ〟なんて粋《いき》がっていやがるが、おいら

は両国橋の百本杭で産湯をつかったんだぜ」

と自慢したそうですから、物事をうじうじと考えることの嫌いな気質だったんですな。もっとも新吉の育ての親がどちらも気性のさわやかな江戸ッ子で、父親は花火師でした。

花火ってえと、花火見物をしていていまだに「玉屋ッ」「鍵屋《かぎや》ッ」と掛け声をかけるおひとがおりますが、玉屋の方はとうになくなっちまった花火屋でございますよ。鍵屋の方は今日でも店を張っておりまして、玉屋よりずうっと古く、初代弥兵衛《やへえ》が大和国吉野郡篠原《しのはら》村から江戸に出てきて、日本橋横山町に店をかまえて「鍵屋」を名乗り花火を売り出したのが万治二年だそうですから、かれこれ二百三十年にもなりましょうか。その万治二年は、明暦の大火のとき大川に橋がなくて大勢の人死《ひとじに》が出たってンで、両国に仮橋がかかった年でございました。

その後、両国橋は立派なものになり、花火も両国橋界隈《かいわい》で盛んに上げられるようになりましたが、両国川開きの花火がはじまったのは、八代将軍吉宗《よしむね》公の享保《きょうほう》年間で、鍵屋六代目のころだったそうでございます。こうして江戸の花火は年々盛んになり、鍵屋の花火職人であった清七という男が両国広小路に店を出し、屋号を玉屋としましたのが文化七年だそうで、以来、江戸の花火は鍵屋と玉屋が技を競うようになったのでございますな。

両国橋の上流を玉屋、下流を鍵屋と分けて、たがいに花火を打ち上げたんでございますが、玉屋の方が腕のすぐれた花火師がそろっていて花火の意匠に工夫をこらしたばかりか、花火船に「玉」と書いた赤い提灯《ちょうちん》を派手やかに飾ったり、絵師に錦絵《にしきえ》を描かせたりの宣伝も上手で、鍵屋より人気があったのでございますよ。ところが、好事魔多し、月にむら雲花に風で、良いことばかりはございません。火を出しちまったんで……。

はい、なにしろ火薬を扱う仕事ですから、花火造りはそれはもう火の用心が第一でございます。けれども、火にいくら注意を払っても、火薬の調合のとき、摩擦から発火することがございます。

玉屋の出火は、職人が薬研《やげん》で火薬の調合中に誤って火を出してしまったんでございますよ。

その花火師が、新吉を拾って育てていた父親《ておや》だったんで……。

この出火が天保十四年の春で、十二代将軍家慶《いえよし》公が日光ご参拝で江戸を発つ前日だったそうですが、すぐに消し止めましたので店の半ばを焼いただけで類焼せず、大火にならずにすみましたものの、奉行所からきついお叱《しか》りで、玉屋は江戸払いの科をこうむり朱引外《しゆびきそと》の千住小塚原の誓願寺前へ移り、このときにつぶれたのでございます。火を出した新吉の父親は、罪にはなりませんでしたが、火薬の爆発で右の手首を失い、目もつぶれてしまいました。四十を二つ三つ過ぎたばかりで、花火師として脂《あぶら》の乗りきった男盛りでございましたが、四十二、三といえば男の厄年《やくどし》で、人の一生には厄の神がとりつく時期ってのが必ずあるんでございますな。

このとき倅《せがれ》の新吉は玉屋に丁稚《でっち》奉公をして花火職の修業をはじめておりましたが、まだ十二、三でしたから、父親にかわって何ができるってもんでもございません。一家は千住宿のはずれのあばら屋を借りて住み、母親が宿場の茶屋に働きに出ましたものの、その日暮らしがやっとのありさまでございました。その上、片方の手首と両の目を失った父親の気持がすさんで、大酒を飲んで荒れるわで、ひどい毎日だったようで……。あたしもにわかに目が不自由になりました当座は気が狂いそうで、誰に当ったところでどうしようもないのに、人さまに当たり散らしたり乱暴を働いたりしたもので、新吉の父親の気持はわが事のようにわかります。ましてこの男の場合は、花火師が出してはならぬ火を出してしまい、お店《たな》をつぶし、自分は目までつぶれちまったんですから、その悩み苦しみは、地獄の底を這《は》いまわるようであったでございましょう。そうしたときに、女房は心労と無理がたたって病いの床につき、間もなく死にましたんで……。

しかしながら、さすが江戸で指折りの花火師だ。女房に死なれると、ピタリと酒を断ち、自分は目が見えず片手が使えねえから、倅の新吉を使って花火造りをはじめたんですから。

ご承知の通り、昔っから烽火《のろし》や鉄砲などの火術は一子相伝の秘法で、花火の技もまた口伝《くでん》とされ、ことに火薬の調合は他人に教えるもんじゃございません。花火師は親方と他の花火師の技を盗み、自分で工夫するンですが、新吉は父親の目となり手となって父親の技を教えられて一人前の花火師となり、新しい花火造りを工夫いたしました。

ちかごろは文明開化とやらで外国の火薬がへえってきて、「洋火《ようび》」といわれる花火はたいそう明るく、色合いもけばけばしくなったそうですが、公方《くぼう》さまの時代の江戸の花火は、硝石《しょうせき》、硫黄《いおう》、木炭を主とした黒色火薬の「和火《わび》」でございました。

和火の炎の赤、黄、青、緑、紫といった色合は、主に木炭の種類で決まり、鉄や樟《しょう》脳《のう》や明礬《みょうばん》や膠《にかわ》などを混ぜることで微妙に変わります。ですから花火師は、これまでにない炎の色を創《つく》り出そうと、桜、松、楮《こうぞ》、桐《きり》、竹、麻などのさまざまな木炭粉や灰を使いわけたり、その配合具合をあれこれ変えてみたり、それはもう苦心を重ねるンでございますよ。赤い花の咲く木の炭は赤っぽい炎、紫色の実のなる木の炭は紫の光が出るなどといわれますが、さてどうでございましょうか。

ともかくこの黒色火薬を使って、竹竿《たけざお》の先から火花を噴き出す「噴き出し花火」、太い竹筒や木筒にしっかり縄を巻いた手筒から炎を出す「手筒花火」などは古くからございました。徳川家康《いえやす》公が慶長十八年に駿府《すんぷ》城ではじめて見たと伝えられます唐人花火は、「手筒花火」であろうといわれておりますが、その後、竹竿の先に噴出筒をとりつけてこれを火薬で噴射させて空に飛ばす「流星」や、町なかで子供らまでが遊ぶ「ねずみ花火」などが現れ、直接空に打ち上げる「打ち上げ花火」が出来ましたのは、玉屋が店を出した文化年間でございました。そして、今日のように花火に導火《みちび》をつけてドーンと打ち上げ、上空で導火が割り火薬に点火して爆発し、玉皮が割れて中の星が火を噴いて四方八方へ飛び散る「割り花火」になりましたのは、玉屋と鍵屋が最も技を競った文政年間からで、星の飛び具合とその色合がさまざまに工夫されて、「菊」だ「牡丹《ぼたん》」だ「かむろ」だ、やれ「しだれ柳」だ「糸桜」だなどと、江戸ッ子好みの粋で洒落《しやれ》た花火が、大川の夜空を彩《いろど》るようになったのでございますよ。

はい、左様で。おっしゃる通り、高く上げようと思えば、打ち上げの火薬を強くし、導火線を長くすればよろしい理屈でございますが、これがなかなかにむずかしゅうございます。また、菊花火なら、その炎の花びらを大きくゆるりと咲かそうと思えば、割り火薬を強くして飛び散る星をゆっくり燃焼させてやればいいわけで、そのために星の火薬がゆるりと燃えつきるように灰を多めにした木炭粉を調合しますが、これまた途中で消えてしまったりで、理屈通りにはまいりません。

いいえ、あたしのは耳学問で。詳しいったって、たいしたお話はできません。

しかしなんでございますねえ、旦那《だんな》。花火ってエのは、人を夢中にさせ、狂わせますです。

実は、あたしは目が明いていた若え時分に、ちょいと花火をいじったことがございまして、火薬ってえのは魔物でございますな。

硝石、硫黄、木炭の配合具合で火花が微妙に変わりますし、木炭粉の木質《きしつ》によってたしかに炎の色が異なります。最初はちょいといたずらのつもりが、火薬の摩訶《まか》不思議に魅せられて、というよりとり憑《つ》かれて、やめられるもんじゃございません。花火の浅黄星をつくるには、硝石拾匁《もんめ》、硫黄壱匁四分、麻炭七分、鶏冠石《けいかんせき》壱匁八分、樟脳七分といった配合でよろしいようで。ともかく工夫しだいで、これまで誰も創れなかった色合の炎の花を夜空に咲かすことができるんでございますよ。それも、まばたきするかしねえかの瞬《また》く間の景色で、いくら「かむろ」だ「しだれ柳」だと火花の燃えつきる時間をのばしたところで、これまたほんのわずかな間《ま》で、次の瞬間には儚《はかな》く消えております。見る者の胸の奥には残っても、夜空からは消えちまう……。ねえ、旦那、これがいいじゃございませんか。

盲目になっちまった新吉の父親は、間違いをしでかした花火師としてそのおのれの心の真っ暗闇《くらやみ》に、倅の目を借り手を借りて、これまでにない花火を打ち上げようと苦心を重ねたんでございますよ。そして、その技は新吉に受けつがれ、父親が五十を過ぎて死ぬと、新吉は若いながら江戸の花火師として独り立ちをして、大川で花火を打ち上げるようになったんで……。

ところが、二十六、七になって独り者の新吉の惚《ほ》れた相手が、よりにもよって、花火の夜に人さまの懐中物をかすめとる女掏摸《すり》だったっていうンですから、驚くじゃございませんか。

三

旦那《だんな》さん、恐れ入りますが、こちらを向いていただけますか。……へい、へい、どうぞ、横になったままで結構で。こんどは、あたしがそちら側に移って、もましていただきます。

だいぶ楽になったとの仰《おお》せで……。そりゃァよろしい按配《あんばい》で……。もっとお楽になりますですよ。

……はい、はい、女掏摸の話でございましたな。その女の名は、おしなと申しました。

ご承知の通り、大川の花火は川開きの晩が最も盛大ではございますが、その日から旧暦八月二十八日までの三か月間、大雨でも降らないかぎり毎晩、花火船が出て賑《にぎ》わいます。花火を買い求めて上げさせる舟遊びをしながらの花火見物がたいそう乙《おつ》でございますが、陸《おか》から眺める風情《ふぜい》も格別で、両国橋や両国河岸《がし》は見物人で混雑いたします。混雑には掏摸はつきもので、ふだんでも両国広小路、浅草奥山などの盛り場は掏摸の稼ぎ場でございますな。

ところが、この女掏摸は、花火の晩にだけ両国橋界隈《かいわい》で一人働きをするというんで、菊花火にちなんで「菊花火の女掏摸」と異名をとっておりまして、よほど腕がいいんでしょうな、町方がやっきになって追っていましたが一向につかまりません。若い女であることは間違いありませんが、どのような風姿風体なのか判然とはせず、噂《うわさ》が噂を呼んでいたようで。

むろん花火師の間でもこの女掏摸のことは話題になりまして、

「花火の晩だけをねらうてエのは、不埒《ふらち》な女《あま》だ。町方は何をしてるンでえ。花火師仲間でひっ捕えて、死罪にしちめえ！」

と激昂《げきこう》する者ばかりで、花火師とすれば心血をそそいで造る花火を、この女に馬鹿《ばか》にされているような、汚《けが》されているような、そんな腹立ちがあったんでしょうな。

もっとも、死罪と息まいてみたところで、掏摸の罪は盗んだ金子《きんす》が十両以上なら死罪ですが、それ以下であれば入墨《いれずみ》、敲《たたき》の刑罰で、その上で石川島の人足寄場へ送られるぐらいで、「菊花火の女掏摸」はせいぜい二、三両の金子しかすりとりませんので死罪にはなりません。しかしまあ花火師としては、そんな女《あま》ァ、生かしちゃおけねえってわけでございますな。

新吉もそう思っていましたから、折があればとっつかまえてやろうと考えておりました。

ところで花火師は、おのれのこさえた花火は自分で打ち上げます。三寸玉、四寸玉、五寸玉と大玉になればなるほど打ち上げには危険がともない、点火したとたんに筒ごと爆発する間違えもないとは限りませんから命がけで、うまく打ち上がらず途中で爆発して火の粉を頭からかぶって大やけどをすることもございます。自分の花火の危険はおのれで引き受ける——これが花火師の心意気ですから、打ち上げを他人にまかすってこたァめったにございません。

しかし、自分の花火がどのように開発するかを、花火船から見上げるだけでなく、他の場所から眺めたり、よその花火師の花火を方々から眺めたりして思案もいたしますから、人群れにまじって両国橋の上から見る場合もございます。

或《あ》る晩、新吉は両国橋の中ほどの欄干《らんかん》に身を寄せて人群れに押されながら見ておりました。やがて、新吉のこさえた「かむろ花火」が打ち上がりました。

この花火は、火花の垂れぐあいが肩のあたりで切りそろえて垂らした幼童の髪型の禿《かむろ》に似ていて、吉原で太夫《たゆう》に仕える禿がこの髪型をしているところからそう呼ばれるんでございますが、ドン、ヒュルヒュルッと打ち上がり、夜空のほどよい高みでドーンと爆発して、数々の臙脂《えんじ》星《ぼし》の淡い炎が開発し、さながら梳《くしけず》る少女の黒髪の美しさでゆっくりと垂れてゆくさまを、新吉はじっと見つめておりましたが、

——ふん、つまらねえッ。

と吐き捨てました。

いくら綺麗《きれい》に炎が禿にしだれたところで、それだけじゃァ面白くも何ともねえ——にわかにそう思ったんでございますな。炎がしだれて消えてゆくわずかな間に、なん

か別の光の細工はできねえものか、と。

　欄干にもたれて、舟の灯りだけになった暗闇《くらやみ》の川面《かわも》を覗《のぞ》き込んでいた新吉が、ふと思案が浮かびそうになって欄干を離れかけたとき、すぐ目の前に躰《からだ》が触れ合って女がおりました。鬢付油《びんつけあぶら》のいい香りがふっと鼻孔にしのび込み、その女の髷《まげ》にさされた簪《かんざし》が間近に目にとび込んできて、ピカッと光ってはっきり見えたのは、次に打ち上げられた花火であたりがぼうっと明かるくなったからで、当然、女の顔と髪型、えり元と胸のあたりまでが見えて、その瞬間、新吉の胸に稲妻が走りました。と申しますのは、花火の思いつきが突然にひらめいたのと同時に、花火の仄明《ほのあか》りに浮かび上がった間近にいる女に一目惚《ぼ》れしちまったッで……。

　女の髷を飾っていた簪が変わっておりまして、蛇飾りの銀簪で、そのみみずほどのいぶし銀の蛇が新吉の目に「かむろ花火」の炎の上をさっとのたうってゆく光に見えて、

　――そうだ、かむろに光の簪だ……。

　という思案が脳裏にひらめいたんでございますな。そして、人に押されてすぐ目の前にいる女の肩を思わず抱く姿勢になっていました。

「こりゃァすまねえ……」

といいかけたとき、女の方も、

「あらッ、ごめんなさいな」

と詫《わ》びて顔をあからめました。

年のころは新吉より二つ三つ年下と思える二十四、五の年増《としま》ですが、富士びたいのうりざね顔で、小股《こまた》が切れ上がったようないい女です。もっとも、〝夜目遠目笠《かさ》の内〟で、花火の明りでいっそう艶《あで》に見えたのかもしれませんが。

そのとき人群れのむこうの方で「掏摸だ、掏摸だ」と騒ぐ声がして群衆がどよめき、掏摸を追う町方の声もしましたので、新吉は「菊花火の女掏摸」のことを思い出しましたけれども、考えていたのは「かむろ花火」にどのようにして光の簪の星を飛ばすかということで、女の髷にさされている蛇飾りの銀簪をなおも間近に見つめて、

「姐《あね》さん、この簪は……」

と声をかけていたんですな。

女はなぜか一瞬身をかたくしましたが、新吉を見上げて、

「あのう、兄《あに》さんはもしや花火師の新吉さんでは……」

と小声に訊《たず》ねてきて、くすっと笑いました。

「なんで俺を知ってるンでえ？」

以前どこかで見かけているかもしれませんが、このようにして出会った女を、男として誘わない手はございません。

少しあと二人は、花火見物のできる大川端の茶屋の桟敷《さじき》にさしむかいで坐《すわ》っておりました。

酒が運ばれてきて、新吉が「近づきのしるしだ、姐さん、まあ一杯……」と燗徳利《かんどくり》をさし出すと、女はぴたりと盃《さかずき》をふせ、なんと袂《たもと》からとり出した新吉の巾着《きんちゃく》をさし出し、両手をついて、

「これをお返しします」

と神妙にいうんです。

全く気づきませんでしたが、さっき自分の「かむろ花火」を見ていたときにすりとられていたんですな。

「姐さんは、もしかして〝菊花火の……〟」

思わずそう口にしますと、女は悪びれもせずにうなずき、自身番なりどこへなりと突き出してほしいと申します。

桟敷の行灯《あんどん》と提灯《ちょうちん》の明りで見るおしなは、うりざね顔の器量よしには違いありませんが、どことなく暗い翳《かげ》をまとっていて、病身でもあるのか痩《や》せぎすで弱々しく、女

掏摸の伝法さや鉄火さが感じられず、おとなしい女に見えます。不埒な「菊花火の女

掏摸」をひっ捕えてやろうと思っていた新吉ですが、すった巾着をみずから返して神

妙にしている、一目惚れの女から自身番へ突き出せといわれて、野暮《やぼ》のできねえ江戸

ッ子が突き出せるものではございません。

「まあ、一杯やってくれ。話をきかせてもらおうじゃねえかい」

というわけで、二人は酒を酌《く》みかわし花火を眺めながら話をしたんですな。

「なぜ姐さんは、花火の晩にだけ掏摸働きをするんだね？」

まずこれが、新吉の訊ねたいことでございました。

おしなはしばらく顔を伏せて黙っていましたが、ぽつりぽつりと語ったことをかい

つまんで申しますと、およそ次のようでございますな。

――自分でもよくわからないけれども、花火に見とれて我を忘れている見物人の隙《すき》

をねらうだけではない。ドーンと花火が上がって、大川の夜空に炎の花が咲くあのわ

ずかな間《ま》が、あたしの躰をそそのかし、あの瞬間に命がけで掏摸をさせている。そう

して、花火の光が消えて闇にもどったとき、ああまたやってしまったと後悔するけれ

ど、花火のあとのあの暗闇を、人さまの金子を盗みとった自分が走っているのが、な

ぜかうれしい。だから、やめられなかった、と。

昼の光から夜の闇へと移る日暮れ時を逢魔《おうま》ヶ時《とき》と申しますが、真っ暗闇を炎の花が照らして消える花火のあの光と闇の瞬く間《またた》にも、人を狂わす魔物がしのび込むのではありますまいか。あたしみたいにいつも闇の世界に住んでいますと、いっそうそのように思えてなりませんが、花火は人を狂わせるんでございますよ。

ではなぜ急に足を洗う気になったのかと新吉が訊ねますと、こう答えたそうでございますな。

おしなは以前から新吉の造る花火が好きで、新吉のことを知っていた。贔屓《ひいき》にしていたその彼を今夜は両国橋の上に見かけたので、思いきって懐《ふところ》から巾着をすりとったのですが、その直後に気が変わった。いつもなら、すぐにその場を離れ、袂のなかで二、三両の金子だけを素早く抜きとり、巾着は捨てて人混みにまぎれて立ち去るのですが、自分のこさえた「かむろ花火」をじっと見つめていたきびしい表情の新吉に魅《ひ》かれ、花火が消えたあとの闇をなおも思案深げに凝視していた、どこか寂しげな男から目が離せず、立ち去りかけながらもすぐそばにうっとりとして佇《たたず》んでいた、というんです。

そして、新吉に誘われるままに茶屋までついてきて、

——心底《しんそこ》惚れ込んじまった花火師のこの人につかまるなら、いさぎよくお上のお縄

にかかろう。

そう心に決めたんですな。

大川に花火の上がる夏の間だけ掏摸の一人働きをして、あとはどのように暮らしているのかわかりませんが、もう若くはない女が、これまでの自分を変えようと惚れた男に身を投げ出して一切を任せてしまう。女ってエのは、恐《こお》うございますな。いえ、可哀想《かわいそう》な気もいたします……。

ともかくその晩の新吉は、このようにして懐に飛び込まれた女と酒を飲み、話をきくほどにいっそう惚れ込んで、これからは掏摸は金輪際しないというおしなへ、「かむろ花火」に簪をつける思案をあれこれ話しました。おしなは酒は強い方ですがおしゃべりではなく、酔うほどに寂しげな翳の深まる女で、時折、甘えるような笑みを浮かべて話の先をうながす聞き上手なんです。これまで新吉は花火造りの思案や細工を女になんぞ話したことのない男でしたが、おしなが相手だと別の思案もおのずと浮かんでくるといった按配でした。

この晩は茶屋の前で別れましたが、その後は浅草に住んでいるというおしなが新吉の深川の仕事場を訪ねてきたり、新吉が誘って出合い茶屋で逢う瀬《おせ》を楽しんだり、あたしのような無粋《ぶすい》者がいうのもなんですが、花火師と女掏摸が花火の奇妙な縁で、男と女の赤い糸で結ばれてしまったのでございますよ。

四

大川の花火が終わり、時雨《しぐれ》の降る秋も過ぎて、江戸の町にからっ風が吹きまわす冬の午後、その日もおしなは新吉の深川の仕事場にきて、姉さんかぶりに襷《たすき》がけ、掃除水汲《く》みのほかに花火造りを手伝っておりました。

新吉のところには丁稚《でっち》が一人いましたけれども雑用がもっぱらで、ことに火薬には一切手を触れさせません。時折顔を見せるおしなにも最初《はな》のころはそうでしたが、その時分には、黒色火薬の硝石《しょうせき》、硫黄《いおう》、木炭それぞれを石臼《いしうす》に入れて杵《きね》でつき砕いたり、篩《ふるい》にかけたりの仕事を手伝わせていたようでございます。

痩《や》せぎすで華奢《きゃしゃ》な躰《からだ》つきのおしなが、惚《ほ》れあった男のもとにかよってきて、杵をつから力仕事に精を出し、篩にかけた木炭粉で鼻の穴を真黒にして微笑《ほほえ》んでいる姿を想像しますと、これが「菊花火の女掏摸《すり》」だったとは、とても信じられないではございませんか。おしなは、掏摸だった自分をわが身から殺《そ》ぎ落そうと、懸命だったんでございますよ。

こうしてこさえた硝石粉、硫黄粉、木炭粉を、色合や燃え方に応じて配合し、木灰や米粉や樟脳《しょうのう》などを加えながら薬研《やげん》でなおも擦りつぶす作業は、新吉自身がいたします。めったなことでは事故はおこりませんが、新しい色合の炎や燃え方の星を創《つく》り出そうと、これまでに加えたことのない物を試した場合、摩擦から突然に発火し、爆発しないとも限りません。新吉の育ての父親《てておや》が片手を失い両目をつぶしたのはこの作業のときでしたから、新吉はその話をして、おしなを近づけなかったでございましょうが、命がけで薬研を使っている新吉を、おしなはどのような気持で見ていたでございましょう。

仕事の手順でいいますと、次に星づくりがございます。薬研で擦りつぶした配合火薬に水を加えてしっとりとさせ、粟《あわ》とか稗《ひえ》などの実を芯《しん》として、このまわりに火薬をまぶして大豆の二倍ほどの丸い星をつくってゆくのでございますが、手洗鉢《ちょうずばち》ほどの鉢か盥《たらい》を両手でごろごろと巧みに転がしながらのこの星かけ作業は、誰が考えついたのか江戸の花火師の名人芸でございますな。

「なァおしな、花火ってェのは、打ち上げてみなけりゃァわからねえんだ」

星かけをしながら、傍らのおしなへ新吉は話したでございましょう。

「こうして出来上がった星が、考え通りの色合いと光を出すかは必ず試してみる。その上で、菊にするか牡丹《ぼたん》にするかかむろにするかで星のつめ方を変え、ドーンと打ち上げて、割り火薬で星を夜空に飛び散らせるわけだが、しくじったからってやり直しはきかねえ、一回こっきりよ。玉の坐《すわ》りがよく、星の飛び散る盆がきれいで、肩の張りも立派、消え口が揃《そろ》えば申し分はねえが、坐りも悪けりゃァ盆がいびつで、肩の張りが弱く、星に火のつかねえ抜け星ができちまう場合だってある。こんなのァ花火じゃねえ。星がパラパラ開くだけの〝闇夜《やみよ》にカラス〟じゃ、首くくって死んじまった方がましだ。だが、その晩の風の具合で盆がいびつになることだってある。だから打ち上げにも命をかける。しかし、花火ってえのは、打ち上げてみなけりゃァわからねえ。しくじったら、それっきりだ。それに、素人《しろうと》目には同んなじように見えても、同じ花火なンてえのは一つもねえ。ほんの一瞬、生きてるからよ。だから面白え」

話しながら新吉は、もう金輪際花火の晩に掏摸はしないと自らに誓い新吉へも誓ったおしなが、またためぐってくる夏、大川の花火にどうしようもなく躰がうずき、あの刹那《せつな》の光と闇に引き込まれて、人さまの金子《きんす》に手を出しはしまいかと、その不安と恐れで、俺の仕事場なんぞにくんな、花火のことなんぞ一切忘れちまえ——おしなへはそういいたかったのではございますまいか。

ところで、「かむろ花火」の簪《かんざし》となる例の星は、年の暮れになってようやく出来上がりました。どのような火薬の配合で、簪となる星が創れたのか詳しいことはわかりませんが、どうやら浅黄星の配合にねずみの糞《ふん》と燐《りん》をふくんだ墓場の土を混ぜたようで、金色に燐が燃えるような青白い色合の加わった簪星《かんざしぼし》が創れました。繰り返ししくじった末のようやくの成功でございましたろう。

「おい、おしな。こんどはどうかな」

そういって、新吉が試し板の上で豆つぶほどの試作の星に火をつけたとたん、シュシューッと金銀色の炎と火花が噴いたときの二人のよろこびようが、こうして話しておりましても目に浮かびます。あとは、その簪星をどのように飛ばすかの工夫でございました。

星づくりは寒の水がよく、星をつめて紙張りして出来上がった「割り花火」の乾燥は、火が使えませんからもっぱら天日干しで、からっ風の吹く天気つづきの冬がよく、江戸ッ子がよろこぶ嗜好《しこう》の新作花火も工夫してこさえねばなりませんから、花火造りは冬のうちから始まり、年が明けると花火師はたいそう忙しいのでございますよ。

手伝いにくるおしなは、病いの父親が待っているからと、夕陽が落ちて吹きまわしていた西風がうそのようにぴたりと止《や》んだ真赤な夕焼け空の大川端を、少し疲れた身で急ぎ足に帰ってゆきます。新吉とすれば仕事場か長屋に泊ってほしいのですが、泊ってゆくことはめったにございません。

抱き合えば、おしなの躰は燃え、しっとりと潤《うる》んで、新吉を放そうとはいたしません。それでいて、躰の奥にシーンと底冷えがするようなひんやりとしたものが感じられる女だったようで……。

旦那《だんな》はこの手の女に出会ったことはございませんか。実は、あたしがずっと以前に別れた女がちょいと似ておりました。別れたからなおさら未練がましく思い出すのかもしれませんが、不憫《ふびん》でなりません。おとなしくって、芯が強くって辛抱強いのに、躰の奥がシーンと底冷えしてる女は、幸せが薄いんでございますよ。あ、こりゃァどうも……妙なのろけになっちまいまして……。

おしなも可哀想《かわいそう》な女でございました。と申しますのは、新吉の仕事場へ見まわりにくる盗賊火付改《あらため》の役人が年が明けると変わって、新しくくるようになった中山某《なにがし》という同心が、おしなを嫌ァな目で見るようになったのでございます。

御維新になってお役所もすっかり変わってしまいましたが、公方《くぼう》さまのこの当時、花火師は火薬を扱いますから町奉行の管轄《かんかつ》下にあると同時に盗賊火付改役の取締りも受けておりました。ことに火事が多く、火付がある冬から春先にかけては取締りがきびしく、盗賊火付改役も増員されましたし、ペリーの黒船騒ぎがあった嘉永《かえい》六年以降は毎年のように増員され、江戸の町で石を投げるとこのお役の黒っ羽織に当たるだなンていわれたくらいで、お役目を笠《かさ》にきて庶民泣かせの同心が多うございました。なかでもこの中山某は、それまで無役で苦しい暮らしであったらしく、役がついたのを幸いと、見まわりの際に袖《そで》の下をとったり、手先の岡っ引を使ってあこぎなまねをしたりで、なんとも嫌な野郎でございました。見かけはなかなかの美丈夫で、道理をわきまえたふうの口をきき、律義《りちぎ》そうで、剣の腕も立ち、上役からの受けがいいようで、こうした男ほど質《たち》が悪うございますな。

　新吉はこれまでの見まわり同心同様に、こいつにも多少の袖の下を渡しましたが、中山は「そのようなものは受けとれぬ」と辞退しながら、手先の岡っ引に受けとらせて自分の懐《ふところ》におさめ、その程度の額では満足せず、火薬のことで何かと難くせをつけるばかりか、おしなに色目を使い、しつこく誘うようになりました。むろんおしながこんな奴《やつ》になびくはずもありません。すると中山は岡っ引を使って、病いの老父と二人暮らしのおしなの身辺を嗅《か》ぎまわらせ、新吉との出会などもあれこれさぐらせて、おしなが女掏摸ではなかったかとの疑いをもちはじめたようでございますな。

　ちょうどそのころ、日本橋本町の質屋で土蔵破りがあり、また、大火にはなりませんでしたが神田鍋町《なべちょう》で付火《つけび》があって、どちらも火薬が使われたというので、ふだん火薬を扱っている花火師への詮議《せんぎ》がきびしくなり、中山が岡っ引を連れて新吉のところへも取調べにきました。

型通りの調べをして、

「あいわかった。不審な点はないようだな」

といかにも物わかりのよい役人ふうにこの種の男がいうときは曲者《くせもの》ですな。

「ところで、お前の父親は出火して玉屋をつぶした花火師だったそうだな」

にやりと薄ら笑って、十五、六年も前の玉屋の出火事件をもちだしましたのは、どのような魂胆だったのでございましょう。お前のことならすべて調べがついておる、おしなというあの女のこともだ——との脅しだったでございましょうか。

ともかくこのような男にねらわれたら運のつきで、骨の髄までしゃぶられるだけではございません。

その日はなにがしかの金子を岡っ引に受けとらせて引き上げましたが、数日後、中山は捕方《とりかた》を従えて突然に踏み込んできて、新吉に有無をいわせず縄をかけ、盗賊火付改役の役所内の牢《ろう》にぶち込んでしまったのでございますよ。そして、新吉はろくな吟味もされずに、土蔵破りと付火に使われた火薬を新吉が仕掛けたとして、一味の者と見做《みな》され、遠島の刑に処せられてしまいましたんで……。

むろん無実の罪でございます。なんでそのようなことが、とお疑いでございましょうが、町奉行とちがって召し捕りが主な任務でございました盗賊火付改の与力・同心どもの中には、立身出世のために下手人をでっちあげておのれの手柄とする中山のような輩《やから》がいたんでございますな。もっとも、こういっちゃなんでございますが、ご維新後もこの種のお役人はいるんでございましょうが……。

その中山ってぇ同心は、新吉を罪に陥《おとし》れて島流しにしちまえば、おしなを思うままにできるとの卑《いや》しい魂胆もあったでございましょう。

ともかく、根性のひねくれた嫌な野郎で、世の中、こういう奴が罪にもならずにのし上がってゆくンですから、許せません。

ねえ、そうじゃございませんか、旦那。

五

新吉が遠島になった先は、伊豆七島のうちの御蔵島《みくらじま》でございました。

大島よりも遥《はる》かに遠く、小さな島の周囲はほとんど切りたった断崖《だんがい》で、その断崖のあちらこちらに滝があって水には恵まれているのですが、むろん港などなく、島の東南端に七、八軒の集落が荒磯にかじりついているだけの孤島でございます。流人《るにん》たちは島守りに請《こ》うて、わずかな土地を借り、そこに茅舎《くさや》をつくって雨露をさけ、少しばかりの畠《はたけ》をつくり、島民の漁の手助けなどもして飢えをしのぐのですが、軟弱な者は飢餓して死んでゆくのでございます。

　新吉は折あるごとに無実を訴えましたけれども、聞き入れられるはずもなく、島に流されて何よりも気にかかるのはおしなのことで、これとて何ひとつわからず、中山にどのような酷《むご》い仕打ちを受けているか、ただただ憤《いきどお》りと辛《つら》い思いで案ずるばかりで月日が経《た》っていきます。

　しかし、さすが江戸の花火師でございますな。むろん火薬など手に入りませんし、硝石《しょうせき》や硫黄《いおう》もありませんが、年に一、二度島に見まわりにくる役人の目を盗んで、堆《たい》肥《ひ》などから硝石と同じ焔硝《えんしょう》をつくり、島が火山島ですから硫黄を見つけ、これに島に自生する椿《つばき》やツゲなどの炭を焼いて加え、さらに貝殻や海藻、魚の骨……島にあるあらゆるものを加え試して、これまでにない色彩と光の火薬づくりに没頭いたしました。

　さらに新吉は、芯《しん》に火薬をまぶして星をつくる星かけの新しい技法を創《つく》り出しました。それまでは、星は一種類の火薬でつくりましたから、色も光も一つでしたが、新吉は異なる火薬を二重三重にかさねて、星をつくる技を編み出したのでございますよ。

これですと、たとえば赤、黄、青の炎の火薬を順に三重にかさねた場合、発火して飛び散るとき、三色に変化いたします。この変化星は当節ではたいして珍しくはございませんが、無実の罪で島送りになっていたあの男が、創り出したんでございますよ。

また、割り花火の星の詰め方でも、中心に芯星、その周りに中星、そして外側に親星というぐあいに、色の異なる星を組合わせる方法も考案いたしました。

こうして島にいて、なんと十年もの歳月が流れてしまったのでございます。ようやく許されたのが慶応四年、官軍が錦《にしき》の御旗《みはた》をおし立てて江戸に入った四月で、迎えの船がきて新吉が江戸に帰り着きましたのは、江戸が東京と改称され、さらに年号も明治と改元されたばかりの九月の半ばでございました。あの男はたしか三十七、八になっていたはずでございますよ。

新吉はおしなを血眼《ちまなこ》で探しました。浅草のおしなの長屋を訪ねますと、父親は一年前に死んでおり、その後のおしなの行方がわかりません。中山を探しましたが、盗賊火付改役はすでになく、町奉行所には官軍が駐屯しており、江戸の町は騒然としていて、幕臣であった中山の行方もわかりません。

はい、左様でございましたな。九月半ばといえば奥羽《おうう》では会津若松城が攻められている最中で、江戸湾を艦隊で脱出した榎本武揚さんらは蝦夷地《えぞち》へ向っていたころで……。なるほど、左様で。旦那《だんな》さんが五稜郭《ごりようかく》攻めに向われたのは、その年の暮れでございましたか。

ともかく、江戸もまだ蜂《はち》の巣をつついたような有様で、十年ぶりの島帰りの新吉に人探しは難儀でございました。ようやくおしなの消息が知れたのはひと月ほど経ってからで、それが何と、上野のお山で死んだとわかったのでございますよ。

その年の五月、上野のお山にたてこもっていた彰義隊が官軍の総攻撃をうけて激戦の末に敗れたとき、おしなは命を落したと……。

なんでも、彰義隊ははじめ屯所を浅草本願寺におき、その後、公方《くぼう》さまが謹慎しておられた上野寛永寺の境内に移り、公方さまが水戸へ退去なさって江戸開城後の閏《うるう》四月ごろには、開城に憤激する旗本や諸藩脱走の士に江戸町民までが加わって、総勢三千人もいたそうで、まさかあのおしながその中にいたとも思えませんが、どうだったんでございましょう。島送りにされた新吉と生き別れになり、中山からはひどい仕打ちを受けながらも辛い歳月に耐えてきたはずのおしなは、病いの父に死なれ独りぼっちになって、彰義隊の屯所で炊事などを手伝うようになっていたのでございましょう。官軍の総攻撃の際、本郷の高台から砲撃したアームストロング砲とやらの犠牲になったのか、それとも流れ弾に当ったのかわかりませんが、幕臣でも侍の妻女でもない女が、それも元女掏摸《すり》が、江戸ッ子だから消えてゆく江戸の町と共に命を絶ったとしたら、哀《かな》しい話ではございませんか。

翌明治二年五月、五稜郭も陥落し、御維新の世となって催された大川の川開きの花火に、新吉が十一年ぶりにつくりました五寸玉の新作「かむろ菊」は、こうして消えていったおしなの霊を供養《くよう》する花火だったのでございますよ。

花火船から新吉自身が打ち上げますと、導火《みちび》が人魂《ひとだま》のような尾を引いてシュルシュルシュルッとひときわ高く、東京と名は変わっても大江戸の夜空に駆け昇り、割り火薬がドーンと炸裂《さくれつ》いたしますや、まず芯星が黄菊の花弁を、次に中星が朱菊の花弁を開き、さらに親星が見事な盆で遠くまで飛び散りながら青緑色の大輪の菊花を描きました。いずれも瞬《また》く間に色が変わる変化星で、三色の染めわけ菊でございますな。ひとつとして火のつかない抜け星はなく、玉の坐《すわ》り、肩の張りが粋《いき》でいなせでございます。染めわけで大輪の菊花を描いた星々の炎は消えずに、大川の水面すれすれまで垂れてまいります。そのかむろ菊にどのようにして星を飛ばしたのでございましょうか、金色と銀色の簪星《かんざしぼし》が、キラキラと金銀の簪となって、いえ、おしなの髪にさされていたあの蛇飾りの銀簪となって、しだれる炎の女の髪を彩《いろど》っているではございませんか。しかも、いずれの炎も光も「和火《わび》」のしっとりとした色合で、艶《あで》やかなのに哀しく寂しく、侘《わび》しゅうございます。

光が闇《やみ》に吸い込まれるように消えたあとも、いま目にした五色のかむろ菊がなおもしばし夜空に彩りを残しているのは、無実の罪に陥《おと》された江戸の花火師が、旧時代と共に消えてしまった女掏摸への深い想《おも》いを、一瞬に燃えつきる炎に託したからではございますまいか。

捨て子だった新吉は、この一世一代の花火を、盲《めしい》となって技を伝授してくれた育ての父、貧窮の中であの世へ旅立っていった育ての母への供養ともしたでございましょう。どのような華やかな花火も、ほんの束《つか》の間《ま》、あの世とこの世を光の花で結ぶのでございます。そしてこのときの明治二年の川開きの花火は、御維新の新しい時代への祝いというより、江戸という旧《ふる》き時代への最後の餞《はなむけ》だったのでございますよ。

ところで中山という同心は、どうなったかとのお訊《たず》ねで？　つい申し遅れました。中山は、新政府に雇われて江戸市中、いえ東京市中の見まわりをやっておりました。どのようなつてを頼ったのか、新政府にとり入ったのでございましょう。公方さまのご家来衆の中には、上野の戦で命を落した者、榎本さんの艦隊に乗り込んで蝦夷地にまでいき奮戦して亡《な》くなった方も大勢おりましたのに、中山のような御家人は恥も外聞もなく薩摩《さつま》長州の芋侍《いもざむらい》に……あっ、これはご無礼を……新政府の要路の方にとり入って、要領よく立ちまわったのでございますな。中山は新政府の権威を笠《かさ》にきて、それはもう威張りくさっておりました。

新吉が新作「かむろ菊」を大川の夜空に打ち上げたその最中に、心ノ臓をひと突きにされたのは、両国橋の上で警備にあたっていた黒の官服《ダンブクロ》姿の中山某《なにがし》だったのでございますよ。

凶器は鋭く研《と》ぎすました畳針だったそうで……。

中山は新吉の「かむろ菊」を見上げていてウッと小さくうめき、欄干にもたれて、花火が消えたあとの暗い川面《かわも》に目を落しながら血反吐《ちへど》を吐き、腰からずるずるっと崩れたんでございますな。

へえ、下手人はついに捕まらなかったそうでございますよ。

お粗末でございました。つまらぬお喋《しゃべ》りで、かえってお疲れになったんじゃございませんか。……それは有難うございます。お肩の凝り、お腰の疲れが楽になられて、なによりでございました。

でも、旦那さん、心ノ臓のお疲れは、もみ療治より鍼《はり》のほうがよろしく、首筋のしこりなどにも鍼が効きますようで。……はい、あたしも少々打ちますです。

目明きだったころのあたしの稼業《かぎょう》でございますか。畳職をしておりました。若え時分は悪《わる》でございました。実ァ、ちょいとばかり島で厄介になったことがございまして、あの花火師とは島で知り合ったんでございますよ。

ええ、それで話をききましてね。……いえ、その後は会っちゃァおりません。あたしは何の因果かこのような盲になっちまいましたし……。

それにいたしましても、夜が更《ふ》けたってェのに蒸しますですねえ。今夜あたり景気よく雷が鳴って梅雨が明ければよろしゅうございますな。旧弊《きゅうへい》なあたしには新政府がお決めになった新暦がいまだにしっくりきませんが、今年の川開きは新暦だと七月十二日だそうで、五日後でございますな。憲法発布のお祝いでさぞ盛大に催されることでございましょう。

旦那さんは、こちらの茶屋の桟敷《さじき》からご覧なさるんで？　それとも花火船を仕立ててでございますか。新政府にも中山みてえなあこぎなお役人がいるンでございましょうから、旦那もどうぞお気をつけなすって――。

亀《かめ》に乗る

一

亭主の細工台をかたづけていて、おしずは妙なものを見つけた。紫縮緬《むらさきちりめん》の袱紗《ふくさ》に包まれて、長さ六寸ほどのものが抽出《ひきだし》の奥におさめられていた。

——やっぱり、隠しごとをしてたんだよ、あの人……。

袱紗包みを目にしたとたん、おしずは嫌な胸さわぎを覚えた。亭主を責める気持が兆《きざ》してくると同時に、めったに無断で開けたことのない抽出を開けてしまった自分の心の暗がりをのぞき込まされたような、うしろめたさを感じたからだけではない。よほど大事な品らしいその紫縮緬の袱紗包みから、何か妖気《ようき》のようなものが漂ってくる気がして、うろたえもしたのだ。

亭主の文次《ぶんじ》は、鼈甲《べっこう》職人である。江戸は日本橋通一丁目の小間物店「白木屋」の職人で、鼈甲の櫛《くし》・笄《こうがい》・簪《かんざし》をもっぱらつくっていて、家で夜なべ仕事もするから、二間きりの長屋の板の間の隅に細工台が置いてある。ゆうべも文次は灯芯《とうしん》をかきたてながら、鼈甲櫛に彫りの細工をしていたが、末の子を生んでから病いがちのおしずは三人の子供らの隣に先に寝《やす》み、亭主の細工の音をきいているうちに眠ってしまったのだった。

宵越しの銭はもたない気風《きっぷ》の職人が多いなかで、文次は頭に糞《くそ》の字がつくようなきまじめな男で、廓《くるわ》遊びも知らなければ賭《か》け事はもとより酒も煙草《たばこ》もやらず、唯一《ゆいいつ》の道楽は将棋をさすぐらいである。下戸《げこ》のくせに鼻の頭が赤く、小柄で、四十になったばかりなのに髪がかなり薄くなり、風采《ふうさい》もあがらない。鼈甲職人としての腕は、馬鹿《ばか》丁寧が取柄で、口の悪い職人仲間から「おめえのような野暮天《やぼてん》に、よくまァ女の飾り物がつくれるなァ」とからかわれても、にこにこ笑っているような男で、少々のろまなところがある。

おしずは十二年前、めあわせる人がいて八歳年上の文次と夫婦《めおと》になった。以来、三人の子をもうけ、面白味のない夫だけれども、さしたる不満もなく暮らしてきたのである。

ところが去年の秋から、文次が幾晩もつづけて夜遅く帰ったりするばかりか、朝帰りまでするようになった。急ぎの注文仕事で徹夜にもなるのだと文次は言い訳をし、その稼ぎだと渡された銭がふだんの二倍もあって、おしずはびっくりするやらうれしいやらで、あたしに薬代がかかるんで、無理をしてくれてるんだ。

——と手を合わす気持になった。

けれども、それが二度三度と重なり、今年になってついこの間もまた三晩も帰らない日があって、

——もしや女ができて……。

とおしずは、糞まじめな夫に限って金輪際そんなことはないと自分にいいきかせながらも、ちょっぴり悋気《りんき》を起こしていたのである。

そんなおしずの目に、抽出の奥に隠すようにしまわれた紫縮緬の袱紗包みは、何か恐ろしい、見つけてはいけなかった厄介なものに思えた。とっさに感じられた妖気のようなものは気のせいだとしても、気味の悪い品にも思える。

鼈甲細工だとすれば、包まれているのは櫛ではなさそうで、丸い筒のようだ。

しばしためらって、おしずは手にとってみた。重くはない。笄か簪を筒にでも収めたものだろうか。

掌《てのひら》にのせ、袱紗をそっと開いてみる。

飴色《あめいろ》の鼈甲があらわれた。掌に握り込めるほどの太さで、長さはおよそ六寸、根元

のほうに茶と黒の鼈甲特有のまだら模様があり、先端の、蛇の鎌首《かまくび》のような丸く太い部分が黒々と光っている。

——なに、これ！

胸の奥でおしずは声をあげていた。顔が熱くなり、動悸《どうき》がした。

なんとそれは、男の股間《こかん》の物なのだ。それも、膨張しきって隆々とした逸物《いちもつ》。鼈甲細工でそっくりにつくってあるのだ。

「嫌らしいねえ！」

思わずはしたない声で吐き捨てていたのは、そうでもしなければ見ていられなかったからだ。目をそらしたいのに、見入っている。いや一瞬あたりを見まわし、外に遊びに行った子供らがもどっていないのに安堵《あんど》して、しげしげと見入った。

鰓《えら》の張ったすべすべとした真黒な亀頭《きとう》。反《そ》りのある太い竿《さお》には、ふくれた血管と皺《しわ》の襞《ひだ》までが彫られているのだ。鼈甲の透きとおるような半透明の飴色が艶《つや》やかで美しいのに、全体のぬめるような照りとふくれた血管、黒々とした亀頭の形と根元のほうの茶と黒のまだら模様が、淫《みだ》らな感じをいっそう際立《きわだ》たせている。

一月の半ばで、今朝は霜がおりて寒いのに、おしずは躰《からだ》がどうしようもなく火照《ほて》って、脇《わき》の下と乳房のあたりに汗がにじんでくるのがわかった。

——なによ、こんなもの！

一方で放り出したく思い、一方で、

——いけないよ、いけないよ。

と自分にいいきかせながら、その細工物の男根を手にとって恐る恐るそっと握ってみた。

ずいぶんと太い。すべすべとしてひんやりとした感触に戸惑いながら、夫のそれと思いくらべている。

おしずは息苦しくなり、躰の芯が濡《ぬ》れてくるのを感じた。

大奥のお女中衆などが愛用する女悦具にこの種のものがあるとは、長屋のかみさんたちの井戸端での猥談《みだらばなし》できいたことはあるが、これがそれなのだろうか。

よく見ると、新しい品ではなく、女の淫水《いんすい》が滲《にじ》み込んでいるようで、なぜか中が空洞になっていて、根元のところに小さな穴が二つ穿《あ》いているのだ。

路地に子供たちの声がきこえ、駈《か》けまわる足音が近づいてきて、おしずは慌《あわ》てて袱紗の上にもどしたが、出窓の破れ障子に射《さ》す明るい朝の陽がこんなものに見入っている自分を照らしているようで、その恥ずかしさとうしろめたさにかえってそのかされる気分がして、頬がいっそう火照った。

「ほんとに、嫌らしいったらありゃしない！」

自分に区切りをつけるようにおしずはもう一度吐き捨てると、手早く袱紗に包んで抽出の奥にもどした。そして、その日も躰の具合が思わしくなかったけれども、掃除、洗濯、子供らの世話、針仕事と忙しく立ち働いた。

しかしおしずは、なぜあんなものが細工台に隠してあるのか、忘れようとすればするほど気になるばかりか夫への不審がつのり、幾度となくつぶやいていた。

――どんなふうに問い質《ただ》して、とっちめてやろうかしら……。

二

「おまえさん、隠しごとなんぞ、あたしにしてないよね」

手あぶりにあたりながら傍らの将棋盤をにらんで詰め将棋を楽しんでいる夫へ、子供らが寝静まるのを待って、おしずは綿入れの上からぎゅっとつねるかのようにきり出した。

「な、なんでえ、藪《やぶ》から棒に……」

「だからさ、隠しごとなんぞしてないだろうねって、訊《き》いてるんだよ」

「な、なんのことか、さ、さっぱりわからねえな」

ちらとおしずを見たがすぐに目をそらしてしまった文次の声が、ぎこちなく力んでいる。あのことだとドキリとしながらしらばくれているのが、顔と声に出てしまっている。

――ごまかすのが下手なんだから、この人……。

正直者の夫に半ば安堵《あんど》し半ば物足りなさを感じながら、

「あたしゃ見つけちまったんだよ、あの妙ちきりんな物をさ」

とおしずは冗談めかしてひと息にいうことができた。

「見つかっちまったかい」

歯痒《はがゆ》いくらい気性のおだやかな夫が無断で抽出《ひきだし》を開けたことを怒鳴るとは思わなかったが、悪戯《いたずら》を見つかった子供みたいに首をすくめて情ない声を出したので、おしずは拍子抜けがして、かえってきつい声を出していた。

「あんなものを子供らに見つかったら、どうすんだよ」

八つの娘をかしらに悪戯ざかりの六つの男の子とまだ三つの幼な子がひとつ布団《ふとん》に身を寄せ合っている寝顔を文次はのぞきこみ、

「おめえでよかった」

と声をひそめていい、口もとをゆがめて笑った。

「嫌らしい笑い方だねえ。なんであんな物を持ってんのさ」

「それがな……」と文次はいいよどんで、

「ありゃあ、客からの預り物なんだ」

「本当かい？」

「嘘《うそ》じゃねえ。持ち帰ってくんのは気がすすまなかったんだが、わけがあってな……実はおめえに隠してたこともあるし……」

「やっぱし、隠しごとをしてたんだねッ」

「声がでかいよ。子供らが起きちまうじゃねえかい」

文次は困惑しきったふうに顔をしかめ、手あぶりの小さな燠《おき》を気弱そうにのぞき込みながら、いっそう低声《こごえ》になってぼそりぼそりと語りはじめた。

「あれはな、張型《はりがた》ってもんなんだ。張型なんていうから、張り子細工だったんだろうが、大昔っから木や石や陶器の物もあったらしいな。牛の角でつくられるようになって〝牛の角〟とも呼ばれるようになった。牛ったって、唐天竺《からてんじく》にいる水牛ってえ牛だが、この水牛の角が日本にへえってきて、張型に用いられるようになったってわけだ」

「なんでそんな唐天竺の牛の角なんぞを使うんだい？」

「そりゃア、おめえ、按配《あんばい》がいいからさ」

「どうして按配がいいんだよ」

「どうしてって……その、なんだなァ……」

口ごもりながら四十男が顔を赤らめている。

「嫌だよ、おまえさん、赤くなっちゃって」

「だって、おめえ……おれは男だから、どんな具合に按配がいいかわかるわけがねえやな。女のおめえなら、どうだい？」

「知らないよ。あたしゃ初めて見たんだから」

「困ったな」

「困ったなって、はしはし話しとくれな。あれは大奥のお局《つぼね》衆なんぞが慰みに使う品なんだろう？」

「なんでえ、知ってんじゃねえかい」

「話にちょいときいたことがあるだけだよ。本当にあるなんて知らなかったよ」

「おれもちかごろ知ったんだが、使い方がいろいろあるんだな。ほれ、中ががらんどうになってるだろう？」

文次が立ちあがって細工台の抽出へとりに行こうとしたので、

「いいよ、見せなくたって」

とおしずは袖《そで》をつかんで引っぱり、「がらんどうになってたけど」といった。

「あそこへな、湯にひたした綿や布なんぞをつめて使うんだ」

「そんなものを詰めてどうすんのさ？」

「どうするって、人肌のぬくもりになるから、按配がいいんじゃねえかい」

「ひゃあ、嫌らしいんだねえ」

こんどはおしずが妙な声を出して、あわてて口をおさえ、首をすくめた。すると、
野暮天の文次が意外にも、こんな川柳があるのだと披露した。

　長局《ながつぼね》牛の湯漬けを食って寝る
　湯加減を握ってみなと長局
「〝湯漬け〟だの〝湯加減〟ねえ……」

「〝ぬく灰がよいと局の伝授あり〟なんて川柳もあるってえから、ぬく灰を入れても
按配がいいらしいな」

「あきれたねえ」

「〝牛の角〟より使い心地がよくて贅沢《ぜいたく》なのが、鼈甲《べっこう》製なんだよ」

と文次はまじめくさった顔でつづけた。

「おめえも知っての通り、鼈甲は湯にひたしたり火にあぶったりすると、柔らかくしなやかになる。だから、湯に温めて使うと本物みてえに撓《しな》って、使い心地がめっぽういいってわけだ。値も高い。三両はざらで、物によっちゃ五両も十両もする。大奥のお女中衆の中でも権勢のあるお局衆は、牛の角より鼈甲の張型を欲しがるんだよ。工面のいい〝長局工面のいいは亀《かめ》に乗り〟ってな。うめえことをいうもんじゃねえか。工面のいいお局は亀に乗れるんだな」

「鼈甲だから〝亀〟なんだね」

「あの〝亀〟には、根元んところに小さな穴が二つ穿《あ》いてたろう。ありゃア、紐《ひも》を結ぶ穴なんだよ」

「紐なんぞ結んでどうすんのさ？」

「紐の端を足首なんぞに結んで、どうやんのかねえ……こうして踵《かかと》で押し込んだり、足首をせわしなく動かしたり……」

と文次が腰を浮かしてその所作をやりかけたので、

「やめとくれよ！」

とおしずは止めたが、文次がいっそうまじめくさった顔で、紐の使い道はそれだけではなく、男役のお女中が張型を腰に紐で結びつけて……と話し出したので、「もういいよ、よしとくれなッ」と肩を小突き、しげしげと夫を見つめて、あきれた声を出していた。

「おまえさん、よく知ってんだねえ！」

ただあきれただけではない。夜の営みはまあまあだが、色っぽい話はもとより冗談さえいったことのない夫が、女の自淫具《じいんぐ》について詳しいのにおしずは驚き、不審を深めながら、躰《からだ》の奥が変に疼《うず》いてくるのを感じたのだ。そしてこんな話を早くおわらせたくて、

「それでおまえさん、抽出のあの品が客からの預り物だってのは、どういうことなんだい？」

と問い質《ただ》していた。

「実はな、店で遅くまで細工をしたり徹夜仕事をしてたのは、張型をこさえていたからなんだ」

と文次は意外な告白をした。

「あんなものを、おまえさんがかい?!」

「仕方なかったんだ。久兵衛《きゅうべえ》とっつぁんに頼まれて、断われなくてな」

白木屋には四人の鼈甲職人がいて、古くから店にいる久兵衛が親方である。久兵衛は名人肌で、かれのつくる粋《いき》な意匠の鼈甲の櫛《くし》・笄《こうがい》・簪《かんざし》は、江戸城大奥のお女中衆から人気があり、お女中衆がひそかに欲しがる張型も久兵衛がもっぱらこさえてきたが、還暦を迎えて急に目が不自由になり、去年の秋から張型づくりを文次がまかされるようになった。しかし、久兵衛のようにはうまく出来ない。そこで大奥で使っていた品を預って家に持ち帰り、子供らとおしずが眠ってから眺めていたのだと文次は話した。

「あれは、お女中衆が使った品なのかい……」

おしずは、胸の奥で小さく叫ぶような声を出していた。

どのような大奥のお女中が空閨《くうけい》の寂しさをあの〝亀〟で紛らしていたのだろう。抽出を開けたとたん袱紗《ふくさ》包みから一瞬漂ってきた妖気《ようき》のようなものは、決しておしずの気のせいでも悋気《りんき》のせいでもなく、あの鼈甲細工に情をこめて一刻《ひととき》をすごす女の淫猥《いんわい》な思いが、妖《あや》しい照りになっているからだろうか。

「おまえさん、あんな汚《けが》らわしいものをこさえるのは、やめとくれよ」

とおしずはいった。

「おれも気がすすまねえんだが、そうもいかなくてなァ」

「あたしの薬代なら、自分でなんとかするからさ」

「そういったって、おめえ……」

「こんな話はもうよしにして、寝ようよ、おまえさん。躰がすっかり冷えちまったよ」

夜がふけて、春先の強い風が路地を吹きまわしていた。

三人の子供らを真中にして川の字に夫婦はいつも寝るのだが、今夜は文次がおしずの脇《わき》にもぐり込んできた。おしずは忘れようとするのにあの鼈甲の張型がしつこく思い浮かび、躰がすぐに潤《うる》んできて、自分からせわしなく夫を受け入れていた。

三

文次は、いっさいをおしずに話したわけではなく、張型づくりをやめる気もなかった。

去年の秋、久兵衛から頼まれたとき、断わることはできたし、よくよく考えた末に引き受けたのは、それなりの理由《わけ》があったからである。

店をしめてから、日本橋河岸《がし》の行きつけの居酒屋へ文次を誘った久兵衛は、自分だけちびりちびりやりながら、文次の耳もとへささやいたのだった。

「実はな、おめえに張型の細工をまかせてえんだ」

「えッ、あっしにですかい。あっしなんぞより、仙《せん》さんや浅吉つぁんがいるじゃありませんか」

　突然の意外なことで、文次はそう答えた。

　文次の兄弟子で年かさの仙造《せんぞう》は、意匠の流行《はやり》・廃《すた》りに敏感な鼈甲《べっこう》職人で、女房子供がいるが廓《くるわ》遊びが好きで、色話が得意な男である。年下の浅吉の方は、長崎の鼈甲屋で修業した渡り職人だが、白木屋で働くようになって三年になり、江戸が気に入って腰を落着けたようで、独り者の色男の彼は女客から人気がある。

　白木屋の細工場は客から見える店つづきにあって、四人の細工台が並んでいるのだが、張型はもっぱら久兵衛が店をしめてから夜間につくっていた。その細工をほかの者にゆずるとしたら、仙造か浅吉だろうと、文次は思っていたのである。

「いや、あの二人は、張型師には向いちゃいねえな」

　と久兵衛は白髪頭を振ってにべもなくいった。

「仙さんは色事が好きだし、浅吉にしても遊び人だ。それに二人ともおめえよりよっぽど器用に細工をこなす。だがな、なまじ色事の好きな器用な野郎が張型に手ぇ出すと、うわっつらのところではまり込んじまって、銭にもなるから、身を滅ぼすことになるんだ」

その証拠に——と久兵衛は、媚薬《びやく》や淫具《いんぐ》を売ることで知られる両国薬研堀《やげんぼり》の四つ目屋に張型をおさめている職人の話をした。

四つ目結いの紋を暖簾《のれん》や看板につけて、それが店の名になっているこの小間物店は、文政年間のこの当時、『江戸買物独案内《えどかいものひとりあんない》』に、

——日本一元祖、鼈甲水牛蘭法《らんぽう》妙薬、女小間物細工処《どころ》、江戸両国薬研堀、四つ目屋忠兵衛《ちゅうべえ》。諸国御文通にて御註文の節は、箱入封付きにいたし差上げ申すべく候《そうろう》。飛脚便にても早速御届け申し上ぐべく候。

との文を出して、女小間物のほかに長命丸や女悦丸などの媚薬や張型などを店で販売するだけでなく、書状の注文で全国へ届けていた。この文にある「鼈甲水牛」とは鼈甲製と水牛の角製の張型のことである。

江戸には「張型師」と呼ばれる職人が幾人かいて、久兵衛もその一人だが、久兵衛が大奥の注文客と白木屋へひそかに鼈甲の張型を求めにくる客にのみつくっているのに対して、他の者はたいがい四つ目屋に納めていて、銭にもなるので内職に手を出す者もいるが、大方の者が女で身をもちくずして碌《ろく》なことはないと、久兵衛はいうので

ある。

久兵衛自身は酒好きで廓遊びもする男で、色話をよくするけれども、妙に律義《りちぎ》なところがある頑固者で、根はきまじめな男なのだと、文次はかねがね思っていた。

その久兵衛は、下戸の文次へどぜう汁をすすめ、自分は手酌で飲みながら、張型というと人は淫具としておとしめがちだが、決して卑猥《ひわい》な道具ではなく、天地陰陽、男女和合の形代《かたしろ》であり、神仏にも等しいものだといった。そもそも髪飾りの櫛《くし》・笄《こうがい》・簪《かんざし》にしても、古代においては祭儀の具で、魔除《まよ》け、護符の役目があり、その髪飾りの品々が黄楊《つげ》・象牙《ぞうげ》・鼈甲・螺鈿《らでん》・蒔絵《まきえ》など精巧な細工がされてきたと同様に、張型もまたさまざまな素材を用いて細工が施されてきたが、腕のいい細工師だから張型師になれるというものではなく、張型師は仏師のようなものだという。

そういえば、久兵衛は、張型づくりのときは細工台に注連《しめ》をかけ、灯明をともし、金剛経を唱えてから仕事にかかっていた。

「それに、この色の道は」

と久兵衛はつづけた。

「薄っ暗がりに妙な火が燃えていて、張型にうっかり手え出して迷い込んじまうと、八幡《やわた》の藪知《やぶし》らずで、てめえがどこにいるかわかんなくなっちまう。まあ、雄と雌のけもの道ともいえるが、並みの鼈甲師を表街道をゆく職人とすりゃア、張型師は裏街道を歩く渡世人だ。そこがまた面白《おもしれ》えんだが、うっかりすると道を踏みちがえ、女でしくじる。そんなじゃア、張型師とはいえねえ。おめえのような糞《くそ》まじめな男なら、でえじょうぶだ。ゆずるならおめえだと前《めえ》から考《かんげ》えてたんだ」

「でも、あっしなんぞに……」

「おれはな、近ごろ急に目が悪くなっちまって、夜の明りの下での張型づくりはもう無理だ。いや、それだけじゃあねえ。実をいうとな、この歳《とし》になって、精が尽きちまった。情ねえことにもういけねえのよ。精の尽きた男のこさえる張型なんざァ、形ばかりで木偶《でく》も同様だ。いくら型を似せ、象嵌《ぞうがん》なんぞの細工を施そうと、見た目ばっかりで死んでるも同然だ」

久兵衛は盃《さかずき》に目を落とし、首を小刻みにふって独り合点してからいった。

「ま、そんなわけで、市右衛門《いちえもん》旦那《だんな》もぜひおめえにとおっしゃってる。返事はいまでなくていいから、よく考えてみてくんな」

その晩から文次が考えたことは、馬鹿《ばか》丁寧だけが取柄で、粋《いき》な意匠のひとつも容易に思い浮かばない自分が鼈甲職人として櫛や笄や簪をつくっていてこれからどうなるだろうか、という先行きのことだった。来年は四十である。この際、これまで考えもしなかった張型の細工におのれを賭《か》けてみるか。久兵衛は、けもの道とも裏街道ともいったが、これまで地道に臆病《おくびょう》に生きてきた自分を変えてみる、またとない機会にも思える。道を踏み違え、迷い込み、おのれを見失ってだめになるなら、それも仕方ないではないか。

糞まじめな男がそこまで考え、腹をすえて、女房には相談せずに決めたのだった。

鼈甲は、玳瑁《タイマイ》と呼ばれる南海の海亀《うみがめ》の甲羅のことである。「玳瑁」という語は奈良時代から使われていて、タイマイ細工は遣隋使《けんずいし》によって日本に伝えられて以来長いあいだ渡来品に頼っていたが、江戸初期にその細工技法が中国から長崎に伝わって江戸時代の職人芸になった。そして贅沢《ぜいたく》品として幕府からたびたび禁令が出るにおよんで、これは「鼈甲」すなわち「スッポン（鼈）の甲」でございますといい逃れたことから「鼈甲」と称されるようになったのである。

その鼈甲細工は、タイマイの背甲、縁甲《えんこう》の鱗片《りんぺん》と四肢の爪甲《そうこう》をはいだものからつくられる。まずこれらの鱗片を雁木《がんぎ》ヤスリで削る「粗削り」の力仕事からはじまり、仕上げの削りをしてから「生地合わせ」。鼈甲は半透明の飴色《あめいろ》の部分の多いものほど上物とされるが、茶と黒の斑点《はんてん》模様も面白く、これを上手に貼《は》り合わせ組合わせる。糸《いと》鋸《のこ》で切りとった鱗片を煎餅《せんべい》焼きのような柄のついた鉄板にはさみ、柄に鉄輪をはめて圧を加え、炭火にあぶって重ね合わせながら平たく伸ばす。この貼り合わせは真水と熱だけでおこなうが、このとき「斑《ふ》合わせ」を巧みにするのがコツである。

こうして出来た平らなものから、いろいろな形の品をつくってゆく。透彫《すかしぼ》りや螺鈿、象嵌細工を施した見事な櫛や花笄や花簪……。

久兵衛はそうした髪飾りをつくりながら一方で張型をつくっていた。張型では、亀《き》頭《とう》の形状、陽茎の空洞の細工がむずかしい。久兵衛は見事な斑合わせの鼈甲でその形をつくり出すだけでなく、中につめた綿や布から湯がわずかにしみ出て陽茎の表面がおのずと潤《うるお》う透彫りを工夫したり、亀頭に螺鈿細工を施したりして、名人芸を発揮していたのである。

その技を盗むのは、一朝一夕にできるものではなかった。

四

張型には大・中・小の一応の寸法があるが、つくると腹を決めてから文次が最初にしたことは、毎日、湯屋で男どもの股間《こかん》の物の詳細な観察だった。といっても、ジロジロ見たり手にとって調べさせてもらうわけにはいかないから、それとなく素早くしっかり見るのである。

相撲取りのような太鼓腹の男のそれが草むらの奥に意外に小さくチョコンと亀頭をのぞかせていたり、小柄の男の股倉《またぐら》にだらりとした奴《やつ》がぶらさがっていたり、若造のくせに勢いのない持物の野郎がいるかと思えば、尻《しり》っぺたに皺《しわ》のよった年寄りのくせに使い込んで色変わりした逸物《いちもつ》をさげていたり……概して体格のいい大男だから持物が立派とはかぎらず、ことに肥《ふと》った野郎のそれは貧相で、痩《や》せてはいても筋肉質の男の方が見栄《みば》えのする持物の者が多いようである。

しかしながら、洗い場に入ってきたときは小さな奴が湯舟にひたったあとだらりと立派になったり、逆にだらりとしていた代物《しろもの》が童子のそれのごとく縮んでしまったりで、よくよく観察すればするほど、大きさも形も微妙に千差万別なのだ。それに膨張の度合が人によって多少異なるだろうから、人それぞれの勃起《ぼっき》した男根を詳細に観察しないことには、張型づくりにはほとんど役立たないのである。

どんな具合に勢いづくかをあれこれ脳裏に思い描きながら、大勢の男どもの股倉を湯舟につかって眺めていて、文次は湯気にあたってふらふらになることがたびたびだった。

だが改めて目配りしてみて、自分の持物が決して貧相ではなく、人並み以上の出来らしいと自信をえた文次は、おしずと子供らが熟睡した真夜中、勃起させたおのれの男根の形状を下絵に描きとり、寸法を計り、膨張の割合も算盤《そろばん》ではじき出してみた。

　そんな話をすると久兵衛は、

「そうかい、湯屋でなァ、おめえらしいや」

　と笑ったが、厳しい顔つきになって、

「だがな、女の玉門《ぼぼ》も人それぞれで、張型をどんな按配《あんばい》にすりゃあ女が悦《よろこ》ぶかいちばん気になるところだが、形なんざァ、工夫しだいでどうにでもなる。肝心なのは、男の気がへえってるかどうかだ。まあ、駄目《スコ》にするつもりで、つくってみることだ」

　そういったあと、淫斎主人白水《いんさいしゅじんはくすい》（渓斎英泉《けいさいえいせん》）の『閨房《けいぼう》秘術・枕《まくら》文庫』をくれた。

　さっそく開いてみると、「閨中女悦具」の章には、一人使いの張型のさまざまな図はもちろん、両人使いの「両首」という張型や、亀頭《きとう》にかぶせる「甲型《かぶとがた》」、陰茎を補強する「鎧型《よろいがた》」などの図と解説があり、「陽茎之傳《まらのでん》」では、

——凡《およ》そ玉茎《まら》に品類多し。大男根《おほまら》・小男根《こまら》・黒白《くろしろ》・上反《うはぞり》・下反《したぞり》・長陽根《ながまら》・かはかぶり・傘《かさ》まら・うつぼ玉茎《まら》あり。黒の上反をもって上品《じやうぼん》となす。白下反は下品《げぼん》なり。長きは肝の臓にあたるゆへに婦人是《これ》を嫌ふ。皮かぶりは中品《ちゆうぼん》なり、精をいだして玉門《ぼぼ》を出入《だしいれ》はこぶといへども我皮《わがかは》のうちにて婦《をんな》の肌につかず、女悦《よろこ》びうすし。傘とは厂高《かりだか》の

甚《はなはだ》しきをいふ、茸《きのこ》の開きたるが如《ごと》し、宜《よろし》からず、女に害あり、上品とせず。……

「陰門之傳」では、女のそれを陰門・淫門・玉門と書きわけてその外形と内部の様子を細やかに書きしるしている。

文次はこれを座右の書として、最初の作にとりかかった。店をしめてから文次ひとりが居残り、細工台に注連《しめ》を張り、灯明をともし、金剛経を唱えてから細工をはじめた。

指にはめて用いるので「指型」と呼ばれるこぶりの張型である。久兵衛の作を見よう見まねで、三晩かけてようやくつくった。

丁寧に仕上がったそれを見た久兵衛は、仏頂面《ぶつちょうづら》でいいとも悪いともいわなかったが、傍らへぶん投げはせず、

「まあ、おめえらしい作だ。店へ置いてみるんだな」

とぼそりといった。

張型などの女悦具は、たいてい〃ございˮと呼ばれる江戸城大奥の御用達商人の買物役の男が買いにくる。その服装は、ちぐさの股引《ももひき》に唐桟《とうざん》の着物と羽織、麻裏草履《あさうらぞうり》で尻端折《しりはしょり》、腰に脇差《わきざし》の一本差しで、口が固くなくては勤まらないから〃岩内《いわない》ˮとも呼ばれている。

この岩内さんことございが、大奥の七つ口で買物の品を書いた紙片と鳥目《ちょうもく》を渡され、萌黄《もえぎ》の紐《ひも》のついた〝ござい籠《かご》〟をもった派手やかな恰好《かっこう》で、江戸市中の店々へ買いにゆく。

　四つ目屋にはもっぱらこのございがきたが、白木屋にはございのほかに宿下りした大奥のお女中自身か部屋方の女中、あるいは大店《おおだな》の後家などがきて、櫛《くし》や笄《こうがい》や簪《かんざし》をあれこれ見立てて求めるついでに、

「あのゥ……なにを……」

　と低声《こごえ》でいえば、張型の所望である。

　番頭は心得ていて、奥の部屋に通すのだが、相手の年恰好を見て大きめの品をまず出して見せるのがこつなのは、それよりも小さめのを、とは女の身でいいやすいけれども、より大きいのを、とは口に出しにくくて、売り損うことがあるからである。

　ございの場合は、お女中衆の使い心地を伝えたり、ああして欲しいこうして欲しいと所望して注文してゆくこともあるから、張型師がじかに聞きとるときもある。

　文次がはじめてつくった指型は、才蔵《さいぞう》というその道の目利《めきき》のございが、「こいつァ久兵衛親方の作じゃござんせんね。へええ、文次さんで……。道理で真正直で、可愛《かわい》らしい作だ。まあまあの出来でござんすね」といって求めていった。

文次は、二作目、三作目は並の大きさの張型をつくった。その一つを才蔵がまた年の暮れに買っていったが、七日正月がすぎてから返してきて、このような品をつくって欲しいと見本の張型を置いていったのである。

それを一目見るなり久兵衛は、

「こいつァかなり古い。下品な卑《いや》しい作りだが、たっぷり淫《いん》の気がこもってるねえ。てえした代物だ」

といって唸《うな》った。

文次にも見れば見るほどわかった。鼈甲《べっこう》の黒色の斑《ふ》合わせ部分だけでつくった亀頭の丸みと鰓《えら》の張り具合といい、陽茎《まら》の上反りの反りようとそこにみみずが這《は》ったごとく醜く浮き出た血管と襞《ひだ》の生ま生ましい彫りようといい、そして黒と茶色を斑合わせしたずず太い根元といい、久兵衛のいうように下品な卑しい作りだが、なんともいえぬ淫猥《いんわい》さにみちていて、古びながらも作り手の男の精気がこもっているのである。

いや、作り手の精気だけではない。おそらく数代にわたって愛用した大奥のお女中たちの淫気がたっぷり染《し》み込んで、妖《あや》しいぬめりの照りを放っているのである。

どのような張型師がつくり、幾人の女たちがこの張型で悦びの淫猥の刻《とき》を過したのであろうか。

「ここまで使い込んだ珍品はめったに拝めるもんじゃねえぜ、文次」

と久兵衛は言葉をついだ。

「おそらく百年も前《めえ》、享保《きょうほう》のころの作だな、この張型は」

「百年も……」

「それ以前の元禄《げんろく》のころは華奢《きゃしゃ》なものが流行《はや》ったが、このころは男根《まら》そっくりにすりゃいいってんで、こうした品のねえ代物がつくられたんだ。それにしても、これをこさえた張型師は嫌な野郎だぜ。卑しい根性がまる見えだ。だがな、いちばん大事《でえじ》な、淫の精気がこもってやがる。百年たっても消えるどころか、女どもの淫の気をたっぷり吸い込んで、老いぼれながらも化け物みてえだ……」

「百年たっても、切りとられた男根《まら》が生きてるみてえで……」

と文次も背筋があわ立ってくるような思いにとらわれていった。すると、久兵衛が、

「そうよ、張型師ってえのは、そういうもんだ。自分のこさえた贋陽根《にせまら》が女どもにひそかに弄《もてあそ》ばれ、女どもを悦ばせて、突っ立ったまんま年経てゆくのよ」

と笑った。

「あっしには、とっても……」

「何をいまさらいいやがる。ごさいの才蔵さんは、おれが老いぼれて張型づくりをお

めえにゆずったのを知って、これを持ってきてくれたんだ。ありがてえじゃねえか。たっぷり拝んで、あとは張型師文次でなきゃあ出来ねえ作を、血の小便たらして工夫してみるこった。これからがおめえの正念場だ。おれはもう何もいわねえぜ」

その晩から文次は店に居残り、三晩徹夜してその張型をじっと凝視しては思案したが、迷いが出るばかりだった。そこで家に持ち帰り、おしずが子供らの傍らで熟睡した真夜中、すでに三晩、昨夜も手にとって眺めては思案していたのである……。

めずらしく自分から求めてきた女房をせわしなく抱いたあと、いびきをかいて眠ってしまったおしずの隣で、文次は仰向《あおむ》けに転がったまま闇《やみ》に目をひらいて、春先の風の音をききながら独語した。

——あんな醜く卑しい作は、おれァ金輪際こさえたくはねえ。いや、しゃっちょこ立ちしたって、出来ねえ。だが、男の淫の精気がこもってなきゃア、張型じゃねえんだ……。

久兵衛のこれまでの作は、亀頭や根元に見事な象嵌《ぞうがん》や螺鈿《らでん》細工を施した華麗な江戸前の芸でありながら、男の淫の精気がたっぷりこもっていた。

だが文次の作は、まだ最初の三作とはいえ、うわっつらの形を真似《まね》ただけにすぎない。指型は、まっ正直な可憐《かれん》さだけでもいいが、ことに年増《としま》のお局《つぼね》が用いる品は、男の淫の精気がこもっていなければ、女の気をそそるわけがなく、返されて当然なのである。

——廓《くるわ》遊びも知らねえおれが、どうすりゃいいんだ……。

五

墨田堤《すみだづつみ》や道灌山《どうかんやま》、飛鳥山《あすかやま》の花が散り、葉桜の季節になってようやく、文次はつぎの張型づくりにかかった。

色の道の綾《あや》には疎《うと》くとも、彼も男である。若い時分から隠れて枕絵《まくらえ》のひとつも見れば、淫《みだ》らごころをそそのかされて股倉《またぐら》がどうしようもなくはしゃぎもして、女を欲しいと思った。ただ、誘われても遊女を抱く気はおこらず、おしずのほかに女を知らないだけで、精力は人並みにある。

——おれは、むっつり助兵衛か。

と文次は時折思うことがあり、人前で色話ができないだけである。

自分の持物がまあまあの品で、他の男女の色事は知らずとも、この十二年間、おし

ずをそこに悦《よろこ》ばせてきたと思えば、

——他人《ひと》さまの逸物《いちもつ》など気にせず、おれはおれのものをつくりゃあいいんだ。

と腹をくってみると、おのれの陽根《まら》のさまざまな表情が見えてきて、語りかけてもきたのである。

いきり立ったそれは、雄々しく逞《たくま》しいばかりではない。淫らで醜いだけでもない。滑稽《こっけい》で愚直、ときには粋《いき》でいなせで見栄《みえ》っぱり、気ままで傲慢《ごうまん》、無頼……。かと思えば、賢く、可憐《かれん》で、美しい。そして、なんとも哀《かな》しい……。

色と形からの上品・中品・下品があると同様に、人それぞれ微妙に異なる表情の陽根を持っていて、そこにはおのずと格というものがあるのだ。

文次は、久兵衛の作のような格のある粋なものをと願いながら、自分の気性に寄りそうようにして細工にかかり、鼈甲《べっこう》師としての技のかぎりを尽してみた。

茶と黒の斑《ふ》合わせを一切用いず、亀頭《きとう》を濃いめの飴色《あめいろ》、反《そ》りの逞しい陽茎《まら》すべてを透き通るような明るい飴色一色でまとめ、亀頭の鰓《えら》の張りの少なめなおとなしい形とし、血管や襞《ひだ》などは一切彫らずに、陽茎の中ほどに透彫りをほどこして、使うほどに中の湿り湯がおのずと滲《にじ》み出るようにした。久兵衛の技を盗んだのだが、その全体の姿は、文次らしい愚直な滑稽さがありながら男の精気がまっ正直にこもって、女心をなごませながら淫猥《いんわい》な思いもそそる。

鼈甲細工の仕上げの磨きは、最初に木賊《とくさ》で、つぎに鹿《しか》の角の粉をつけた鹿皮で、最後に職人自身の手で磨き上げるのだが、まず砥石《といし》で十指の指紋と手の平をすってなめらかにしてから、その指の腹と掌《たなごころ》でしっとりと艶出《つやだ》しをする。

文次は店で四晩かけてつくった張型をその両手にやんわりとつつみ、しごき、撫《な》で、さすりながら、念をこめて男の淫の気をそそぎ込んだ。店の者も奥の者もとっくに寝静まった丑三ツ刻《うしみどき》からはじめて、気がつくと夜がしらしらと明けていて、手の平に血がにじみ、仕上がったとき精根つきて目まいに襲われ、しばらく細工台に俯《うつぶ》せていた。

しかし、しばらくしてよくよく見ると、どこか物足りず、満足の出来ではない。

久兵衛に見せると、茶器を拝見する作法でまず袱紗《ふくさ》の上で眺め、つぎに身をこごめて手にとって天地左右から吟味し、最後に空洞の中をのぞき込んでから袱紗の上にもどし、両手をついてなおもじっと見つめていたが、こんどもいいとも悪いともいわず、

「才蔵さんが持ってって、何といってくるかだな」

とだけいった。

その久兵衛が細工場にいないとき、

「次の作がやっとこ仕上がったようじゃねえかい？」

と仙造が皮肉っぽく声をかけてきて、文次が、

「まあ、どうにか」

とだけ答えて黙っていると、右隣の細工台から浅吉も、

「文次兄《あに》いの新作をぜひ拝ましてほしいもんで」

と身を乗り出すようにして、

「あっしだったら、まず吉原《なか》へとんでって、馴染《なじみ》の女に使わせてみたいねえ。どんな按配《あんばい》か、使い心地によっちゃあ手直しするってこともあるじゃありませんか」

と文次を羨《うらやま》しがるようにいった。すると仙造が、

「文さんにゃ陽が西から昇ろうとそんな色事は無理だ。おれが代りに試してきてやってもいいんだぜ」

と笑った。

そこに店へ女客があったので三人は口を噤《つぐ》んで細工をつづけたが、こんどの作が出来上がりかけたときから文次は、店に出す前に、出来ることならひそかに女の躰《からだ》で試したい思いが募ってはいたのである。

文次が新作の張型をひそかに懐《ふところ》にしのばせて白木屋を出たのは、その日の日暮れである。遊女や商売女に馴染がいない文次は、考えあぐねて貧しい商売女なら銭を握ら

せれば試してくれるだろうと思い至ったのだ。

吉原遊廓《ゆうかく》とちがって、深川には揚代の安い〝深川出場所〟と呼ばれる岡場所が方々にあるが、扇橋界隈《かいわい》の井の堀のあたりには、かかり小舟に客を招き入れて身をひさぐ船饅頭《ふなまんじゅう》や、土手の物陰で客をとる夜鷹《よたか》がうろうろしている。

四十男の文次がすっかり緊張し、行きつ戻りつしつつやっと井の堀にきて、あたりの宵闇《よいやみ》をのぞき込んだ。柳の木陰や小舟のわきに、手拭《てぬぐい》を目深《まぶか》にかぶり、ござを抱えた女が立っていたり、しゃがみこんでいたりする。ここでも、文次は幾度も行ったり来たりしてから、水辺の闇にしゃがみこんでいる女へ近づいた。

足もとに置かれた提灯《ちょうちん》の灯明《ほあか》りで、かぶった手拭の一端を口にくわえた女の横顔がほんのり浮かびあがり、年のころは二十五、六の年増《としま》か。顔をあげたその女が、かすれ声で声をかけてきた。

「あら、兄《にい》さん、遊んでいっておくれな」

「あのゥ……」

文次はいいよどんで、

「いくらだね？」

と慣れた男のふりをして訊《たず》ねた。だが、声はぎごちない。

「三百文」

「……」

「思いっきり、極楽気分にさせてやるよ」

ぴたりと身を寄せてきた女の口臭と、白粉《おしろい》と汗の臭《にお》いがした。間近で見る女は、厚化粧の頬がこけ、目ばかりが異様に光っていた。

文次はとたんに腰が引けて、

「またにするぜ。用があるんだ」

と女から逃れようとした。女は、なおもしつこく腕をからめてきてしなだれかかり、鼻にかかった声で誘ったが、突然、文次を突き放つと、口汚く罵《ののし》った。

「なんだい、馬鹿《ばか》にしやがって。色気違いのくせにやる気がないんなら、来んじゃねえや」

ひやかし客へのその悪態が、文次には張型を試してほしいと頼んだときに投げつけられる言葉にきこえ、臓腑《はらわた》に刺った。

張型などを使う男を、たとえ貧しい夜鷹でも蔑《さげす》むのだ。いや、銭さえ握らせれば試してくれる女はいるはずである。吉原の遊女でも、馴染の女によってはよろこんで使ってくれるだろう。

女から逃れるように立ち去りながら、文次はその先を考えると、自分が深い淵《ふち》に引きずり込まれてゆく恐ろしさに捉《とら》えられた。

到底、自分にはそんな女はいないし、出来ないけれども、もし試してくれる女を探し当てたなら、その女と張型の淫猥な淵にはまり込んで、どうなってゆくかわからない。

四つ目屋に張型を納めている張型師の多くが女でしくじり身を持ちくずすと久兵衛がいったのは、このことなのだ。雄と雌のけもの道といったのも、このあたりのことに違いなかった。

——糞《くそ》まじめなおれなら身をあやまるこたァねえと、久兵衛とっつぁんはおれに任せたんだ。だが、手前《てめえ》の作を女に試させて工夫をかさねるのが職人根性なら、商売物を試す女とは自分の躰は決して触れあわねえのが張型師ってもんかもしれねえ。それとも、商売物の品には手前じゃ決して手を出さねえのが張型師ってもんか。久兵衛とっつぁんはどうしてたんだ、まさか、かみさんに……。

春が爛《た》けて、なまあたたかい風の吹く暗い堀端を長屋へともどりながら、文次は懐の張型の袱紗包みを握りしめて、首を小刻みに左右に振った。

——いけねえ、いけねえ、妙なことを考えちゃ頭がおかしくなっちまう。おしずを引きずりこんじゃいけねえ……。

六

「どうしたのさ、おまえさん。躰《からだ》の具合でも悪いのかい？」

土用を過ぎ、朝夕ようやく涼風が立ちはじめた晩、細工台にむかったまま何もせずにいる文次へ、針仕事の手をとめておしずは声をかけた。

小柄だが骨太で固肥《かたぶと》りの夫が痩《や》せたようだと気づいたのは半月ほど前からで、いまも行灯《あんどん》の灯影がゆれる浴衣《ゆかた》の背中の肉が落ちたように見え、疲労の翳《かげ》りがその背にまとわりついている。

「なんてこたァねえが……」

振りむいた文次の顔色が冴《さ》えない。

「おまえさん、痩せたんじゃないかい？」

「そうかなァ。おおかた夏痩せだろう」

それきり背をむけてしまい、腕組みをして、また黙ってしまった。

——よっぽど辛《つら》いんだよ、この人、あの細工仕事が……。

おしずにはわかっている。いや、わかっているつもりである。が、どうしてやったたらいいのか、わからない。

　文次が持ち帰った張型をはじめて見て話して以来、やめるといった夫が店に居残って張型づくりをつづけているらしいと勘づきながら、最初のころ知らぬふりをしていたのは、余分な稼ぎを入れてくれることもさることながら、久兵衛に頼まれた仕事では仕方がないという思いがあったからだった。だが、梅雨《つゆ》の盛りに久兵衛が二、三日患《わずら》っただけでぽっくり死んで、葬式がすんだ翌日、文次に、

「実は、久兵衛とっつぁんから例の細工を頼まれたとき、考えに考えて、自分を変えてもやってみようと腹ァ決めたんだ。が、碌《ろく》な品が出来ねえで、おれ自身迷っていた。だが、とっつぁんに死なれて、こんどこそ、おらァ、張型師として命がけでやるぜ」

と人変わりしたような厳しい顔でいわれて、おしずの気持も変わったのだ。

　職人がいったん腹を決めてはじめたからには、たとえそれが張型であろうと、黙ってついてゆくのが職人の女房ではないかと、迷いながらも考えたのだった。そして、文次からぽつりぽつりと話されて、これまで淫乱《いんらん》女の慰み道具とばかり思っていた考えを改めもした。夫に先立たれた幸い薄い女の、淋《さび》しい独り慰めの一刻《ひととき》のものでもあるのだ。

けれども、夫が精根こめてつくる細工物が、大奥のお女中衆や他の女たちの躰で艶《なま》めかしく淫《みだ》らに使われていると思うと、そう思うだけで血の道が騒ぎ、穏やかではない。それに、一作ごとに夫の精気が抜かれてゆくようにも思えるのだ。

張型づくりに入る五、六日前から、文次は夜の営みを絶つのである。

文次が痩せてきたのは、夏痩せなんぞではないのだ。

おしず自身、躰が弱いのに、文次までが病いにとりつかれてしまったら、どうなるだろう。

——張型づくりなんぞ絶対にやめとくれよ。おまえさんらしい丁寧な作の鼈甲櫛《べっこうぐし》や笄《こうがい》や簪《かんざし》だけをこさえていたらいいじゃないの。

咽喉《のど》もとまで出かかる言葉を、幾度となく呑《の》み込んでもきたのである。

「ねえ、おまえさん」

と、しかしおしずは、細工台にむかって腕組みをしている文次の背へそって手をそえるようにいった。

「お店での夜分の張型づくりが疲れるようなら、うちに持ち帰って、ここでやったらどうなんだい？」

文次の背中は黙っている。

「あたしは決してのぞかないし、子供らにも金輪際見させないようにするから」

文次は黙っていて答えなかったが、わが家の細工台で深夜に張型の細工にとりかかったのは、十日ほど後の晩からである。

おしずは三人の子供らを早めに寝かせ、細工台の火鉢に炭火をおこして用意してから床につき、眠ったふりをして、文次が仕事をはじめるのを待った。井戸端に行って水をかぶってきた文次が、細工台に注連《しめ》をかけ、灯明をともし、何やら口の中で経を唱えてから、細工にかかった。

薄目をあけてそっと見るおしずの目に、文次の背中だけが見える。子持縞《じま》の仕事着の背に汗がにじみ、両手を使うたびに背中の小さな筋肉がかすかに動く。糸鋸《いとのこ》を挽《ひ》く音がする。削った鼈甲を型どっているのだ。

おしずは目をつむる。チンチンと鉄輪を叩《たた》く音がひびくのは、火にあぶって鼈甲を貼《は》り合わせる道具の鉄輪を叩いてはずしているのである。

いつ聴いても、夫の細工の音は穏やかにおしずの胸の奥へひびき込む。細工物が張型であっても変わらない。いや、そうではない。穏やかな小さなそのひびきの中に、この作に勝負を賭《か》ける職人の尋常でない意気込みがこもっている。これまでにまったく感じられなかった、男の危うさのようなものもまじっているのだ。

おしずは気づいている。

――張型をつくるようになってから、この人は変わってきている、と。

それが怖くもあり、頼もしくも感じられる。

――どんな作が出来上るのかしら……。

考えているうちに、妖《あや》しげな夢に誘われるように眠りにひき込まれていた。

明け方ちかくまで仕事をする文次は、つくりかけの作を細工台の抽出《ひきだし》にしまい、新しくつけた錠前に鍵《かぎ》をかけて、店へ出かけてゆく。こうして七日が過ぎた。

八日目の明け方、ふと目をさましたおしずは、子供らの隣で眠っている夫の顔を見て、出来上がったことがわかった。夫の寝顔は、精根尽き果てたように疲れきっていながら、仕事をしおえた男の満足の笑みをかすかに口もとに刻んでいた。細工台の上はきちんとかたづけられ、抽出には今朝も錠前がおりている。

「おまえさん、仕上がったのかい?」

「まあな」

朝餉《あさげ》の席で夫婦はそれしか話さなかったが、店へ出てゆくとき文次は、黙って抽出の鍵をおしずに渡していった。

どんな出来か見たい気持と見たくない気持がせめぎあって、おしずが細工台の前に坐《すわ》ったのは、掃除、洗濯いっさいをすませて、遊びに出ていった子供らが帰ってきそうにない午後になってからだった。この日もおしずは躰が熱っぽかったが、晴れわたった空で鳶《とび》が鳴き、風がひんやりと涼しく淋しい、すっかり秋めいた日の午《ひる》さがりである。

錠をはずし、抽出を開けた。真新しい紫縮緬《むらさきちりめん》の袱紗《ふくさ》に包まれた品が中央に置かれている。両手にとり、膝《ひざ》の上に置く。一瞬ためらって、袱紗を開く。

しっとりと艶《つや》のある飴色《あめいろ》の鼈甲が現れる。さほど太くはなく、長くもない。優しい反《そ》りである。嫌らしい血管も襞《ひだ》も彫られてはいないのに、無頼で、滑稽《こっけい》で、どこか哀《かな》しい。

亀頭《きとう》にきらりと螺鈿《らでん》細工がほどこされている。小さな鈴虫がそこにいるのだ。薄青い貝の巧緻《こうち》な螺鈿細工で、わずかに羽根をひろげた虫の音がひっそりと聴えてくるようである。

陽茎《まら》には、茶色の斑《ふ》合わせで月に群雲《むらくも》、秋の七草の蒔絵《まきえ》が描かれ、よく見れば透彫りにもなっているのだ。

――これが、うちの人の作……。

その華麗さに見とれて、おしずはうっとりとした。うっとりとしながら、躰の奥にぽっと雪洞《ぼんぼり》が灯《とも》ったように全身が妖しく火照《ほて》ってきた。

やんわりと両手で握ってみる。

掌《てのひら》のうちでびくりと震えて、撓《しな》うようだ。

気をそそられ、もう耐えられない。躰の芯《しん》が濡《ぬ》れてきて、だれにも使わせたくはない……。

裾《すそ》をひらいて息を喘《あえ》がせるおしずの耳に、秋の日差しがまぶしい路地の向うから、子供らのうたうわらべ唄《うた》がのどかにきこえてきた。

装腰綺《き》譚《たん》

一

古くは佩子または墜子と書く。

ねつけと読み、「佩垂《さげもの》の墜《つい》に用ゆる」とある。

根付のことである。

室町時代から用いられたというが、江戸時代、なにごとも華美となった元禄《げんろく》以降さかんに流行し、ことに文化・文政ごろから専門の根付師が登場し、印籠《いんろう》、巾着《きんちゃく》、煙草《たばこ》入れ、火打《ひうち》袋など提物《さげもの》を帯にとめる装身具として、もっぱら武士・町人の腰を飾った。

やがて刀が消え、腰のあたりがすうすうした明治の男たちのアクセサリーに珍重されたが、文明開化がすすむとともにこのファッションが姿を消すそのころ、わずか三センチ立方ほどの巧緻《こうち》な江戸の職人芸ミニアチュアに刮目《かつもく》した男がいた。海軍省お雇い医師の英国人ウイリアム・アンダーソンである。かれは八年におよぶ滞日中、おそらく二束三文で買い漁《あさ》り、本国に送って大英博物館のコレクションとした。

ついでながら明治・大正の日本の知識人は、根付を伝統文化の矮小《わいしょう》さの証《あか》しとして嫌悪《けんお》した。フランス帰りの高村光太郎は日本人が「名人三五郎の彫った根付の様な顔」に見えたと、『根付の国』という詩でいまいましそうにうたっている。

これらの根付が、平成二年夏、都美術館で開催された大英博物館秘蔵・江戸美術展におびただしく展陳された。

そのなかに筆者は、文政・天保の根付師月虫《げっちゅう》のまことにユーモラスで奇想天外な作品数点をみいだしたのだが、作者の死後百四十余年、世界をめぐって里帰りしたことになる。

月虫は号、通称清吉、本名を矢嶋清三郎という微禄《びろく》な御家人であった。

さて——話は文政三年の江戸である。

師走《しわす》もおしつまった二十八日、午後から雪が降り出していた。暮れ六ツ（午後五時半頃）を過ぎた時刻、いつもなら往《い》き来する人びとで賑《にぎ》わう新大橋が、降りしきる雪に人影もまばらで、通る人も首をちぢめうつむきかげんの急ぎ足に大川を渡ってゆく。

橋の西詰にある商家へ店の使いに出たお仙は、つぼめ傘で川風の雪をしのぎながら、提灯《ちょうちん》の灯を袂《たもと》でかこうようにしてもどってきて、思わず足を止めた。

橋のなかほどの欄干《らんかん》に身を凭《もた》せて、男が番傘もささずに突っ立っていた。六尺ちかくはあろうかと思える巨軀《きょく》で、暗くてよくわからないが、竹刀《しない》にくくりつけた剣術の防具と稽古着《けいこぎ》を肩にかつぎ、剝《は》げ鞘《ざや》らしい大小を腰にした侍だとは雪明りに見えて、道場帰りらしい。歳《とし》のころは二十八、九だろうか。そそけだつ髪と肉のもりあがった肩に雪片がまといつくのも気にならぬ様子で、雪の降りこむ闇《やみ》の川面《かわも》をのぞきこんでいる。

——はて、このお人は。

お仙は、きれいに足を洗ったかつての稼業《かぎよう》の勘ではなく、この二年、小料理屋につとめる堅気の女としての勘に触れるものがあったのだが、

——もし、お武家さま。

とは、さすがに声をかけかねて行きすぎている。行きすぎはしたが、二、三歩きてふりむいたのは、男からなにか思いつめた鬼気せまるものがつたわってきたというより、二十五という壁にぶつかるような嫌な歳を越えかけているお仙の、一生にそう幾度もない、女心の妖《あや》しく波立つ想《おも》いが微《かす》かに胸をかすめたからである。

振りむいたとき、男の肩に竹刀も防具もなかった。上体を半ば欄干からせり出している。ハッとしたお仙は、暗い川面からかなりな水音がきこえてきて、男が剣術道具

一式を思いきり放りこんだと知ったのだが、剣術の気合とも悲鳴ともつかぬ喚《おら》び声をきいたのもほとんど同時であった。

次の瞬間、お仙の網膜に、男の巨体が欄干を乗りこえて雪の闇に墜《お》ちてゆく光景が映った。が、そうはならなかった。男は傍らのお仙を突きとばすように駈《か》け出すと、なおも一声喚びながら、両手を高くかかげ、雪に高足駄をすべらせるまろびようで、橋の東詰へと走り去っていたのだ。

——まあ、なんっていう人……。

男の後姿が見えなくなった橋を渡りながら、お仙はおかしくなってクスッと独り笑いしていたが、大川端《おおかわばた》の御舟蔵の灯が涙ににじむように哀《かな》しく見えたのは、どうしてだったろう。

二

深川の小料理屋「松川」にもどった女中のお仙は、しばらく忙しく立ち働いた。二階座敷に三十人ほどの客があり、仙台堀の剣術道場「尚武館」の連中が繰りこんできていた。

「おお、お仙。ここにきて酌をせえいっ」

お仙に気づくと、床の間を背にしている堀尾伝十郎が横柄《おうへい》に声をかけた。尚武館の塾頭である。

黒茶の小紋入り黄八丈の着物に、剣酢漿《けんかたばみ》の紋をぬいた黒八丈の長い羽織をぞろりとひっかけている。髪は黄表紙の艶二郎《えんじろう》気取りの本多髷《まげ》。梅花の模様のついた脇差《わきざし》をさし、床の間においた細身の大刀は、紫の下げ緒、金象嵌《ぞうがん》の入った鍔《つば》。緋色《ひいろ》の帯には楓《かえで》に鹿《しか》の金蒔絵《まきえ》の印籠《いんろう》を象牙《ぞうげ》細工の根付でさげている。

お仙は、その印籠と根付にふと眼がいってちょっとあわてたが、相手はそういう華美で遊惰ないでたちが似合うと思いこんでいる男なのだ。

三十まえで、色が白い。美丈夫といっていい。

が、険のあるぎょろりとした眼。その眼にねっとりと黄ばんだ光をにじませて、お仙の手首をつかみ引きよせた。

「いつ見てもきれいだな、お仙」

「まあ、ご冗談を。どなた様でしたかしら」

「見わすれたかね」

伝十郎はさすがにムッとしたが、豪傑ぶってのどを鳴らして笑い、

「お前に惚《ほ》れておるんだ、拙者は」

「それは存じませんでした」

軽くいなして、つかまれていた手首をするりと抜いた。この夏ごろから気に入りの門人を率《ひ》きつれて時折りくるようになっていたが、お仙はこの男を好きではない。

「本日は稽古《けいこ》仕舞いだそうで、お疲れでございましょう。さあ、おひとつ」

と、それでも艶《つや》っぽく愛想笑いをして酌をした。

相手は無役ながら、幕府直参《じきさん》の御家人である。

すでに道場で飲んできた伝十郎は、お仙の酌で大盃《たいはい》をほすと、熟柿《じゆくし》臭い息をはきながら一同に剣技の講釈をはじめた。

「剣は人を斬《き》るものだ。その自信を得ると、剣技ばかりか顔つきまでが変わる」

そうであろう――と肩をそびやかして、自分のことのようにいう。

「一刀流中西道場の高柳又四郎がいくら達人でも、あの立ち腰では人は斬れぬ。〝高柳の音無し勝負〟などといわれて、相手に竹刀《しない》を触れさせず、先《せん》の先《せん》をとって撃ちこむそうだが、素早いだけの所詮《しょせん》は道場剣法というものだ。真剣で立合ってみぬことには、真の腕はわからぬ」

腹をゆすって大笑し、

「そこへいくと、我が無敵流はすぐれておる。理合《りあい》にかなった多彩な技《わざ》があるのみではない。腰のすわりといい太刀筋といい、戦国以来の実戦兵法だ。そうであろう、おのおの方」

一同、声高に相槌《あいづち》をうち、座はいっそう賑《にぎ》わった。お仙はさりげなく伝十郎から離れると、酌をしてまわりながら、

――そういうものかしら。

と、肩をすくめてきいていた。

一刀流中西道場の「三哲」――寺田五郎右衛門、白井亨《とおる》、高柳又四郎の名はお仙でも知っている。すでに千葉周作もこの門にいて、この年、北辰《ほくしん》一刀流を名乗り廻国修行に出ていた。ちなみに周作が神田お玉ヶ池に道場を構え、

（位は桃井《もものい》、技は千葉、力は斎藤）

といわれ、鏡心明智流《きようしんみようち》・桃井春蔵の士学館、周作の玄武館、神道無念流・斎藤弥九郎の練兵館が江戸の三大道場と称せられるのは、この五年後、文政八年からである。

それらにくらべると、無敵流は流名は勇壮だが小流派に過ぎない。祖は進藤雲斎。仙台堀の道場主本間弥左衛門はすでに老齢のうえ病いがちで、もっぱら伝十郎がとりしきっている。門弟は御家人の二、三男とやっとう好きの町人たち五十名ほどで、威

勢はいいが三流の町道場である。が、こういう手合ほどおのれの流儀ばかりを鼻にかけ、高言を吐くものだ。

もっとも、伝十郎は居合の達者ではあるらしい。うわさによると、夜半いくども辻《つじ》斬《ぎ》りに出て、拵《こしら》えが自慢の大刀は血を吸っているという。

ひとしきり居合術の自慢をした伝十郎は、とつぜん不機嫌に怒鳴った。

「ところで、清三郎はどうした？」

組屋敷へさがしに行っている——と二、三の者が答えてほどなく、階下に声がして、梯子段《はしごだん》を上ってきた男が二人の門弟に背を押されて座敷に現れた。

——あッ、あの人……。

男を見てお仙が胸のうちで小さく叫んだのは、先刻、新大橋の上で出逢《であ》った相手だとすぐに気づいたからである。

大きい。肥《ふと》り肉《じし》のまるい肩、厚い胸。

大声に喚《おら》びながら雪の闇《やみ》に駈《か》けさった男が、闇から引き出された牛のように、挨拶《あいさつ》もせず、迷惑そうにぬうっと立っている。

あのときは暗くて気づかなかったが、つぎの当たった黒木綿の単衣《ひとえ》をこの季節だというのにはちきれそうに着て、よれよれの袴《はかま》。なぜか大小は持っていない。

「どこに消えていたのだ、清三郎。まったく世話のやける奴《やつ》だ。そんなところに突っ立ってないで、ここにまいれ！」

あからさまに舌打ちして伝十郎が怒鳴りつけたが、動こうともしない。

「試合に負けたぐらいで、消えてしまう奴があるか。もっとも貴様は勝負に一度として勝てぬ腰抜けだがな」

そういわれても、少し肩を落しただけで黙っている。傍らにいた町人の門弟の一人が、

「まあ矢嶋さん、ともかくお坐《すわ》り下さいな」

袴の裾《すそ》を引っぱったので、仕方なさそうにそこに坐った。お仙が酌をすると、酒は好きらしく、たてつづけに盃《さかずき》をほして、

「うまい酒だね」

はじめて口をきき、小さな眼が笑った。橋の上で見られていたとは気づいていないのだろう。少年のように無垢《むく》で、澄んだ眼だ。

お仙は酌をしながら、躰《からだ》に似合わず器用そうな手をしていると眼ざとく観察していたのだが、きれいな眼を見て、

――やっぱり、この人なんだわね。

と、あのとき胸の奥をかすめた女心の微《かす》かなふるえが強く兆《きざ》してきて、柄にもなく頬をそめている。そのとき、

「清三郎！　酒など飲むな！」

上座から伝十郎が一喝《いっかつ》した。

「貴様を呼んだのは、とくと意見することがあるからだ。だいたい貴様に皆とともに酒を飲む資格などあるまい。なんだ、今日の態《ざま》は。ガキのころから剣術を修行して、いまだに道場内の下の者にさえ試合で勝てぬというのは、武士としての気概が足らんからだ。町人の門弟に撃ちこまれて、口惜《くや》しいとは思わぬのか。少しは譜代の御家人らしく振舞ったらどうじゃ。図体《ずうたい》ばかりでかくて気の弱い貴様は、女の腐った昼行灯《ひるあんどん》のような奴だな。恥を知れ、恥を。え、どうなんだ？」

酔うほどに顔面が蒼白《そうはく》になる伝十郎は、なおも口汚く罵《ののし》り、一同を見まわしてはニヤリとして、ねちねちと責め立ててゆく。

さすがに町人の一人が、

「矢嶋さんは稽古のときは強いのに、試合となるとあっしらにも勝てねえってのは、よっぽどお人柄がやさしく出来ていなさるからじゃあねえんですかい」

さも気の毒げに口をはさんだが、他の者は清三郎が罵倒《ばとう》され難詰《なんきつ》されるのをおもし

ろそうにニヤニヤしてきいている。当の清三郎は満座のなかで面罵されているのに、口答えひとつせず、といってふてくされるでもなく、大きな躰を居心地わるそうにまるめるのみで、黙っているのだ。

——ひと言ぐらい、いい返したらいいじゃないの。

歯痒《はがゆ》いのはお仙である。伝十郎をなんて嫌な奴と憎む一方、酒の肴《さかな》にしている一同も気に入らないが、清三郎の不甲斐《ふがい》なさにもがっかりして、やきもきしている。

——橋の上でのことをどうしていわないのかしら。あんなことをしたからには、よほどの決心があったはずなのに……。

堅気になる二年前なら、啖呵《たんか》のひとつもきって助け舟を出すのにと、いっそういらいらして清三郎を見ると、この肥った大柄な男は、怒るでも耐えるでもなく、ぼんやりした顔つきをしている。

——この人、馬鹿《ばか》かしら。

お仙は思ったほどだ。

「まあいい。負け犬の貴様にいくら意見したとて吠《ほ》えもすまい。ふん、勝手にするがいい。せっかくの酒がすっかりまずくなった。どうだ、お前ら、岡場所に繰りこんで飲みなおすというのは。この雪だ、乙《おつ》なもんだぞ。ついてくる奴は拙者のおごりだ。

お仙、駕籠《かご》を呼べ」

駕籠がくるまで騒々しく飲んでいたが、伝十郎を先頭に一同が店を出て行ってから、ひとりとり残されて梯子段をおりてきた清三郎へ、

「あ、もし。よかったら飲みなおしていってくれませんか」

と、お仙は声をかけていた。

「あたしも少し飲みたいんです。あたしのおごり。ね、いいでしょう？」

店の女将《おかみ》に眼くばせして、清三郎の大きな背を押すようにして小部屋に案内すると、

「すぐもどりますから」

ふすまをしめて廊下を急ぎながら、

――年の暮れになって、こんなこともあるんだわね。

お仙は、ひさしぶりに胸がはずんでいた。

三

「お仙ちゃん、今日は休みかい？」

「ええ。松の内もお店に出ていたんですもの、骨休みをしなくっちゃ」

「なんだか浮きうきしてるみたいだよ。いい人でもできたのかい？」

「それならいいんだけど。ひとりぽっちの遅いお正月よ」

井戸端で隣家のかみさんからひやかされたお仙は、洗いもののすんだ桶《おけ》をかかえ、ドブ板に日和下駄《ひよりげた》を鳴らしてもどりながら、

――やっぱり、清《せい》さんのことが心にかかるんだわ。

あの晩、肴《さかな》をみつくろって銚子《ちょうし》をはこんで部屋にもどると、清三郎は火鉢にもあたらず、窮屈そうに坐《すわ》った膝《ひざ》に手をおいて神妙にしていた。

「さっきはあたしの方が腹が立ちましたよ。ひどいわ。矢嶋さまひとりをなぶりものにして。忘れて飲んで下さいな」

酌をすると、清三郎は二ちょこ三ちょこ黙って飲んでいたが、

「姐《ねえ》さん。気にかけてくれなくていいんだぜ」

意外にも町人言葉でいった。

「おいら、侍をやめたよ」

「えッ？」

「今夜かぎり、やめたんだ」

そんな大事を、会ったばかりのお仙にあっさりいったのだ。お仙は返事に困って、

相手の顔ばかりまじまじと見ていたが、

「あのぅ……新大橋の上で……」

と、いいかけると、

「見てたのかい？」

清三郎はぼさぼさの髷《まげ》に手をやり、少し酔の出た顔をいっそうあからめて、

「いのちまで投げ込まなくてよかった。姐さんに見られていたからかな」

照れ臭そうに独り言をいった。

試合に勝てないという悩みだけでなく、よほど思いつめることがあったのだろう。

——でも、あの凄《すご》い喚《おら》び声で、この人、生きる上での切所《せっしょ》を、あの橋の上で越えてきたんだわ。

お仙は自分のことのようにそう思った。だから、伝十郎の罵詈《ばり》雑言《ぞうごん》にも耐えられていたのだろう。

清三郎はお仙にうちあけてしまって気が楽になったのか、口の重い男が飲むほどに舌がまわり出して、といっても、聞き上手なお仙にうながされて話しはじめた。

清三郎の家は、伝十郎とおなじ御家人のお徒衆《かちしゅう》で、深川元町の組屋敷に住んでいるという。お徒衆は七十俵五人扶持《ぶち》、将軍お成りのときその儀仗《ぎじょう》と警固にあたる。身分

こそ低いが、将軍に随従するのでその任は重く、誇りもある。しかし、微禄だからいまだに嫁もとれず、居候《いそうろう》である。日々の暮しは楽ではない。ことに清三郎の家は子沢山で、三男のかれは無役だからいまだに嫁もとれず、居候《いそうろう》である。

「同じ組屋敷の近所の家々では、松飾りの用意をしているってのに、わが家では餅《もち》をつく銭もなくてね。ところがじいさんもおやじも剣術には熱心で、おいらも道場がよいだけはさせられてきたわけさ」

「それでどうして、試合に勝てないんです？」

「つくづく考えてみたんだが、叩《たた》き合いの勝負が根っから性に合わないんだね」

子供のころは柄は大きいのに組屋敷の朋輩《ほうばい》に泣かされてばかりいて、町家の八百新の松、桶屋の八、古傘買いの六なんぞと遊ぶほうが楽しかったという。それで、町人言葉が板についているのだろう。

「傘張りや提灯《ちょうちん》づくりの内職はガキの時分から得意でね」

その話になると、大男の清三郎が童子のように眼をかがやかせて、

「おいらね、細工《さいく》物をするのが飯より好きなんだ」

といった。その好きなことをして生きるのが本当の自分だと、すっかり落ちこんで橋の上に長いこと突っ立っていて、遅まきながら気づいたという。

「生まれ変わったつもりで、根付師になると決めたよ」

これまで内職で見よう見まねで根付細工をしてきたが、本職の根付職人の修業にうちこむというのである。

「でも、矢嶋さま」

「お仙さんといったね。その矢嶋さまはよしとくれ。侍の姓も大川へうっちゃってきたんでね。そうさなァ、ただの清吉がいい。清三郎とも今夜かぎりお別れだ」

こうして刀も持っていないだろう——と矢嶋清三郎は、いや清吉はいい、大小は家においてきた、おやじは勘当するだろうからそれでいいのだと、はじめて声をたてて笑った。

ふところから懐紙につつんだものをとり出すと、お仙の掌《てのひら》にのせて、

「これがおいらの作った根付だよ」

と、自分ものぞきこんだ。

黄楊《つげ》に彫った花咲爺《はなさかじじい》で、犬が鼻づらをつけているところに鍬《くわ》を入れている老人の、振りむいた笑顔がいかにも好々爺《こうこうや》なのは、善良な老爺のほうだからだ。

「まあ、上手にできてますね。ほほえましくて、見ているとあたしまで福相になるわ」

「姐さんにあげるよ」

「気に入ってくれたかね」

「ええ、それはもう」

「昨夜《ゆんべ》、ようやく彫り上げたのだ。よかったら、姐さんにあげるよ」

「そんな大事なものを」

「いいんだ。まだ半人前でね。こんなものじゃ、馳走《ちそう》になったたしにもならねえが」

いずれ気に入った細工ができたら持ってくるから、それまで預っていてほしいと、侍を捨てたばかりのこの男は、いかにもぎごちなさそうにいい、お仙の手ににぎらせたのだ。近いうちに必ず寄らせてもらうともいった。

――この人、酔ってるんだわ。

お仙はあまりうれしくて、自分にそういいきかせたが、たしかにふたりはかなり酔っていた。

雪はやんだようだが、夜が更《ふ》けている。店の者はとうに戸締りをして、帰る者は帰り、女将《おかみ》やお仙の同輩の泊りこみの女は気をきかせて部屋に引きとってしまったらしく、しんとしている。

「今夜は泊っていって下さいな。あたしも、時々、泊らせてもらうんですから」

そういうと、清三郎はあわてた表情になったが、わずかにうなずいたのは、組屋敷へもどる気がなかったのだろう。

お仙が床をのべると、横になって、もういびきをかいている。お仙は行灯《あんどん》の灯を小さくして、

——男の切所を通り越してきたばかりだもの……。

と、このときもそうつぶやきながら、疲れきって眠りこけている男の寝顔にしみじみ見入っていたが、隣りに敷いた布団《ふとん》に入って花咲爺の小さな根付をやんわり握っているうちに、お仙もいつのまにか、穏やかな深い眠りに誘われていた。

めざめたとき、清三郎の姿はなかった。雨戸をくると、晴れあがった雪の朝の光がまぶしく射《さ》しこみ、男のいない夜具に光の模様をつくった。

——今日は来てくれる。今日は……。

それからは毎日、お仙は自分の胸にいいきかせて、過してきたのである。三箇日も過ぎ、松の内も終ってしまった。

待つ身の、惚《ほ》れた男を想《おも》う気分をたのしみながら、しかし、ちょっぴり腹も立っている。

——いっそ、組屋敷を訪ねてみようかしら。

思い立つと、居ても立ってもいられなくなって、お仙は髪を直し、よそいきに着替

えて、独り暮らしの裏店《うらだな》を出た。

さほど遠くない深川元町のお徒衆組屋敷は、小名木川にかかる高橋《たかばし》ぎわで、東隣りは田安邸、西は掛川の城主太田備中守《びっちゅうのかみ》の屋敷に接し、南北に木戸を設け、かなり広い一郭をなしている。木戸には番人がいるが、そこは小料理屋につとめるお仙だから、よんどころない店の用事で来たといいつくろって、木戸を通った。

三間幅の往還の両側に、お徒衆の家々が並んでいる。

宅地は一戸につき百三十坪ずつ賜わり、そこに自費で家屋を建てているのである。いずれも七十俵五人扶持の小禄だが、なかには冠木門《かぶきもん》を設け、間数も多く、土蔵のある家も見えるのは、貧富の差があるだけでなく、なにかにつけて世渡りがうまいのだろう。

大方の家は、玄関の奥に八畳と六畳、それに台所と雪隠《せっちん》だけの、湯殿もない長屋のようなたたずまいで、お仙がちらとのぞくと、大勢の家族が傘張りなどの内職をしている。空地が畑になっていて、空豆などの緑が伸びているのは、野菜づくりも内職にしているのである。

冠木門の表札に「堀尾」と出ているのを認めたお仙は、あの伝十郎の家だと顔をふせ急ぎ足になって通り過ぎ、木戸番からきいた清三郎の家の門口に立った。

玄関の三畳にも、張りあがったばかりの提灯が並べられている。ふすまが開け放たれていて、隣りの八畳間で大勢の子供たちまでがひごを組み立てたり紙を貼《は》ったりする手伝いをしている。お仙の訪《おとの》う声にいっせいに顔を上げたが、清三郎のことを訊《たず》ねると、父親らしい五十年輩の痩《や》せこけた侍がじろりと見ただけで、一言も答えず、提灯づくりをつづけている。兄らしい大柄な男は、子供を叱《しか》りつけ、女たちも顔をふせてしまったので、とりつく島もない。お仙は仕方なく、訪うたことを詫《わ》びて外に出た。

――あれきり清さんは、この家を出てしまったんだわ……。

気落ちして、ぬかるむ往還をひろってお仙が高橋のたもとまで来たとき、追ってくる足音がして振りむくと、清三郎の家で見かけた十二、三の娘が息をきらして立っていた。

「兄《あに》さんは、砂村の多吉さんのところに」

それだけ告げると、頬の赤い娘は駈《か》け去っている。

「ありがとう」

砂村は御府内のはずれだが、女の足でも半刻《はんとき》ほどで行ける。

――やっぱり、清さんに今日は会えるんだわ。

お仙は、小名木川ぞいの道を軽い足どりで歩き出していた。

七日正月を過ぎた空に凧《たこ》が上っている。しめ縄も松飾りもとれた町並みに午《ひる》さがりの陽がさし、その陽ざしも空の青さも、水の色も、もう春である。梅の花もほころびきって、どこかで、鶯《うぐいす》の笹《ささ》鳴きさえきこえる。

大横川を渡り、御材木蔵を過ぎ、羅漢寺の近くまで来たときには、お仙はすっかり汗ばんでいた。

四

知りあいの砂村の百姓、多吉が家主の棟割長屋にころがりこんだ矢嶋清三郎、いや町人になったばかりの清吉は、こまいの剝《む》き出た粗壁《あらかべ》を朝から睨《にら》みつけて、六畳一間きりのけばだった古畳に坐《すわ》りつづけていた。月代《さかやき》と髭《ひげ》が伸び放題で、憔悴《しょうすい》した蒼白《あおじろ》い顔つきをしている。

いくども声をかけ、ようやく振りむいたその顔を見て、お仙はびっくりした。小さな眼が物に憑《つ》かれたようにひかっている。

「あたしですよ。お邪魔だったかしら」

「お仙さんだね」

口もとがひきつるように笑ったが、それきり黙っている。迷惑そうではなく、よろこんではいるのだ。考えごとをしているのだろうが、ふだんはよほど無口なのだろう。部屋じゅうに素描した反古《ほご》や削り屑《くず》がちらかり、傍らに木の台と鑿《のみ》などが置かれている。火鉢もなく、煤《すす》けた竃《へっつい》に古鍋《ふるなべ》が一つかかっているだけ。

お仙は気をきかせて井戸から水を汲《く》んでくると、湯をわかしはじめた。来る途中で手土産に番茶と饅頭《まんじゅう》を買ってきていた。

かけ茶碗《ぢゃわん》に茶をいれて、

「お酒のほうがよかったわね」

明るくそういって差し出し、あとは黙っていた。悧口《りこう》なお仙は、相手が考えごとをしているとき邪魔をしないすべを、自然に心得ている。

長いこと黙っていて、おたがい、気まずさはなかった。

——この人とはやっぱり、気持が通じあうんだわ。

日なたの水がぬるむように、口をひらいてくれるのをそっと待てばいい。

長屋の子供たちの賑《にぎ》やかな声がきこえ、ふと静かになると、ここでも、鶯の笹鳴きがした。海に近いので、風にはきつい潮の香りがする。

「新しい根付の思案が浮かばなくてね」

案の定、ぽつりと清吉がいった。が、声がかすれている。

「おいら、駄目かもしれねえ……」

お仙のところに泊った翌日、かれは晴れ上った雪の師走《しわす》の町を急いで、日本橋の小間物問屋「三州屋」を訪ねていた。印籠《いんろう》、煙草《たばこ》入れなどとともに根付を扱っている大《おお》店《だな》である。

「話はよくわかりました。手前も今日から遠慮なく清吉さんと呼ばせてもらいましょう」

六十がらみの主人伊兵衛《いへえ》は、にこやかにそういうと、

「ところで、清吉さん。お前さん、根付職人を甘く見てやしませんかい？」

と、錐《きり》を刺すようにいった。

これまでは半ば同情から、多少できのわるい品でも大目に見てきたが、本職の根付職人となるからには、いままでのような細工物では扱えないというのである。

お前さんは確かに器用だ。学もある。神仙道釈、伝説お伽話《とぎばなし》、英雄豪傑、芝居物などの意匠を小器用につくってみせる。侍の内職としてなら通用する。

「しかし」

と伊兵衛はいう。同じ余技でも、絵師、仏師、蒔絵《まきえ》師、面師、金工師、欄間《らんま》師、鋳《い》物《も》師《じ》の作は格がちがう。ましてちかごろは、余技ではなく、本職の根付師が出てきた。印籠にしても煙草入れにしても、ますます贅《ぜい》を尽す品がもてはやされ、それに見合う根付を大名・豪商はもとより、市《し》井《せい》の町人も求めている。意匠のみでなく素材も然《しか》り。剣を捨てて町人になったからには、剣を鑿にかえて、お前さんにしかできない新しい意匠の根付を工夫してくれなくては、根付師として認めるわけにはいかない——というのだ。

「法眼《ほうげん》周山を知っているね」

「はい、存じていますが」

大坂の人で、吉村周次郎といい、絵を狩野探幽《かのうたんゆう》の門人牲川充信《にえかわみつのぶ》に学び、絵師として法眼に叙せられたが、好みで根付を彫刻し、宝暦・明和のころ「上方もの」の代表として大いにもてはやされた。

清吉もそのことは知っていたが、まだ周山の細工を見たことはなかった。

「周山は山海経《せんがいきょう》あるいは列仙伝図から発想して、檜《ひのき》の古材に極彩色を施し、怪奇にして人の意表をつく根付をつくったな。清吉さんは見たことがないのかね」

ふんと、伊兵衛は鼻先でわらい、

「では、三輪勇閑《みわゆうかん》のものはどうです？」

勇閑は紀伊国屋庄左衛門《きのくにやしょうざえもん》と称し、江戸関口町に住した商人で、余技として根付をつくり、「三輪彫り」といわれて「江戸根付」の祖とされる天明ごろの人である。

「三輪彫り」は見ているが、銘がなかったので勇閑の作かどうかわからなかったし、あまり感心しなかったので、印象も薄い。清吉がそう答えると、

「頼りない返事だね」

伊兵衛は軽く舌打ちして立ちあがり、奥の抽出《ひきだし》からとり出してきて、

「これが江戸根付の名工といわれた三輪勇閑の作だ」

と、小箱に入った根付を清吉の膝《ひざ》もとに置いた。

清吉は蓋《ふた》をとり、顔を近づけて見入った。

琵琶《びわ》を背負った琵琶法師がしゃがみこんで、鼻緒の切れた高足駄をすげかえている。その表情がいかにも困りきっているようにも、また、のんびりした風情《ふぜい》にも見える。琵琶法師の坊主《ぼうず》頭に木枯しが吹いているとも、春の陽がうららかに照っているとも感じられる。一瞬のさりげない仕種《しぐさ》と表情が、春夏秋冬の光と風のなかで生きているのだ。漆《うるし》のかけぐあいも見事で、黒ずんだ渋い光沢を放っている。

清吉は息がつまり、背筋があわ立った。

「手にとって、よくご覧な」

ふるえる指先につまんで仔細《しさい》に見ると、紐通《ひもどお》しの孔《あな》に染牙《そめきば》が嵌入《かんにゅう》されている。孔を強くすると同時に紐通りをよくする微妙な細工である。

「素材は見たとおり桜材だね。それまでの檜材では破損磨耗するので、研究のすえ桜をはじめて用いたのは勇閑さんだ。黄楊《つげ》はもちろん、渡来物の唐木も使ったな。その孔の細工は秘伝でね、なみの者にはできない。商人の余技としてさえその工夫だ。どうかね、清吉さん」

「へえ……」

返事が蚊の鳴くように小さい。

「ほかにも見事な品をいろいろ見せてやりたいが、私も商人だ、お前さんにばかり甘い顔はできないよ。人さまの腰の品を自分で拝むんだな。それと、誰かよい師匠について一から修業するのがいいと思うが、御家人だった歳《とし》のくったお前さんを弟子にする物好きはまずいないだろうね。根付をやるような者は、職人気質《かたぎ》の強い変わり者ばかりでね。まあ、自分で血の小便をたらして究めることだ」

「……」

「ところで、最近うちに出入りの根付師で凄《すご》い奴《やつ》がいる。友親《ともちか》という男だが、余技ではなく根付一筋で、まだ二十歳《はたち》だがいずれは名人になる」

「名人に……？」

「ついせんだって作ってきたのは、北斎漫画をとり入れた見事な細工でね、しかも象牙《ぞうげ》彫りだよ」

画狂人と自称する葛飾《かつしか》北斎が、「北斎漫画」と称して発表しはじめたのは、この六年前、文化十一年からで、刷りが出るたびに江戸市中の話題になり、人気をさらっていた。

「これは受ける。正月早々に売り出すつもりだが」

ふふふっと伊兵衛はふくみ笑いをして、しょげきっている清吉を気の毒そうに見たが、まだ容赦はしなかった。

「私が眼をかけている男はほかにもいてね。親正《ちかまさ》といい松眠斎とも号する男だが、この人は奇術師の倅《せがれ》で、若いころ平賀源内の門に入ったこともある変わり者だから奇想な細工をする。ことに牙《き》彫りが巧みでね。この男も専門の根付師ですよ」

伊兵衛は勇閑の根付を持って立ちあがると、清吉の肩を軽くたたいていった。

「お前さんも私が仰天するような根付をつくることだ。年が明けたら若水で水垢離《みずごり》でもとって、きれいさっぱり侍の垢《あか》を落して、ひと月かふた月後、生れ変わった清吉さんらしい門出の作を見せて下さいな。そうですな、期限を二月の晦日《みそか》としましょう。そのお作を拝見して、手前の店で扱うかどうか決めさせてもらいますから」

およその話をお仙にした清吉は、大晦日から今日まで思案しつづけて、考えれば考えるほど自分は甘かった、三十にもなって決心するのが遅かった、とてもいまから根付職人にはなれそうもない、だから自分は駄目なのだと、大きな男がたち消えた炭火のようにしょんぼりして、溜息《ためいき》まじりにいったのである。この十日間、ほとんど眠ってもいないらしい。

聞き上手なお仙は、自分のことのようにうなずきながらも、

「このお饅頭、とってもおいしいですよ」

と、小娘のように快活にいった。昨日から何も食べていない清吉は、話してしまって胸の閊《つかえ》が少しはとれたのか、一つを口に入れると、つぎつぎとむさぼり食っている。

お仙も一つを食べながら、

「このお饅頭、年寄り夫婦がつくっているんだけど、十年かかって客がついて、二十年かかって深川の名物になったっていうんですね」

「この味に、二十年……」

感に堪えたように清吉はつぶやき、舌つづみをうってお仙と顔を見合わせた。

「うまいな!」

「ね、おいしいでしょう」

清吉の顔が、深川饅頭のようになごんでいる。憑かれたような眼の色が、きらきらと明るいものに変わっている。

——よかった!

もっともお仙は、さっき異様な眼の光を見たとき、この人は大丈夫、根付に憑かれている、一途《いちず》に前を見て、新大橋の上で叫んだときのように自分とたたかっている——と感じとってはいたのである。

——あたしだって、前の稼業《かぎょう》のときは技にいのちを賭《か》けていた。足を洗ったときには、この人みたいに自分に大声に叫んで、それまでのあたしを捨てたんだわ。

そのことが口元まで出かかっているのに、お仙は話せなかった。

「一角《いっかく》のことをうにこーるって言うんですってね」

茶をいれかえながら、お仙は何気ないふうにいった。

「そんなことを、よく知ってるね」

清吉はびっくりしている。

高価な印籠や煙草入れに用いる根付の材料を「一角」すなわち「うにこーる」というのだと、根付が趣味の客からつい昨日ききとっていたのである。

「鯨の角《つの》のことなんでしょう？」

「鯨に角はないよ」

「あら、知らなかったわ」

「うにこーるてのは、鯨ではなくて、鯨の一種にはちがいねえが、歯がある鯨のいるかの上顎《うわあご》のことだ。根付としては元亀《げんき》・天正のころから珍重されている」

「いるかには歯があるんですか」

「こんどは、お仙のほうが小娘のように感動している。実際におどろいているのだが、うにこーるがいるかの上顎のことだとは客からきいていたのに、知ったかぶりをせず、清吉にいわせたのである。

海豚《いるか》は古くは入鹿《いるか》と書き、蘇我《そが》入鹿のように人名に当てられたのは、ときに大群をなして海岸近くまで泳ぎ寄る海獣で、それを人びとが「入鹿の白山まいり」「磯《いそ》まいり」「観音まいり」などと大事にしたからだと、清吉はいい、うにこーるで根付を彫ってみたい、象牙もいい、猪《いのしし》の牙でもいいなと、すっかり饒舌《じょうぜつ》になっている。

一滴も飲まないのに、深川饅頭に酔っているようだ。お仙がいるので、頭のなかに鬱血《うっけつ》していた思案がめぐり出したのである。

「この間、お預りした根付だけど」

お仙はまた話題をかえている。

「店の板さんに見せたら、気に入ってしまって、ひどく欲しがるんですよ」

「あんな不出来な品を。……お仙さんにやるんじゃなかったな」

「ゆずってあげてもいいかしら？　あたしはまた別のをもらいたい。清さんが一人前の根付師になって、誰にもあげたくないような自慢の品を」

「そりゃあ、そのつもりだが……」

「うれしい。じゃあ決めたわよ。二分でどうかしら？　あの花咲爺の根付」

「そんな高いものじゃないよ」

「いいのよ。板さん、すっかり気に入ってるんだもの。またいつ来られるかわからないから、お代を今日おいてくわ」

「なにもそんな……」

米の一升も買えそうにない清吉の暮らしを見て、とっさに口に出た嘘《うそ》だった。

「ね、銭湯にでも行ってきたら？　無精《ぶしよう》は職人らしくていいけど、そのなりじゃ折角の思案もよごれてしまうわ。ついでに、湯上がりの散歩に海でも見ていらっしゃいな。

あたしも一緒に行きたいけど、今度にするわ」

最後はひどく甘え声にいい、お仙は小銭をわたして清吉を送り出した。

清吉がこざっぱりして濡《ぬ》れ手拭をさげてもどったとき、お仙は帰ったあとだった。古鍋《ふるなべ》に飯が炊《た》けていて、新しい盆の上に徳利《とくり》と小魚の煮付がのせられ、彫り台の上に懐紙につつんだ二分金が置かれている。

清吉は、お仙の後姿も見えない路地に出て、海辺の空の夕焼けを眺めながら、苦笑いしてつぶやいていた。

――ふしぎな女だな。おいらの頭のなかでまだ形にならないものを、やんわり誘い出してくれる……。

五

陽がのびて、日の出が早くなった。その明け六ツ（午前六時頃）に路地口の木戸が開くと、

「なっとーう、なっと」

「あさりーむきん（剝身《むきみ》）、しじみイ」

触れ声が裏店《うらだな》の路地にも入ってくる。

お仙はその貝売りをはじめていた。手拭《てぬぐい》を姉《あね》さんかぶりに木綿の着物を裾《すそ》みじかに着て、前後の笊《ざる》に貝を入れた天秤棒《てんびん》をかつぎ、深川から砂村のあたりまで、毎朝売り歩く。午《ひる》からは「松川」に出て夜遅くまで働き、朝は早い。稼いだ銭はさりげなく、清吉の米代、酒代に当てるのである。

――どうしてこんなに、清さんに尽すのかしら。

自分でもわからない。けれども、清吉のそばにいると、自分まで変わってきていると思う。考えてもいなかったことがひょこっと口に出て、清吉を励まし、自分もこれまで知らなかった壁の向うへトンと踏み出している。自分のような女がそばにいては迷惑をかけはしまいかとふと怯《おび》えながらも、あの人があたしを変えている――そう思うのだ。

砂村の清吉の長屋に着くと、売り残した貝で味噌汁《みそしる》をつくり、朝餉《あさげ》の支度をする。少し遅い朝餉だが、清吉は待っていて、なにはなくとも差し向いのひと時である。

二月も十日になったというのに、まだ思案のまとまらない清吉は、食事中も無言なら、すんでからももっそりと無精髯《ぶしょうひげ》のあごばかりなぜている。このひと月、ときには朝から大酒を飲み、二日でも三日でもせんべい布団《ぶとん》にくるまっていたかと思うと、ふらりと出て行ったきりもどらない。

朝帰りした清吉が、道ゆく大店の旦那《だんな》の腰の根付を、顔を寄せてしげしげと見たために、巾着切《きんちやく》と間違えられて自身番に引っぱられたと話したときは、お仙は声も出なかった。息がとまり、顔色が変わっていた。

しかしお仙は、清吉がいない朝でも、その日の分の食事をととのえ、洗濯もすませてから、いったん自分の裏店にもどり、店へ出かけて行く。

「ねえ、清さん。今日はあたし、お店が休みなの。両国へ連れてってくれない？」

その日のお仙は後片づけがすむと、甘え声にねだっていた。清吉はムスッとしている。意匠の思案がまとまらず焦《あせ》っているのである。

「両国橋西詰に針金細工の見世物が出ているんですって。清さん、見に行きました？」

「……」

「ずいぶん人気らしいわね。針金細工で十二支をつくった見世物とか」

「ありきたりだな」

吐き捨てるようにいったのは、十二支の根付など作る気はないからだ。

「北斎さんの絵を使った細工なんかもありきたりかしら」

「北斎の？」

「ええ、大森の職人さんが作ったらしいわね」

一刻後《ひとときご》、ふたりは連れ立って、両国橋西詰の雑沓《ざっとう》のなかにいた。広小路の両側に、葦簀《よしず》張りの小屋が建ち並び、すっかり春めいた川風が心地よい。

木戸口に「難波《なにわ》なるかごの細工にまけまじと　たくみ出したる江戸のはりがね細工人胡蝶《こちよう》」と貼《は》り紙がある小屋に入ると、大牛ほどもある蟻《あり》の針金細工で、二本脚で立ちあがった蟻が、眼を剝き触覚と脚をふりあげ、居丈高《いたけだか》に見物人を睨《ね》めまわしている。首と前脚がうごくのは、ぜんまい仕掛なのだ。

「まあ、大きい蟻。怖い！」

お仙は清吉の太い腕にかじりつき、悲鳴をあげている。

その隣りが北斎の絵を使った針金細工で、清吉はそこが目当てらしく、足早やに入ってゆく。お仙も人垣をわけて前に出ると、北斎漫画の一枚を模した半裸の女の畳一畳ほどの絵がおかれていて、そこに針金細工の巨大な大蛸《おおだこ》が、いかにも淫乱《いんらん》に八本の脚をからませ、真赤な頭をふりたてて女の乳房へ吸いよっている。

清吉はがっかりしたように首を横にふっていたが、お仙に出ようとはいわず、腕組みをして、無精髯のあごをなではじめたのは、なにかひらめくものがあるからだろう。

お仙はその顔を脇《わき》からそっと見上げて、ほんのちょっぴり肩をすくめていた。帰り、両国橋の上まできて、清吉は立ち止まった。大川に眼をやりながら、なにかぶつぶつ独り言をいっている。そばにお仙のいるのがわずらわしそうで、独りになりたいとわかる。

両国あたりで昼食《おひる》をと心づもりしていたのに、お仙は、

「あッ、いけない！」

小さく声に出していた。

「女将《おかみ》さんから用事を頼まれていたのをすっかり忘れてたわ。いまからお店へ行かなくっちゃ。あたしって、なんて忘れっぽいのかしら」

そそっかしい奴《やつ》だな――という表情をする清吉にニッコリ微笑《ほほえ》みかけて、お仙はもう駈《か》け出している。用事などなかったのだ。

それから数日後、「期限」まであと十日と迫った朝、貝売りをすませたお仙が井戸端で米をといでもどると、清吉はせまい土間にしゃがみこんで、売れ残りの蜆《しじみ》にじっと見入っていた。水を張った小桶《こおけ》に二合ほど入っている。

清吉の無精髯の顔にも、肉の落ちてしまった肩にも、ぞっとする焦りがあらわれている。この三日、ひと言も口をきかない。両国の針金細工を見た翌日は、海辺に出て

一日じゅう風に吹かれていたが、昨日などは素描した下絵を破り捨てると突然喚《おら》び声を噴き、壁に頭をくりかえし打ちつけ、眉間《みけん》から血を流していたのだ。その生ま傷のある蒼白《あおじろ》い顔で、さびしそうに蜆をのぞきこんでいる。

——針金細工の見世物にも、新しい意匠の思案が浮かばなかったんだわ。あたしには、なにもしてあげられない……。

そう思うと、お仙も飯を炊く気力がうせて、清吉と肩を触れあいながら蜆をのぞきこみたくなった。

——いっそ清さんと、世間のことなんかかかわりのない川の底で、貝みたいにひっそり暮らしたい……。

そうも思っている。しゃがみこむと、ふっと、子供のころの思い出が甦《よみがえ》った。

「蜆釣りをしたことがあった……」

蜆に見入りながら、つぶやいていた。

向島小梅村生まれのお仙は、幼いころ近くの田圃《たんぼ》や堀割で、蜆釣りの遊びをよくしたものだ。

「笹《ささ》の先をそっと水に入れて、泥のなかで息をしているしじみさんの小さな口へ上手に差しこむと、びっくりして貝のふたを閉じるから、釣れるのよね」

清吉へ話しかけるというより、半ば独り言である。水底をのぞきこむと、蜆は泥にひそんでいて貝は見えないのだが、息をしている白っぽいところだけが小さな二つの眼のように見える。まるで、水底からひっそり空を見上げているみたいに。ええ、そうだった。あの眼を見ていると妙に哀《かな》しくなって、釣るのなんか忘れて、日の暮れるまで独りぽっちでしゃがみこんでいた……。

「うん、そうだったな」

——返事をしてくれた、この人。

お仙は清吉の表情をうかがい、また小桶の蜆を見た。清吉は小桶の水に手をさしこみ、貝に指先を近づける。触れたとたん、薄くひらいていた貝がぴたりと閉じる。

「出来た！」

とつぜん叫ぶと、清吉は立ち上った。胸のまえで両手を鳴らした。眼がぎらぎら輝いている。顔が上気している。

「そうか！　大が小だ、小が大だ。貝でいいんだ。おいらのことでいいんだ！」

なにを口走っているのか、お仙にはわからない。

清吉は座敷に駈け上がると、素描の筆を走らせている。まるめた肩がせわしなげにふるえている。

「出来たよ、お仙さん！」

振りむいた。両手に下絵の半紙をかかげる。

お仙はとっさに両手で顔を覆《おお》っていた。ぎゅっと眼もつぶっていた。

「どうした、見ねえのか？」

わからない。躰《からだ》がそう動いたのだ。涙があふれている。

「泣いてるのか、お仙さん」

「よかったわね！」

顔を覆ったままお仙はいった。涙声である。

「その下絵は見ないことにするわ」

「……」

「見なくたって、清さんがいのちを賭《か》けた意匠だってわかる。ええ、そうに決まってる」

お仙はくるっと背を向けた。

「根付が仕上ってから、ゆっくり見せてもらうわ。ええ、拝ませてもらいます。ごめんなさい、勝手をいって……」

下絵を見るのが怖いのではなかった。信じていた。他の誰のものでもない、侍を捨て生まれ変わった清吉自身の意匠だと。

「わかった。いまからすぐ彫り出すから、決してのぞいちゃいけねえよ。仕上ったら、お仙さんをびっくり仰天させてやるからな」

六

——どんな意匠かしら……。

食事の支度だけして、早々に清吉の長屋を出たお仙は、途中、富岡八幡宮《はちまんぐう》に念いりにお詣《まい》りして、いつもより早く店に出た。

胸がちょっと息苦しく、顔が火照《ほて》っている。自分が世間に初めて売り出す根付を彫りはじめているようだ。

——ええ、そう。清さんがだけど、このあたしも新しい根付を作っているんだわ。

「松川」の勝手口から入ると、台所にいた女将《おかみ》が、

「今日は早いんだね。なんだかいいことがあるみたいな顔してるけど」

「ええ、清さんがね……」

いいかけると、女将は軽く手で制して、

「その話ならあとでゆっくり聞かせてもらうわ。いまね、佐吉親分が来てるのよ」

と低声《こごえ》になっていった。

茶の間の長火鉢のまえで佐吉は茶を飲みながら煙草《たばこ》を吸っていた。八丁堀の目明しである。とうに五十を越えている。

「達者そうだな、お仙。暮れのうちに一度顔を出そうと思ってたんだが、御用で上方《かみがた》へ行ってたもんで正月も来られなくてな。ようやく躰《からだ》があいたのでちょいとのぞいてみた。いま女将からきいたが、いい男ができたらしくて結構じゃねえか」

「相変らず早耳なんですね、親分さんは」

「お前のことが気になってな。なにしろ親がわりみてえなもんだから」

「ええ、それはもう。ありがたいと思ってます」

お仙は、両手を合わせて頭を下げた。

卑《いや》しい稼業《かぎょう》からきれいに足を洗えたのは、この目明しの佐吉親分のおかげなのである。この「松川」に勤めるようになったのも、佐吉の口ききだった。佐吉は時折り顔を出してくれ、何かと相談にのってくれる。子がないので、娘のように思っているのかもしれない。

「その男にだいぶ尽しているときいて、俺も安堵《あんど》した。惚《ほ》れた相手なら、身を固めたらいいとは思うんだが……」

煙管《きせる》の雁首《がんくび》を長火鉢の灰吹にポンと叩《たた》くと、佐吉は急にきびしい顔つきになって、声を落した。

「まさかお前、そいつにみつぐために、悪い虫が起きたんじゃあねえだろうな？」

「えッ、そんな……。なんなんです、藪《やぶ》から棒に……」

「嘘《うそ》はいけねえよ。妙な気が少しでも起きたら、この俺にいってくれなくちゃあいけねえ。俺みてえのが面《つら》を出しちゃあ迷惑なのを承知で、こうしてのぞいてるんだから」

お仙は、佐吉の眼を間近に見返した。その眼をのぞきこんで、少しは安堵したのだろう、

「いやな、気になる話が耳にへえってな。それで今日は寄ってみたんだ」

と、佐吉は言葉をつづけた。

「手先の竹の野郎がせんだって両国広小路で、お前を見かけたというんだ。竹がいうには、お前、人さまの腰のものばかりうかがっていたそうじゃねえか。妙な眼つきで、印籠《いんろう》や煙草入れなんぞを。手は出さなかったっていうが、狙《ねら》っていたんじゃねえだろうな」

あ、そうだったのか――お仙は笑い出していた。そういえば、あの雑沓《ざっとう》の中で男たちの腰にばかり眼がいっていた。どんな根付をしてるのかしらと、のぞきこんでさえ見ていた。自分では気づかなかったけれど、他人様《ひとさま》が見れば、よっぽど異様な眼つきだったろう。

それを話すと、佐吉も笑い出して、

「そうかい。わけをききゃあ、いい話だ。尾《つ》けまわした竹の野郎もとんだドジだったなア。だがな、お仙、李下《りか》に冠を正さずって諺《ことわざ》もある。お前はまえがあるんだから、いまは堅気でも人さまにあやしまれるような真似《まね》は金輪際しちゃあなんねえ。それにああいう人立場《ひとたちば》（盛り場）には、お前を知っている仲間もいる。めったに近づかねえことだ。いいな、お仙」

そこへ女将が銚子《ちょうし》を運んできたので、目明しの佐吉は軽く飲みながら上方の話をして、機嫌よく帰って行った。

佐吉はまえがあるといったが、お仙は刑をうけたわけではなかった。このころの巾《きん》着《ちゃく》切の刑は、男女を問わず敲《たたき》のうえ人足寄場へやられたが、お仙は佐吉親分のはからいで赦《ゆる》されたのである。

それにお仙は、二人、三人と仲間が組合って掏摸《すり》をするくみをしたことはなく、もっぱら一人働きだったから、仲間はいない。けれども、縁日や見世物場所などの平場《ひらば》(掏摸をする場所が平地)が専門で、指の間に小さな剃刀《かみそり》をはさむ当りを使って下げ緒を切り、印籠や巾着だけを掏り取っていたので、「当りのお仙」と異名をとっていた。しかしそれも、いまのお仙には遠い他人事である。今日のことにしても、結局はなんでもないことだったのだ。

——でも、清さんがいちばん大事なときだというのに……。

と思うと、お仙は清吉にすまない気がした。自分がそばにいては、迷惑をかけることになるかもしれない。それは前からときどき思ったことだが、その夜はさすがに一晩じゅう考えて、二度と清さんのところへは行くまいと自分にいいきかせた。けれども夜明けになると、いつもより早起きして貝売りをすませ、清吉の長屋を訪ねていた。

夜っぴて仕事に打ちこんでいた清吉は、お仙が来たのにも気づかず、彫り台に向っていた。その恐ろしいほどシンとしたやつれた背中を見てお仙は、

——この人の仕事が仕上がるまでは。

と思った。それまでは、いままで通り毎日くる。

あと五日、あと四日、あと三日……来るたびに自分にいいきかせ、音をたてないように食事の支度だけをした。

最後の日、お仙は店を休ませてもらった。貝売りも休みにして、清吉の長屋の路地へ入って行ったお仙は、膝頭《ひざがしら》がどうしようもなくふるえて困った。清吉は朝陽が射《さ》しこむ彫り台のまえに坐っていた。振りむいた顔がニッコリ笑った。まぶしい。月代《さかやき》も髯《ひげ》もぼうぼうに伸びて、眼のふちに隈《くま》が黒々と浮き出ているのに、思いきり仕事をやりぬいた男の、晴れやかな自信にみちた顔である。充血した小さな眼がきらきら光っている。

「お仙さん、見ておくれ」

と、清吉はいった。

お仙は清吉のまえにきちんと坐った。清吉は折りたたんだ新しい手拭《てぬぐい》の上にのせて、黙って差し出した。

拭《ふ》き漆《うるし》をかけた黄楊《つげ》彫りの根付である。径一寸たらずでまるい。ちっぽけな蛙《かえる》が平べったい丸石に乗っている——見た瞬間そう思った。お仙は手拭のままおしいただいて受けとり、眼を近づけた。

大きな貝の上に、褌《ふんどし》一丁の裸の男がかじりついているのだ。顔を横にし、両手両足をふんばらせて、腹這《はらば》いにぴったり、かじりついている。筋肉や筋がうき出て、大貝を思いっきり持ち上げようとしているようにも見える。中年男で、顔をしかめ、歯をくいしばっている。

ほどけた褌の先が、大貝の口にぱっくりくわえこまれているのだ。六尺褌をかなりくわえこまれて、なんとか引き抜こうと、助けも呼べず、ふんばっているのである。慌《あわ》てている。怒っている。懸命なのだが、なんとも情ない恰好《かっこう》だ。

——あッ、この男《ひと》……。

おかしい。お仙は思わずぷっとふきだして、ころころと笑いころげたかった。でも、哀《かな》しい。鼻の奥がジーンとしてくる。滑稽《こっけい》で、あわれで、さびしい。

痩《や》せぎすの褌一丁の中年男が、あわれな虫けらのように見える。大貝は知らんぷりだ。男は悲鳴をあげ、こぶしを上げて貝を叩いて怒鳴り、自嘲《じちょう》し、やがて諦《あきら》めるだろう。ゆがんだ表情は諦めきった顔にも見える。耳をおしあて、応答のない貝の中からかすかにつたわってくる貝のつぶやきを、ききとっているようでもある。薄い笑みさえ浮かんでいる。貝とふたりっきりの世界を愉《たの》しんでいるのかもしれない。

お仙は、手にとってみた。どこも動かない。なんの仕掛けもない。てらいもない。漁師らしい男が褌を大貝にくわえこまれているだけ。ただそれだけである。

「一日じゅう見てても、一年じゅう見てても、十年見てても、見あきないわ」

顔をまっかにして、涙をためて、お仙は、一語一語、それだけをいった。

「その男はね、おいらだよ」

清吉はそれだけをいった。

——今日まで待ってよかった！

うれしくて、うれしくて、お仙は泣いていた。

清吉は朝飼《あさげ》をすますとひと眠りしてから、お仙に月代と髷をあたらせ、職人風の小銀杏《いちょう》に髪を結わせると、その根付を大事に懐《ふところ》に入れて、日本橋の小《こ》間物問屋「三州屋」へ出かけて行った。

——三州屋さんがなんていうかしら。

お仙は急に不安になった。

午後遅くなっても清吉はもどらない。夕飼の支度をととのえ、もちろん酒も用意して、お仙は待ちつづけた。

日が暮れてから、清吉はもどってきた。路地のドブ板を鳴らして駈《か》け込んでくる。

腰高障子を勢よく開けた清吉の顔から、笑みがこぼれている。

「三州屋の旦那《だんな》もびっくり仰天だ。今日から根付職人として扱ってくださるそうだ」

「よかった！」

「清吉さんらしい意匠だとたいそうな褒《ほ》めようでね。ただ一つ、謎《なぞ》をかけなすった」

「どんな謎……？」

「お前さん、抗《あらが》ってるね――って」

「抗って？」

「まあいいさ。この手のものをどんどん彫ってくれっていうんだから」

酒になった。ふたりだけの祝いの宴《うたげ》である。

「今夜は、あたしもたんといただかせてもらうわね」

それから何を話したろう。

気がつくとお仙は、清吉の胸に抱かれていた。小柄できゃしゃなお仙は、大木に蟬《せみ》がとまったようだと思った。同じ蟬でも、穴から出たばかりの蟬の濡《ぬ》れた心で抱かれていた。

とうに夜半を過ぎて、弥生朔日《やよいついたち》である。破れ障子から、花の香が漂い、春の新月がのぞいている。

「根付師としての号を考えてみたんだが……」

耳もとで清吉がいった。

「月の虫ってのはどうかな？」

「月の虫？」

「そんな虫がいるんですか？」

「人間なんて、侍だろうが町人だろうが、ちっぽけな虫けらみてえなもんじゃねえかな」

「ええ、このあたしなんか」

「おいらもだ。頼りねえ虫けらさ」

「それじゃあ、お月さまは？」

「なにか大きなものだな」

「願いをかけたり、頼ってみたり。そうね、あたしなんか、お月さまに振り落されないように、やっとかじりついてるみたい。すべり落ちたら、生きてゆけなくなっちゃうもの」

「お前、うめえことをいうな」

「月虫《つきむし》って、清さんが考えたことよ」

——この人があたしのお月さま。

お仙はそう思った。

「なあ、お仙」

清吉がささやいた。

「お前のおかげだ。ありがてえと思ってる。おいらと夫婦《めおと》になってくれ」

「それは……」

無理、できません――といおうとしてお仙は、清吉の唇に唇をふさがれていた。

七

――今日は話そう、明日こそは必ず……。

お仙は自分にいいきかせながら、あのことをとうとう口にできずに、夏を越し、秋も過ぎ、その年も暮れて、文政五年の新年を迎えていた。

どうして女房になってくれないのだと、問い詰める清吉へ、

「ごめんなさい。あたしの勝手をいって。ともかく、もう少し待って下さいな。そのうちにきっと」

と詫《わ》びて、その場をつくろってきたが、

「清さんが江戸いちばんの根付師になったとき」

半ば冗談っぽくはだが、そういってしまった。すると清吉はしんから真《ま》にうけて、

それ以来、このことを口にしなくなった。お仙は小悧口《こりこう》ぶった自分がいやだったけれど、

——そのときは、あたしも昔の自分をきれいに捨てきれる。いまは清さんに尽くして、清さんに浄《きよ》めてもらっている。そのときもし捨てられても、それは諦《あきら》めなくちゃ。

相変らず貝売りをして、お店がたまの休みの日に清吉の長屋に泊ってゆくお仙は、数えるほどだけれども抱かれるたびに、悦《よろこ》びに身もだえながら、自分の胸につぶやきかけてきたのである。

この一年、月虫の清吉は、もっぱら江戸庶民の日常の、滑稽《こっけい》で、したたかで、哀《かな》しい姿をさりげなく巧みに誇張変形した木彫り根付を作って人気が出て、「三州屋」からの注文をこなしきれなかった。こなしきれないのは、いくら評判がよくても同じ意匠の細工を決して三つとは作らず、わずかでも納得のいかない作はおしげもなく打ち砕いてしまい、気に入った意匠が想《おも》いうかぶまで仕事をしないからである。これはと感じ入った根付があると、価《あたい》などおかまいなく買い込んできて、三日でも五日でも見入っている。

——この人、職人気質《かたぎ》が板についてきたんだわ。

お仙はうれしかった。けれども、清吉は有頂天になってもいて、北斎漫画の根付で

すっかり人気の出た若い根付師友親や、奇想な細工をする松眠斎（親正）、あるいは牙《き》彫《ば》りで一流といわれる三代目舟月などの細工を頭からこきおろし、もともと酒好きではあったけれど大酒を飲んでは名人気取りで大ボラを吹く。その人変わりしたような傲慢《ごうまん》ぶりが、お仙にはやりきれなかった。

——このまま終ってしまう人かしら……。

ふっと、悲しくもなるのだ。

どうやら清吉は無理して職人ぶっているところがあり、それはお仙にもわかる。しかし、理由もわからず時折り荒れるのである。借金がかさみ、お仙は「松川」の女将《おかみ》から用立ててもらっていて、貧しさは少しも苦にならないが、荒れられるのは辛《つら》い。お仙に手をあげることはないが当たり散らし、物をこわして暴れ、そうかと思うと、大男の清吉が部屋の隅にちぢこまって子供のように泣く。

そんなときはさすがのお仙も、

——あたしだって、辛い思いをして生きているんだよっ。

と、叫び出したくなるのだ。

清吉は、評判がよければよいほど、自分ではいまの仕事にあきたらなくて、それに根付師としてきびしい眼で清吉を見るお仙の視線にも耐えきれなくて、荒れるのだろう。そう気づいてからのお仙は、いっそう辛い。

その清吉が、師走《しわす》がおしつまってから、ぱったり仕事をしなくなってしまった。「三州屋」からの注文はとどこおったままである。ことに、さる大身旗本から月虫名ざしで注文の出た品は、正月明けには仕上げるよう伊兵衛から催促されている。それなのに、鑿《のみ》をほうったまま年を越した清吉は、正月だというのにここ数日、彫り台のまえで、腕をくんだきりのダンマリ虫なのだ。

「早いものね。この長屋にはじめて顔を出してから、もう一年になるんだわね」

松の内は貝売りは休んで、着飾って午前中きているお仙は、竈《へっつい》に薪《まき》をくべながら、いっそ明るくいった。清吉の耳にとどく独り言である。

「新年だと火の色までがちがう。あたしも何か新しいことをしてみたいな。でも、あたしなんかに見つかるわけもないし……」

明けて二十七になったお仙は、ちょっと寂しく独り笑いをして、燃える火を見つめている。

お仙は、清吉がこれまでの意匠から一歩も二歩も踏み出そうと苦しんでいるのを痛いほど感じている。材料も木彫りから象牙《ぞうげ》彫りに変えようかと迷っていて、意匠も斬《ざん》新《しん》な仕掛物を思案しているようだ。けれども、牙彫りの名人達者は大勢いるし、仕掛物の奇想など容易に想《おも》いうかぶものではない。伊賀《いが》の岷江《みんこう》の「道成寺根付」と称する安珍清姫の根付のごときは、鐘の竜頭《りゅうず》をまわすと、鐘の中にいる安珍の顔が白、青、赤に色変わりする凝《こ》った細工なのだ。その細工で岷江は藤堂侯に見出《みいだ》され、扶持《ふち》まで頂戴《ちょうだい》しているという。

そういう根付師をしのごうと苦しんでいるのがわかるから、お仙は清吉の悩みによりそう気持で、自分のことを何気なげにつぶやいたのである。

清吉はその声がうるさいとでもいうように、彫り台の上の象牙を邪険に払いのけると、あらあらしく路地を出て行ってしまった。が、ほどなくもどって来て上り框《かまち》に腰をおろすと、

「やはり木彫りか……」

とつぶやいた。

「なあ、お仙。誰もまだ根付に使われねえ木材はねえかな」

ダンマリ虫が鳴いたのである。

「そうね、柿《かき》なんかどうかしら？」

「ある」

「椿《つばき》は？」

「それもある。一位《いちい》、楠《くす》、槻《つき》、棗《なつめ》……白檀《びゃくだん》の香木もとうに使われている」

「梅の種子《たね》なんかは？」

「馬鹿《ばか》！　そんなものが根付に使えるか！」

清吉は吐き捨てると、プイと外へ出て行ってしまった。近くの居酒屋へでも行ったのだろう。それとも岡場所へ。今夜はもどらない。お仙は後悔した。せっかく口をきいてくれたのに、梅の種子だなんて、ほんとに馬鹿な思いつきをいってしまったものだ。

ところが、清吉は小半刻《こはんとき》もすると足早やにもどって来て、せわしなく下絵を描きはじめた。反古《ほご》にしては、翌日も朝から描いている。

お仙は見せてほしいともいわなければ、のぞきもしなかった。あれ以来、出来上るまでは見ないことにしている。六畳一間の狭さだからおのずと見えてしまうが、清吉は彫り台のまわりをお仙が片づけるのを嫌うから、見まいと思えばできるのである。

三日ほどして、清吉は彫りに入った。木彫りである。途中まで彫りすすんだのを、玄翁《げんのう》で叩《たた》き壊しては、また最初から入念に彫っている。

口をきかない。が、しぐさと顔を見ればわかる。

——いい、いってるみたいね。

ふふっとお仙は笑いたくなる。凄《すご》い顔。怖いほどだ。よっぽどこんどの細工には自信があるのだろう。

十日ほどが経《た》った。口をきくようになった。

「雪隠へ行ったかな」

独り言である。

「いま行きましたよ」

「うん、そうか」

それだけだ。飯を食べたのもすぐに忘れてしまう。味などわからない。

でも、口をきくのは余裕が出たからだ。

また十日ほどが過ぎた。一月の末で、「三州屋」からは毎日、手代が催促にきた。

「あす出来る」

細工は見せずに清吉はそういったが、その日になると「あすだ」といった。掌《たなごころ》につつむようにして、最後の仕上げに精魂をこめ、愉《たの》しんでもいるのだろう。

井戸端の桃の木に蕾《つぼみ》がほころびはじめ、海からの風は、めっきり春の磯《いそ》の香りである。

二月になってついに出来上った日、朝から肌寒い小雨が降っていた。花を呼ぶ菜花《さいか》雨《う》である。

路地隅のお稲荷《いなり》様の小祠《しょうし》を拝んでもどったお仙は、差し出された根付に手をさしのべた。動悸《どうき》がはげしく、指先がふるえている。受けとって、アッと思った。

桃の種子なのだ。

よく見ると、実物の種子ではなく、漆《うるし》をかけた桜材で、そっくりに作ってある。両端が輪切りになっていて、中がのぞける。

小さな桃の種子の中で、男と女が碁を打っている。役者顔の武士と遊女である。碁盤にはけし粒ほどの碁石が並び、傍らの盆には酒器もおかれているが、小雨で部屋が薄暗いのでよく見えない。清吉が天眼鏡をさし出し、蠟燭《ろうそく》に火をつけて近づけてくれる。

ゆらめく明りに照らし出されて、種子の中の小部屋が浮かび上った。男女は艶《つや》めいた笑みをうかべ、額を触れあうようにして碁打ちに興じている。微醺《びくん》をおびたふたりの頰がほんのりとあかい。種子の裏側の天井に桃花が爛漫《らんまん》と咲き乱れ、男女の肩と碁盤の上にも花びらが散っている。管弦の音《ね》さえきこえてきそうである。

酒器は唐風で、ふたりの膝《ひざ》もとをせせらぎが流れている。中国の桃源郷の故事に倣《なら》った意匠なのだ。

針の先で彫ったほどの微細で巧緻《こうち》な仙境が、一見なんの変哲もない桃の種子の中に、妖《あや》しくひらけているのである。蠟燭のゆらめく仄明《ほのあか》りに、いっそう幻のように艶めかしく華やいで見える。

お仙はただうっとりと魅《ひ》きこまれている。

「こちら側からも見てごらんな」

そういわれて、お仙は反対側からのぞきこんだ。

髑髏《しゃれこうべ》なのだ。ふたりとも。

花の下で碁に打ち興じる武士と遊女の顔は、象牙彫りの髑髏。そこにも花が散っている――。

「謎《なぞ》が解けたよ」

しばらくして、清吉がいった。

「やっぱり、おいら抗《あらが》っているんだな。侍を捨てたが、いまだに侍だった時の嫌な夢をみて魘《うな》される。町人にもなりきれねえ。そんな自分に抗っている……」

あの褌《ふんどし》をはさまれた男は、貝というどうしようもない力に抗っている――と「三州屋」は見たのだろう。この根付も、髑髏に見える仕掛けで、清吉はどうしようもない気持をあらわしているのだろうか。

「いまのお江戸でもあるんだが……」

お仙はドキリとしたが、

「ふたりが髑髏になっても花の下にいるなんて、いいわね」

――あたしと清さんだ、と思った。

「誰にも渡したくないわね、この根付」

「おいらもだ。二つとは彫りたくねえ。いや、彫れねえな、こんなに魂のへえったものは」

「清さんが使ったら？」

「そうもゆくめえ。……お前にやりてえが」

「……」

「お仙……」

「あい」

「これでおいらも江戸いちばんの根付師になれる。こんどは、いやとはいわせねえよ」

「それはもう……」

「なあに、返事はよく考えてからでいい。祝言《しゅうげん》は急ぐことはねえからな。大川堤の桜が満開のころがいいと思ってるんだ。花見船をくり出して、墨堤《ぼくてい》の花と月を夜っぴて愉しむって趣向はどうだい？　根付師月虫さんらしくて乙《おつ》じゃねえか。それまでに、たまった仕事をすっかり片づけてな」

「ええ……」

「ともかく今日はこれを届けてくる。手もとに置いとくと渡せなくなっちまうからな。それに三州屋の旦那《だんな》、首をのびっきりにして待ってるし」

清吉は着替えをすますと、これまでの作風を超えた「種子の中の桃源郷」を懐《ふところ》に大事におさめて、菜花雨のなかを三州屋へ出かけて行った。

八

「お仙ちゃん、堀尾様がお呼びだよ」

秋ごろからぱったり来なくなっていた堀尾伝十郎が、久しぶりに御家人二人を伴って「松川」に現れたのは、寺々が善男善女で賑《にぎ》わう涅槃会《ねはんえ》を明日にひかえた、二月半ばの夜であった。

「お仙、たいそう無沙汰《ぶさた》をしたな」

今夜の伝十郎は、髷《まげ》も武士らしい大銀杏《おおいちよう》で、熨斗目《のしめ》に仙台平の袴《はかま》、黒縮緬《くろちりめん》の無紋の地味な羽織を着ている。お徒衆《かちしゆう》自慢の、拝領の役羽織である。

世間では「黒っ羽織」と呼び、茶店や見世物小屋などの商人は、蛇蝎《だかつ》のごとく嫌っていた。役目を笠《かさ》にきて、無銭飲食をしたり言いがかりをつけて内済金をとったりする者がいたのである。

伝十郎はその役羽織を見せびらかすようにして、

「実は昨秋、父が隠居したゆえ拙者が家督《かとく》を相続してなにかと御用繁多でな、かような小料理屋へは来るひまがなかったが、お仙、よろこんでくれ。このたび将軍家《おかみ》より御沙汰があって、お徒衆組頭《くみがしら》に抜擢《ばつてき》された。家禄《かろく》も百五十俵じゃ。近々、お屋敷も賜わる。いずれは禄二百石のお目見《めみえ》旗本よ」

「それは重ねがさね、おめでとうございます」

お仙は丁重に酌をした。

「お仙も飲め。だいぶやつれたようだな。清三郎にいれあげておるそうだが、職人風《ふ》情《ぜい》の恋人《いろ》ではいまだに女中働きで不憫《ふびん》じゃな」

「いいえ、それなりにたいそう楽しいものでございますよ」

「負けおしみをいうワ」

伝十郎は組下らしい左右の侍と顔を見あわせて哄笑《こうしょう》し、

「ところで、お仙。清三郎めはあの馬鹿《ばか》でかい愚鈍な図体《ずうたい》で根付職人になったときいたが、いかがしておる？」

お仙が黙っていると、

「実はな、お前に拝ませてやりたいものがある」

と、役羽織の下襟を片よせて腰のあたりを見せた。仙台平の袴の博多の帯に、一見して逸品とわかる印籠《いんろう》が朱色の下げ緒でさがっている。銀象嵌《ぞうがん》の孔雀《くじゃく》をあしらった金蒔絵《まきえ》の印籠である。

伝十郎は掌《てのひら》にのせて見せながら、

「見事な品であろう。このたび組頭となった祝いにお徒目付、河合総兵衛《そうべえ》様から頂戴《ちょうだい》つかまつった。有難いではないか、のう、ご両所」

すでに見せているらしいのに、左右をかえりみた。

お仙の眼はおのずと、下げ緒の先の、帯にとめられている根付へひきよせられている。

あの根付なのだ。

清吉がいのちを賭《か》け、お仙が願いをかけた桃の種子《たね》の根付。伝十郎の腰に、さびしげに下がっている。

「おお、この根付か」

と、伝十郎はいま気づいたようにいった。

「この品も悪くはない」

下げ緒を帯からはずし、小さな瑪瑙《めのう》の緒締とともに桃の種子の根付を手にのせて、

「これもむろんお徒目付より頂戴した。月虫とやら申す根付職の細工だそうだ。そうそう、清三郎はたしか左様申す根付職人じゃったな。河合様はたいそうな褒《ほ》めようでの。拙者はさほどには思わぬが」

お仙の反応をはかるようにニヤリとして、

「細工はなかなかに凝っておる。せっかく頂戴した品ゆえ、拙者の腰に長く飾ろうとは思っておる。将軍家《うえさま》に親しく随従する組頭の拙者が用うれば、お旗本衆はむろんのこと、若年寄、ご老中、大名方、いや、将軍家のご尊眼にふれるやもしれぬ。根付職人風情には栄誉この上もあるまい。お歴々《れきれき》からの注文もふえよう」

印籠と根付を腰にもどすと、お仙へ間近に顔をすりよせて、

「だがな、お仙。かような仕掛けをするなら、あぶな絵の男女でも彫り込んだなら、

貧乏暮しから足が洗えるぞ。お徒衆組頭の伝十郎が左様申していたと、月虫とやら申すお前のいろに伝えておけ。かようなものが彫れる根付職人になれたのは、拙者が剣を教えたからだともな。もっとも、所詮《しょせん》は卑小な細工しかできぬ下賤《げせん》な職人風情だが」

　高笑いをして伝十郎は、もうお仙を見ようともせず、二人の御家人に無敵流居合の腕自慢をはじめていた。お徒衆組頭ともなれば、いざ戦さのときは猩々緋《しょうじょうひ》の鎧《よろい》陣羽織を着け、将軍の影武者にもなるのである。

　伝十郎がわざわざ「松川」にきたのは、出世したおのれを誇示し、清三郎とお仙をさげすむためだったのだろう。

　そんなもともと嫌な卑《いや》しい男の腰を、ふたりの根付が飾ってしまったのだ。

　その夜、お仙は一睡もできなかった。

——清さんが知れば、とりかえして叩《たた》き壊してしまう。

　そうして欲しい。でも——とお仙は思うのだ。清吉は自棄《やけ》になり、誰の腰を飾るとも知れぬ根付にいのちを賭けなくなり、ただ人気とりの品ばかりを数多く作る根付師に堕《お》ちてしまうかもしれない。

——そんな清さんになって欲しくない。あの根付はあたし自身なの。あたしが本当に生まれ変わるための桃の種子。清さんにあたしのすべてを打ち明けられる仏さまみたいなもの。とりかえしたい。誰にも知られず、そっと、あたしのものにしたい。清さんのものとして。清さんにも知られずに……。

翌日、お仙は店を休み、清吉の長屋にも行かずに考えつづけた。死ぬほど考えて、ふっと恐ろしい思案が浮かぶと、

「いけないよ、いけないよ」

声に出してきつく自分を叱《しか》り、またじっと坐りつづけていた。

そのお仙が、数日後、お高祖頭巾《こそずきん》で顔をかくし、両国橋たもとの東詰の往還にひっそり佇《たたず》んでいた。右手の指の間にしのばせた小さな剃刀《かみそり》が、ひんやりと冷たい。

暮れ六ツの誰彼時《たそがれどき》である。

武士も町人も、江戸の老若《ろうにゃく》男女が薄い人影となって、春の川風に吹かれながら、せわしなげに橋を往《い》き来している。夕映えの残る空と大川の川面《かわも》は、まだ薄明るい。

この時刻、伝十郎が千代田城《おしろ》からもどるのを、お仙は調べておいた。伝十郎が無敵流居合術の達者であることも「当りのお仙」として勘定に入れてある。

「……間合をはかり柄《つか》に手をかけた刹那《せつな》、対手《あいて》の頭の先からつま先までの気《い》をこちら

の腹の底へ、つまり丹田へじゃが、スッとのみこむ。それで片がついておる。あとは無心に眼にもとまらず斬《き》ればよい。人間など巻き藁《わら》を斬るごとくたやすいものだ。居合の勝負が鞘のうちにあるとはこの呼吸よ。拙者の無敵流居合術はこの呼吸が剛気でな」

先夜も、伝十郎は得々と話していた。

一方、お仙の技は、対手の気《い》を一瞬そらす術につきる。指先の瞬時のうごきなど小手先の技にしかすぎない。気《い》をそらせられれば、指先は自然にうごくものだ。

その瞬間に斬られないためには、大小を差している左腰の鍔《つば》もとを鞘《さや》にそって素早くすり抜ければよい。だが、伝十郎は印籠をあの根付で右腰にさげているのである。

振りむくと、両国橋東詰の回向院《えこういん》の大屋根がくっきり影になっている。間もなく月が昇るのだ。

――これが最後で、たった一度っきり。でも、いまのあたしは「当りのお仙」じゃない。この橋を渡りきったら、こんどこそ本当に、あの人の女房の、生まれ変わったお仙になる。ね、そうなんだわね。

自分にいいきかせて、お仙は何気ないふうに歩きだした。橋を渡って近づいてくる伝十郎のほうへである。

黒縮緬の役羽織の袂《たもと》を川風にひるがえして、大小を差した伝十郎が肩をゆすって歩いてくる。すぐ後を中間《ちゅうげん》が一人つき従い、手にした提灯《ちょうちん》はまだ灯《とも》していない。お仙のすぐ前を、風呂敷《ふろしき》包を背負った丁稚《でっち》が行く。その背にかくれるようにして、うつむきかげんにお仙は近づいてゆく。

——あいつとのあいだが一間につまったとき、ちょっとよろけて、前をゆく丁稚の背中の荷へさわればいい。振りむいた丁稚へ「あら、ごめんなさいね」と詫《わ》びて、丁稚がすぐ前に来た伝十郎に触れそうになりあわててとび退《の》いたとき、伝十郎の右脇《みぎわき》をすり抜けているんだわ。伝十郎が振りむいたときは、もう一間ほど行き過ぎている。丁稚に気をとられていたあいつは、女の脂粉《しふん》の香がかすかに胸もとに漂っていて、それで振りかえるだけ。

そのときは、もうあたしの手には当りなんかない。薄暗い川面にほんのちょっぴり水音がしたって、誰ひとり気づかない。あたしの袂に、桃の種子がひとつ、ころっとおさまっているのを知る者も、あたしひとりだけ。

伝十郎の右脇をすり抜けた瞬間、触れたとも感じさせずに、下げ緒の一端を切って、あの根付だけを掏《す》りとっていればいい。印籠は帯にはさまれた下げ緒のまま腰に残っているんだもの、掏られたとは気づかない。屋敷に帰ってから腰の印籠をはずそうとして、下げ緒の結びがほどけて根付をどこかに落したと気づくんだわ……。

伝十郎との間合が二間につまっていた。

——斬られるかもしれないな。それでもいいわね。あの人とあたしのためだもの。あの人にはじめて出逢《であ》ったのも橋の上だったし。この大川の水底にも桃の花が散るかしら……。

お仙は、もうなにも考えてはいなかった。

根付師月虫の女房になった女が、無心に、両国橋を東から西へ渡ってゆく。

回向院の大屋根の空に、春の月が昇っている。

あとがき

播州三木《ばんしゅうみき》での取材の折、道具鍛冶《かじ》の工人たちは、何気ないふうにいったものだ。

「火と鉄と水と泥のほかは、何も知らないな」

その道の技《わざ》一筋に生きる者にとって、ほかに何を知る必要があろうか。

それぞれの分野で、職人たちがふともらした言葉や、言葉にはならない心意気を芯《しん》に、私も職人として物語を紡《つむ》いできた。ときには、ふと目にした一作や道具の情念に魅《ひ》かれて。

使い勝手がよく、切れる道具ほどよく使われ、研《と》がれ、叩《たた》かれて身を削り、すり減って消えてゆく。その滅びゆく姿に、職人の必死の情念の残照がある。

江戸の町を舞台とした私の職人譚《たん》の一作一作は、名を残さず、技にこだわりつづけて消えていった者たちの、情念の残照かもしれない。

この作品集は、中山義秀《ぎしゅう》文学賞を頂戴《ちょうだい》した『江戸職人綺譚《きたん》』（新潮文庫）の続篇にあたる。前篇から五年が経《た》ってしまったが、私が初めて試みた江戸職人譚は、十年前の「装腰綺譚」で、この作を書かなかったなら、その後つぎつぎに職人譚を書きつづけることはなかったであろう。すでに『子づれ兵法者』（講談社文庫）に収めてあるが、記念すべき一作なので、本書に加えた。

取材にあたっては、道具鍛冶、オルゴール、団扇《うちわ》、花火など、その道の職人と研究者にお世話になった。心からお礼を申し上げる。

平成十二年霜月

佐江衆一

解説

細谷正充

我が家には、からくり人形がある。いや、江戸期に作られた本物ではない。プラスチック製のレプリカだ。からくり人形のなかでは最もメジャーだと思われる茶汲《く》み人形で、手にもったお盆の上に湯呑《ゆのみ》を乗せると、本当に動いたりする。これがまあ、見ていて実に、飽きがこないのだ。歯車とぜんまいで作られた、巧妙な仕掛け。湯呑を運ぶ人形の、動きの面白さ、愛らしさ。数百年も前に、このようなからくりを考案した職人がいた、このようなからくりを製作した職人がいたという事実には、ただただ驚嘆するしかないのである。

こうなるとレプリカでなく、実物がほしくなるが、それは無理というもの。からくり人形はさすがに特殊例だが、それ以外の何の変哲もない昔の道具も、現存数が少なく、また芸術的価値が認められて、洒落《しゃれ》にならない値段になっているのだ。本書に登場する職人たちの作った道具が、現実にあったら、おそらくとんでもない高値を呼ぶはずである。だが、そんな有様を職人たちが見たら、鼻で笑ってこういうだろう。俺たちが作っているのは作品じゃなく道具だぜ——と。職人の意地と誇りは、銭金で買えるようなものではない。本書を読めば、そのことがよく理解できるはずである。

佐江衆一は、一九三四年、東京浅草に生まれた。父親は質屋を営んでいたが、東京大空襲で家を焼かれ、母親の実家のある栃木県に移転。一九五二年、県立栃木高校を卒業して、日本橋丸善の人事課に就職した。その後、丸善の宣伝部を経て、ナショナル宣伝研究所に勤務。コピーライターとして活躍した。仕事の傍ら、中央労働学院文芸専攻科、文化学院に学ぶ。小説の創作を始めたのは就職してから（理由は人事課の仕事がつまらなかったからだという）で、一九六〇年、第七回新潮同人雑誌賞を「背」で受賞、本格的な作家活動に入る。「繭《まゆ》」「すばらしい空」など、芥川賞候補になること五回。一九六九年から創作に専念して、九五年には、高齢者介護の問題を、中年夫婦の苦悩を通じて描いた『黄落』で、第五回ドゥ・マゴ文学賞を受賞した。

このように純文学畑で活躍していた作者が、初めて上梓《じょうし》した時代小説が、一九八九年に刊行し、翌九〇年に第九回新田次郎文学賞を受賞した『北の海明け』である。だがこれは、過去に題材を求めただけで、それまでの純文学の延長線上の作品といっていいだろう。時代小説作家・佐江衆一の登場を斯界《しかい》に印象づけたのは、神道《しんとう》夢想流杖術《じょうじゅつ》の開祖・夢想権之助《ごんのすけ》の生涯を描いた、一九九二年の『捨剣 夢想権之助』だ。以後『風狂活法杖』『女剣』等の剣豪小説、伝奇ロマン『神州魔風伝』、スケールの大きな冒険歴史小説『クイーンズ海流』など、多彩な作品を発表している。

その一方で、『江戸職人綺譚《きたん》』『江戸は廻灯籠《まわりどうろう》』、そして本書と、職人たちの誇りと哀歓を、さまざまな角度から照射した短篇集を、ゆったりとしたペースで出版。時代小説のジャンルでも、たしかな地歩を築いた。

本書『続 江戸職人綺譚』は、二〇〇〇年十二月に、『自鳴琴からくり人形 江戸職人綺譚』のタイトルで出版された短篇集を、文庫化したものである。一九九五年に新潮社から刊行され、第四回中山義秀文学賞に輝いた『江戸職人綺譚』の姉妹篇となっている。

作者が『江戸職人綺譚』『続 江戸職人綺譚』で描こうとしていることを、一言で表現するならば〝職人気質《かたぎ》〟だ。ただしこの職人気質というのが、なかなか複雑である。一筋の道を、脇目《わきめ》もふらずに邁進《まいしん》する爽《さわ》やかな熱気の裏には、ひとつの世界に囚《とら》われた者だけがもつ狂気が潜んでいるのだ。この熱気と狂気を自在に混ぜ合わせながら、職人の世界を活写したところに、作者の江戸職人物の特色があるといえよう。

職人の〝熱気〟と〝狂気〟は不即不離の関係にあるが、とりあえずはこれをふたつに分けて、まずは熱気の部分を注目してみたい。たとえば「江戸鍛冶《かじ》注文帳」で、主人公の鍛冶師・定吉が鍛えた鉋《かんな》を使う大工が、ただ鉋屑《くず》だけを届けた場面。〝指紋がすけて見える絹地のような、艶《つや》のある幅三寸のひとつながりの鉋屑〟からは、大工道具を間に挟んでそれぞれ腕を競い合う、鍛冶師と大工の職人ぶりが浮かび上がってくるのだ。

この他にも、迷いを振り切り自分の歩んできた道を信じる頑固な銀師《しろがねし》・源七を主人公にした「急須《きゅうす》の源七」、プライドと傲慢《ごうまん》を履き違え、罪を犯した料理人が、十数年の彷徨《ほうこう》の果てにたどり着いた境地を描く「一椀《ひとわん》の汁」など、作品から吹き寄せてくる熱気は、どれも心地よいものばかりである。

そして道を究めた（または究めようとする）登場人物の、職人気質が感じられるセリフが、これまた、たまらなくいい。いくつか引用してみよう。

「年ばっかりとっちまったが、火と鉄と玉鋼《たまはがね》、それに泥と水と木のほかは、なんにも知らねえよ」（「江戸鍛冶注文帳」）

「山にある竹も木も、力くらべで育つんだが、互にゆずり合ったり我慢しあったりして大きくなる。そこが偉《えれ》えとこだ」（「風の匂《にお》い」）

「花火ってえのは、打ち上げてみなけりゃァわからねえ。しくじったら、それっきりだ。それに、素人《しろうと》目には同んなじように見えても、同じ花火なッてえのは一つもねえ。ほんの一瞬、生きてるからよ。だから面白え」（「闇溜《やみだま》りの花」）

どうだろうか。彼らのセリフが、ズンと胸に響いてこないだろうか。よくいわれることだが、道を究める者の言葉は、専門的なことをいいながら、普遍性をもって人生の真実を突くものである。プロフェッショナルが減り、アマチュアが横行する現代だからこそ、彼らのセリフが、重い意味をもって迫ってくるのだ。

さて、もうひとつの狂気だが、これが最もよく表現されているのは、やはり「自鳴琴からくり人形」だろう。幕末を舞台に、手鎖の刑を受けた偏屈なからくり師の庄助と、それを監視する伝馬町牢《てんまちようろう》奉行配下の同心・黒田三右衛門の、身分や立場を超えた交誼《こうぎ》を綴《つづ》ったストーリーは、庄助の「あたしは手前《てめえ》が怖いんだよ、旦那《だんな》。いっそ死ぬまで手鎖のままがいいんじゃねえかと……」というセリフで、熱気から狂気へと変転。三右衛門が庄助の自鳴琴からくり人形を見る場面で、頂点に達する。〝無邪気な童心にひそむ邪悪な魔物〟が何だったのかは、読者自身の目でたしかめてもらいたい。ひとつの世界に囚われた者の狂気とはどのようなものか、慄然《りつぜん》と思い知らされることだろう。付け加えるならば、庄助の狂気を、幕末の世相とリンクさせた構成も素晴らしい。初刊本の表題作となったのも納得の秀作である。

さらに短篇集ということで、一話ごとに趣向を凝らした、語り口も見逃せない。「闇溜りの花」の、どこか不気味な余韻を残すラスト。ひとりの女の行く末を読者に預けた「装腰綺譚」の、鮮やかな幕引き。短い枚数のなかで、人生の断面をすっぱりと切り取る短篇小説の醍醐味《だいごみ》を、がっちりと楽しむことができるだろう。

おっと、忘れるところだった。脇道になるが「装腰綺譚」については、もうちょっと説明しなくてはなるまい。

あとがきでも触れられているが、そもそも「装腰綺譚」が、作者の初めての江戸職人物であった。作者が江戸職人物を書き継ぐ、きっかけになった作品であり、本来ならば『江戸職人綺譚』の劈頭《へきとう》を飾ってもおかしくない。ところが、どのような経緯があったのかは知らないが、この作品だけ講談社の短篇集『子づれ兵法者』に収録されてしまい、泣き別れ状態になっていたのである。まあ、この手のことはよくあるし、作品は読めるのだから、あまり目くじらを立てることでもない。でも、ちょっとだけ悲しかったりしたのである。だから、あらためて本書に「装腰綺譚」が収録されたのを知ったときは、嬉《うれ》しくなりましたよ。まさに画竜点睛《がりょうてんせい》の一篇なのである。

閑話休題。そろそろ、解説をまとめることにしよう。職人たちについて、作者はこういっている。

「使い勝手がよく、切れる道具ほどよく使われ、研がれ、叩《たた》かれて身を削り、すり減って消えてゆく。その滅びゆく姿に、職人の必死の情念の残照がある」

たしかに職人の作った道具の多くは、後世に残ることなく、いつしか庶民の生活のなかに消えていく。だがなかには、永い歳月を乗り越えて、連綿と愛用されるものもある。作家という職人である佐江衆一が、腕によりをかけた本書も、そのひとつといっていいだろう。

だから、どうか本棚の片隅に、この本を置いてほしい。そして少なくとも何年かに一度のサイクルで、再読してほしい。使い込めば、使い込むほど、味わいが深くなる。これはそういう〝道具〟なのである。


（平成十五年八月、文芸評論家）

この作品は平成十二年十二月新潮社より刊行された
『自鳴琴からくり人形』を改題したものである。

佐江衆一著　江戸職人綺譚
中山義秀文学賞受賞

爪師、化粧師、人形師……。江戸の生活を彩った職人たちが放つ一瞬の輝き。妥協を許さぬ技と心意気が、運命にこだまする。

佐江衆一著　黄落

92歳の父と87歳の母を、還暦間近の夫婦が世話をする。老親介護の凄まじい実態を抉り出す、壮絶ながらも静謐な佐江文学の結実点。

佐江衆一著　幸福の選択

空襲で孤児になった男が「豊かさ」を手に入れた戦後。しかし本当の幸せとは。昭和を懸命に生きた男が直面する定年後の人生の選択。

新潮社編　歴史小説の世紀（天の巻・地の巻）

正宗白鳥から中上健次まで――二十世紀を代表する小説家五十四人の傑作短篇を、著者生年順に収めた歴史時代小説アンソロジー。

池波正太郎著　剣客商売①　剣客商売

白髪頭の粋な小男・秋山小兵衛と巌のように逞しい息子・大治郎の名コンビが、剣に命を賭けて江戸の悪事を斬る。シリーズ第一作。

北方謙三著　風樹の剣
―日向景一郎シリーズⅠ―

「父を斬れ」。祖父の遺言を胸に旅立った青年はやがて獣性を増し、必殺剣法を体得する。剣豪の血塗られた生を描くシリーズ第一弾。

藤沢周平著
用心棒日月抄

故あって人を斬り脱藩、刺客に追われながらの用心棒稼業。が、巷間を騒がす赤穂浪人の動きが又八郎の請負う仕事にも深い影を……。

宮部みゆき著
幻色江戸ごよみ

江戸の市井を生きる人びとの哀歓と、巷の怪異を四季の移り変わりと共にたどる。〝時代小説作家〟宮部みゆきが新境地を開いた12編。

山本周五郎著
大《おお》炊《い》介《すけ》始末

自分の出生の秘密を知った大炊介が、狂態を装って父に憎まれようとする姿を描く「大炊介始末」のほか、「よじょう」等、全10編を収録。

吉村　昭著
島抜け

種子島に流された大坂の講釈師瑞龍は、流人仲間と脱島を決行。漂流の末、流れついた先は何と中国だった……。表題作ほか二編収録。

米村圭伍著
風流冷飯伝

時は宝暦、将軍家治公の御世。吹けば飛ぶよな小藩を舞台に、いわくありげな幇間とのほほんな冷飯ぐいが繰り広げる大江戸笑劇の快作。

隆　慶一郎著
吉原御免状

裏柳生の忍者群が狙う「神君御免状」の謎とは。色里に跳梁する闇の軍団に、青年剣士松永誠一郎の剣が舞う、大型剣豪作家初の長編。

続《ぞく》 江《え》戸《ど》職《しよく》人《にん》綺《き》譚《たん》

新潮文庫 さ－17－9

平成十五年十月一日発行

著者 佐《さ》江《え》衆《しゅう》一《いち》

発行者 佐藤隆信

発行所 株式会社 新潮社

郵便番号 一六二―八七一一
東京都新宿区矢来町七一
電話 編集部(〇三)三二六六―五四四〇
読者係(〇三)三二六六―五一一一
http://www.shinchosha.co.jp

価格はカバーに表示してあります。

乱丁・落丁本は、ご面倒ですが小社読者係宛ご送付ください。送料小社負担にてお取替えいたします。

印刷・大日本印刷株式会社　製本・加藤製本株式会社

ISBN4-10-146609-2 C0193